Kölner Finale

Reinhard Rohn, 1959 in Osnabrück geboren, lebt seit über dreißig Jahren in Köln und arbeitet als Verlagsleiter in einem Berliner Verlag. Er hat zahlreiche Kriminalromane ins Deutsche übersetzt und mehrere Spannungsromane geschrieben. Unter dem Pseudonym Arne Blum veröffentlichte er eine Krimiserie über das Detektiv-Schwein Kim (»Saubande«, »Rampensau« und »Schöne Sauerei«). Im Emons Verlag sind bisher fünf Romane um die Kommissare Birte Jessen und Jan Schiller erschienen: »Falsche Herzen«, »Kölnisch Wasser«, »Kölner Lichter«, »Barfuß in Köln« sowie »Der Richter von Köln«.

Dieses Buch ist ein Roman. Handlungen und Personen sind frei erfunden. Ähnlichkeiten mit lebenden oder toten Personen sind rein zufällig. Bei der Schilderung real existierender Schauplätze habe ich mir einige kleinere Freiheiten gestattet.

REINHARD ROHN

Kölner Finale

KÖLN KRIMI

emons:

Bibliografische Information der Deutschen Nationalbibliothek
Die Deutsche Nationalbibliothek verzeichnet diese Publikation in der Deutschen Nationalbibliografie; detaillierte bibliografische Daten sind im Internet über http://dnb.d-nb.de abrufbar.

MIX
Papier aus verantwortungsvollen Quellen
FSC® C083411

Umschlagmotiv: iStockphoto.com/Horst Gerlach
Umschlaggestaltung: Nina Schäfer, nach einem Konzept von Leonardo Magrelli und Nina Schäfer
Gestaltung Innenteil: César Satz & Grafik GmbH, Köln
Lektorat: Dr. Marion Heister
Druck und Bindung: CPI – Clausen & Bosse, Leck
Printed in Germany 2018
ISBN 978-3-95451-606-3
Köln Krimi
3. Auflage

Dieses Werk wurde vermittelt durch die Literarische Agentur Thomas Schlück GmbH, 30827 Garbsen.

Ever since the world's existed
There's one thing that is certain
Some people build walls
Others open doors.
Jackson Browne, »Walls And Doors«

1

Wie war es zu sterben? Irgendwo am Himmel sah er einen hellen Stern – für einen Moment glaubte er, dieser Stern sei nur für ihn da, als wäre er eigentlich längst erloschen und nur kurz ins Leben zurückgekehrt, um ihm ein letztes Licht zu schenken. Ein leichter Wind war aufgekommen. Er roch das feuchte Gras. Die Fenster in den Häusern rings um ihn waren dunkel. Nur dann und wann zog in einiger Entfernung ein Auto vorüber.

Köln schlief, während die letzten Minuten seines Lebens angebrochen waren.

Ihm fiel ein, was er alles nicht erledigt hatte. Er hatte die Einladungen zu seiner Geburtstagsfeier nicht abgeschickt, er hatte seinen Smoking nicht aus der Reinigung abgeholt, er hatte Nina kein Kind gemacht, er hatte sein Rennrad nicht repariert, er war nie mit einem Wohnmobil durch Kanada gefahren, und er war nie einen Marathon gelaufen. Er würde auch nie erfahren, wer der nächste Fußballmeister werden würde. Verdammt, er würde überhaupt nie wieder ein Spiel sehen, nicht einmal ein langweiliges Spiel der Regionalliga. Seine Dauerkarte für den FC würde Jimmi meistbietend versteigern. Vermutlich würde sein Bruder nicht allzu lange trauern, große Gefühle lagen ihm nicht.

Immerhin war er dabei gewesen, als Nina ihren Tandemsprung gewagt hatte – aus dreitausend Metern mit dem Fallschirm auf eine Wiese in der Eifel. Er dachte an ihr erleichtertes Lächeln, als sie ihm entgegengelaufen kam. In diesem einen Moment hatte er sie wirklich geliebt.

Die Verzweiflung hatte sich gelegt, er hatte sich in sein Schicksal eingefunden. Als man ihn in die Falle gelockt hatte, hatte er sich kurz gewehrt, er hatte gewusst, dass es sinnlos war, um sein Leben zu flehen, und vielleicht hatte er ja den Tod auch verdient.

Der Wind wurde kühler, er fröstelte leicht.

Als er die Augen schloss, wurde der Geruch von feuchtem Gras noch intensiver. Sein Leben war eigentlich nicht schlecht verlaufen, einige Niederlagen, etliche Siege, und wenn er ehrlich war, hätte er gern noch ein paar Jahre gelebt, aber das, was er hatte werden wollen, war ihm nicht vergönnt gewesen.

Nina musste sich keine Sorgen machen – er hatte genug Geld auf die Seite gelegt.

Plötzlich kamen ihm ein paar Töne in den Sinn – der Anfang von »Under Pressure« von Queen, dieser wunderbare Basslauf von John Deacon, dem stillsten, unauffälligsten Bassisten aller Zeiten. Dabei war John ein Gigant an seinem Instrument gewesen. Gewiss gehörte er zu den Top Five seiner Kunst. Na, Jaco Pastorius war zweifellos unübertroffen, auch Stanley Clarke und Chris Squire gehörten zu den Größten. Und Paul McCartney natürlich, heutzutage sah man in ihm nur die Legende, den größten noch lebenden Beatle, und vergaß darüber, dass er ein unvergleichlicher Bassist gewesen war. Da musste man sich nur das Weiße Album anhören oder seine ersten Soloplatten mit der eigenen Band.

Er hätte beinahe gelacht, er saß da, eine Pistole an der Schläfe, und dachte darüber nach, wer der beste Bassist der Musikgeschichte gewesen war.

Das Leben war verrückt – und der Tod war es auch.

Man erwartete, dass er noch etwas sagte, dass er eine Entschuldigung über die Lippen brachte, aber er wusste, dass es ihn nicht retten würde. Er hatte einen Fehler gemacht, einen groben, schweren Fehler, der ihn jetzt das Leben kosten würde.

Plötzlich hatte er das Gefühl, als würde Applaus aufbranden, die Leute tobten, feuerten ihre Mannschaft an, Sprechchöre gellten über den Platz. Er hatte dieses kleine Stadion geliebt. Wie oft hatte er seinen Bruder hier gesehen? Jimmi, der Elfmetertöter, der ewige Grinser, der seine Vokuhila-Frisur konsequent bis zum Ende seiner Karriere getragen hatte. Wenn er nun starb, würde auch niemand mehr erfahren, dass Jimmi einen Hund getötet hatte – mit Pfeil und Bogen in einem Waldstück in Bickendorf. Da war Jimmi zwölf gewesen und er sechs – den Anblick des Hundes, ein brauner Mischling, der sie voller Unverständnis mit großen Augen angestarrt hatte, während er starb, hatte er nie vergessen können.

Als er die Augen wieder aufschlug, sah er, dass der Stern verschwunden war. Der Himmel war nun von Wolken verhangen, der halbe Mond war auch nicht zu sehen. Es war Ende Oktober, kein schlechter Monat, um zu sterben.

Er wäre gern aufgesprungen, hätte die Arme ausgebreitet und

ein letztes Mal den Wind gespürt, doch man hatte ihn auf einem alten Holzstuhl festgebunden.

Ein Schrei aber – den Mund aufreißen und einen Schrei ausstoßen, das würde ihm noch vergönnt sein.

Wie war es, wenn sich eine Kugel mit einer irrsinnigen Wucht in die Schläfe drehte, wenn sie erst die dünne Haut, dann den Knochen durchbrach und ins Gehirn eindrang? War da nur ein schriller Schmerz, der einen sogleich auffraß, oder konnte man noch einen Gedanken zu Ende denken, bis einen die ewige Dunkelheit umfing? Oder wartete da gar irgendwo ein Licht am Ende eines Tunnels, wie es in manchen Büchern über den Nahtod beschrieben worden war?

Er flüsterte Ninas Namen vor sich hin, stumm, damit niemand ihn hörte.

Nina, verdammt, ich denke an dich, an dein blondes Haar, deine grünen Augen und an die kleine Narbe unter deiner linken Brust.

Er war nicht religiös. Klar, seine Eltern hatten ihn taufen lassen und zur Kommunion geschleppt, aber er erwartete nicht wirklich, dass er irgendwie in einer anderen Sphäre weiterleben würde.

Wieder war dieser eingängige, wunderbare Basslauf von John Deacon in seinem Kopf. Dum, dum, dum – dann setzte das Klavier im Hintergrund ein – die Stimme von Freddy Mercury – Um ba ba be – Pressure pushing down on me – Pressing down on you … Pray tomorrow …

Er sog die Luft tief ein und formte den Mund zu seinem Schrei.

Den Knall hörte er nicht.

Das Leben war Applaus, der irgendwo verebbte, ein verlorenes Lächeln, der Duft von Gras und ein letzter, langer Basston.

Pushing down on me …

2

Sie hatte sich zum Sterben niedergelegt – so sah es aus. Sie aß nichts, trank kaum noch etwas, und sie redete fast gar nicht mehr. Das war für Jan Schiller das Schlimmste – sein ganzes Leben lang kannte er Therese, die alte Hebamme, als eine Frau, die ständig unterwegs war und schier unentwegt redete. Fünftausend Kinder hatte sie in Köln zur Welt gebracht – er hatte auch dazugehört. In der Stadt war sie mittlerweile eine Legende, es gab kaum jemanden, der sie nicht kannte. Und ihm hatte sie vor beinahe dreißig Jahren das Leben gerettet, als seine Eltern bei einem Wohnungsbrand ums Leben gekommen waren. Ja, ohne sie hätte er die Zeit im Kinderheim kaum überstanden.

Und nun hatte sie offensichtlich beschlossen zu sterben.

Schiller beugte sich über sie. Therese lag auf dem alten, abgewetzten Sofa. Im Hintergrund lief der Fernseher, schwarz-weiß und vermutlich ein halbes Jahrhundert alt. Sie hatte die Augen geschlossen, sie atmete noch, registrierte er. Ihre Nasenflügel bewegten sich. Sie hatte ihre Brille abgenommen und wirkte wie eine Hundertjährige, dünn und eingefallen, kaum mehr als ein mit Pergamenthaut überzogenes Knochengerüst.

»Was ist?«, flüsterte sie, ohne die Augen zu öffnen. »Warum bist du gekommen?«

»Ich wollte nach dir sehen«, erwiderte er. »Wie es dir geht.« Er spürte, dass er wie ein kleiner, ängstlicher Junge klang.

»Mir geht es gut«, antwortete sie tonlos. »Ich bin nur ein wenig müde.«

Er überlegte, ob er ihren Kopf anheben sollte, um ihr etwas zu trinken einzuflößen, so wie man es bei Sterbenden tat. Eine angebrochene Mineralwasserflasche stand neben ihr auf dem Sofatisch.

»Ich bin noch nicht tot«, sagte sie, als hätte sie seine Gedanken erraten. Sie schlug die Augen auf, ihre Pupillen wirkten, als seien sie mit einem Schleier überzogen, als wäre sie nun auch noch blind geworden.

Therese setzte sich mühsam auf und wehrte seine Hilfe mit einer unwirschen Handbewegung ab.

Erst als sie ihre dicke Hornbrille auf die Nase geschoben hatte, ähnelte sie wieder der alten Hebamme, die er kannte und so sehr liebte.

»Ich könnte dir etwas zu essen machen«, schlug er vor. »Eine Suppe – Hühnerbrühe.«

Therese kicherte. »Jetzt willst ausgerechnet du für mich kochen!« Wieder machte sie ihre wedelnde Handbewegung. »Ich sehne mich nach Richard. Ich rieche ihn im Schlaf, sein Rasierwasser. Im Leben ist mir das nie passiert. Ich lege mich neben ihn und schnüffele an ihm herum, wie ein Hund, und er sagt Gedichte für mich auf. Oh, er konnte eine Menge Gedichte auswendig.« Sie kicherte wieder, doch diesmal kraftloser. »Er hätte nicht sterben dürfen.«

Richard Goldmann, zweiundachtzig Jahre alt, genialischer Professor und Kunstkenner, war vor drei Wochen erschossen worden, weil er einem Bild nachgeforscht hatte, das er gekauft und das sich dann als Fälschung erwiesen hatte. Er und Therese hatten heiraten wollen.

»Ja«, sagte Schiller, ein hilfloses, mutloses »Ja«. Nach der Trauerfeier auf dem Melatenfriedhof, an der mehr als fünfhundert Menschen teilgenommen hatten, war Therese zusammengebrochen. Schluchzend hatte sie in seinen Armen gelegen.

»Ich werde nachher eine Kerze für ihn anzünden – er war zwar nicht katholisch, aber schaden wird es ihm nicht.« Therese griff nach der Wasserflasche und trank einen Schluck.

Schiller fiel ein, was sein Freund Henning Broder, der mit ihm im Kinderheim gewesen war, einmal gesagt hatte: Er habe Angst, dass Therese sterben würde, dann wäre er ganz allein auf der Welt. Ausgerechnet Broder war an dieser Kunstfälschung beteiligt gewesen.

Schillers Smartphone klingelte, doch er nahm das Gespräch nicht an.

»Wir könnten in den Dom gehen«, sagte er, um Therese aufzumuntern. »Eine Kerze für Richard aufstellen.« Er wusste, dass sie den Dom wie kein anderes Gebäude auf der Welt liebte und dass sie dort Stunden verbracht hatte.

»Lass nur«, sagte sie leise, während sie sich wieder auf das Sofa legte. »Da laufen nur noch Japaner und Chinesen herum und machen Fotos.« Sie schloss wieder die Augen und hob die Hände. Sie fuchtelte herum. »Da«, sagte sie, »da steht der alte Rekorder auf dem Stuhl. Würdest du ihn bitte anschalten?«

Schiller schaute sich um. Therese war eine Sammlerin, nichts konnte sie wegwerfen, alles ließ sich noch irgendwie verwenden. Alte Zeitungen lagen auf dem Tisch, drei Taschenbücher, an denen der Umschlag abgerissen war – vermutlich hatte sie Papier gebraucht, um sich eine Notiz zu machen. Daneben eine Thermoskanne ohne Verschluss, eine alte Kladde, aus der zahllose Zettel ragten, und ein Handtuch, in das irgendetwas eingewickelt war. Auf einem Sessel lag ein Kittel, wie ordentlich hindrapiert, darauf ihre braune zerschlissene Ledertasche, ohne die sie niemals ihr Haus verließ. Der Rekorder stand auf halber Höhe auf einem Klappstuhl, der mit weißen Farbsprenkeln überzogen war, als hätte ein Maler ihn zuletzt benutzt.

Als er die Play-Taste hinunterdrückte, erklang ein lautes knisterndes Rauschen, dann setzte Klaviermusik ein. Eine schlechte, amateurhafte Aufnahme.

Therese bewegte weiter ihre knöchernen Hände wie ein Dirigent.

»Richard«, sagte sie, »er hat was für mich komponiert.«

Das Klavierspiel klang ungelenk, als hätte Goldmann da gesessen und improvisiert.

Für einen Moment sah Schiller den alten Mann vor sich – die wenigen Haare über die Glatze gekämmt, ein Hörgerät hinter den großen faltigen Ohren. Goldmann war ein Kauz gewesen, der gern im Bademantel herumgelaufen war und Marx und Engels zitiert hatte.

»Richard war der erste Mann, den ich geliebt habe«, sagte Therese mit ihrer krächzenden Stimme vor sich hin, »und er war der letzte. Dreißig Jahre lang habe ich mit keinem Mann geschlafen, und dann ist er gekommen. Er hat mich an sich gezogen, als wäre ich ein junges Mädchen, hat mich in den Nacken geküsst und mich ausgezogen. Auf dem Teppich haben wir uns geliebt – zwei über achtzig Jahre alte Menschen, die geglaubt hatten, das Leben läge hinter ihnen.«

Therese schwieg, und Schillers Smartphone meldete sich wieder. Er sah, dass Birte Jessen ihn anrief, nicht aus dem Präsidium allerdings, sondern von ihrem privaten Anschluss.

»Aber wahrscheinlich«, fuhr Therese fort, »willst du das gar nicht wissen. Wahrscheinlich ist es peinlich, so etwas nur anzuhören.« Sie kicherte. »So war Richard eben – für ihn galten keine Gesetze, er war immer sein eigener Herr.«

Schiller wandte sich ab. Ja, Therese hatte recht, wenn er ehrlich war – er wollte nicht hören, wie sie sich auf einem Teppich geliebt hatten. Über solche Dinge hatte er mit ihr noch nie geredet. Er nahm das Gespräch an.

»Jan«, sagte Birte atemlos, »was soll ich machen? Er steht unten vor meiner Tür und glotzt herauf, seit zwei Stunden schon.«

»Wer glotzt herauf?« Schiller ging in die Küche hinüber. Schmutziges Geschirr stapelte sich in der Spüle. Auf dem Tisch standen Tüten mit alten Kleidern zwischen einer Batterie von leeren Bier- und Mineralwasserflaschen.

»Hinrichs«, erwiderte Birte. »Er ist mit einem Polizeiwagen vorgefahren – weiß der Teufel, wo er denn herhat. Das Blaulicht hat er angeschaltet, und da steht er neben dem Wagen und raucht.«

»Ich dachte, er ist zur Kur – Burn-out oder so etwas.«

»Ja, das dachte ich auch.« Birte gehörte nicht zu den Menschen, die leicht aus der Ruhe zu bringen waren, aber Hinrichs hatte es geschafft.

Nach einer Nacht, die der Sprecher der Kölner Polizei mit ihr verbracht hatte, hatte er ihr seine große Liebe geschworen und sie verfolgt und ihr aufgelauert. Genaueres hatte Birte ihm nicht verraten, aber es war Schiller nicht schwergefallen, sich auszumalen, wie aufdringlich Hinrichs sein konnte.

»Ich habe genug von ihm«, fuhr Birte fort. »Pierre ist in Luxemburg – irgendeine Tagung, und ich habe wirklich keine Lust mehr, mich von Hinrichs terrorisieren zu lassen.«

»Ich bin bei Therese«, sagte Schiller. »Aber ich könnte in einer halben Stunde bei dir sein. Wenn er dann noch da ist, nehme ich ihn mir vor.«

»Gut«, erwiderte Birte. »Wie geht es Therese?«

»Ein wenig besser«, log Schiller. »Sie hat etwas gegessen. Ich will sie noch überreden, morgen mit mir ein wenig am Rhein spazieren zu gehen.«

Er hörte aus dem Hintergrund, dass es an Birtes Tür klingelte.

»Hinrichs«, sagte sie tonlos. »Ich glaube, das ist Hinrichs.«

3

Für einen Moment kam sie sich schwach und hilflos vor. Eine gestandene Hauptkommissarin sollte doch wissen, wie sie sich einen Stalker vom Leib hielt. Wieso hatte sie Jan angerufen, um ihm von Hinrichs zu berichten? Als wäre er ihr großer Bruder, der sie beschützen musste.

Es klingelte wieder, diesmal länger und ausdauernder. Sie ging zum Fenster und blickte hinunter. An dem Streifenwagen stand eine Tür offen, das Blaulicht kreiste noch immer, doch von Hinrichs war nichts zu sehen.

Ihr Smartphone klingelte – eine unbekannte Nummer.

Sie spürte, dass sie wütend wurde.

Als sie das Gespräch annahm, sagte sie nur ihren Namen und lauschte dann. Sie hörte ihn atmen, abgehackt, als hätte er eben noch eine große Anstrengung hinter sich gebracht.

»Hinrichs«, sagte sie hart, »was willst du? Warum lässt du mich nicht in Ruhe?«

»Ich kann nicht«, erwiderte er leise, »ich will es ja, aber es geht nicht. Können wir einen Kaffee trinken – nur drei Minuten sprechen?«

Sie zögerte einen Moment. Es war halb neun, Donnerstagabend, morgen begann das Wochenende. Pierre würde von seiner Tagung aus Luxemburg zurückkommen. Er wollte für sie kochen, auch wenn es zuletzt nicht mehr so gut zwischen ihnen beiden gelaufen war.

»Also gut«, sagte sie. »Auf einen Kaffee kannst du hochkommen.«

Als sie aufgelegt und ihm die Tür aufgedrückt hatte, wusste sie, dass sie einen Fehler begangen hatte. Er hatte ihr leidgetan, ein tiefer Schmerz hatte in seiner Stimme gelegen, aber vermutlich würde er dieses Zeichen ihres Entgegenkommens wieder missverstehen.

Hinrichs sah ziemlich verändert aus, wie er in der Tür stand. Sein Haar war länger, er hatte einen Dreitagebart, und er hatte mindestens zehn Kilo abgenommen. Fünf Wochen hatte sie ihn nicht mehr gesehen.

Hinrichs lächelte und deutete eine Umarmung an, doch sie entzog sich ihm sofort und ging in die Küche hinüber.

»Setz dich«, sagte sie und begann, an der Kaffeemaschine zu hantieren. »Ich dachte, du bist noch zur Kur. Warum bist du zurück?«

Hinrichs räusperte sich. Sie hörte, wie er sich setzte. Ein Stuhl scharrte über den Boden, doch er antwortete nicht.

Der Geruch von Kaffee breitete sich aus. Aus irgendeinem Grund wagte sie nicht, sich umzudrehen. Opfern von Stalkern riet man stets, ihre Peiniger nie in ihre Wohnung zu lassen, keinen Kontakt aufzunehmen, sondern sich eindeutig und distanziert zu verhalten. Sie hatte nun genau das Gegenteil getan, aber nein, sagte sie sich, Hinrichs war kein Fremder, er war Sprecher der Polizei, ihr Kollege. Nach ihrer einzigen gemeinsamen Nacht im Frühjahr war nur etwas furchtbar schiefgelaufen. Sie beobachtete, wie der Kaffee aus der Maschine lief, schwarz und dampfend. Das verlieh ihr Sicherheit.

Als sie sich umwandte, sah sie, dass er eine Pistole auf den Tisch gelegt hatte – eine Walther P 99, vielleicht seine Dienstwaffe.

Sie runzelte die Stirn und schob ihm die Tasse hin.

»Was ist mit diesem Mann?«, fragte er mit vollkommen veränderter Stimme, hart und schneidend. »Dieser Anwalt – fickt er dich?«

Sie nahm die zweite Tasse Kaffee und setzte sich. Ein paar Gedanken rasten ihr durch den Kopf. Anscheinend wusste Hinrichs von Pierre, und offenbar hatte ihn dieses Wissen ganz aus der Balance gebracht. Die Kur hatte seinen Zustand noch verschlimmert. Sie betrachtete die Waffe und rechnete sich aus, ob sie eine Chance hatte, sie an sich zu bringen.

»Ich will dir nichts tun«, sagte Hinrichs nun ganz leise. Er starrte auch die Pistole an. »Ich will es nur wissen – die Wahrheit. Das hat mich verrückt gemacht, während ich in meiner verdammten Zelle gehockt habe und nicht wusste, was hier passiert.«

»Du bist krank, Rainer«, sagte sie. »Hier ist nichts passiert, gar nichts.«

Hinrichs seufzte, dann lächelte er und strich sich eine lange Strähne aus dem Gesicht. Eigentlich war er gar kein unattraktiver Mann.

»Du verstehst es nicht«, sagte er resignierend. »Warum verstehst du nicht, dass wir zusammengehören? Ich würde alles für dich tun – alles.« Er nahm die Pistole in die Hand. »Dieser Anwalt fickt dich also. Er wohnt über dir, nicht wahr? Pierre Lavender – ist jetzt auf diesem Kongress von Strafrechtlern in Luxemburg, Vorträge über Geldwäsche und so.«

»Du hast dich erkundigt?« Sie nippte an ihrem Kaffee. Sie gab sich furchtlos, auch wenn ihre Hand leicht zitterte. Würde Hinrichs es wagen, die Waffe auf sie zu richten? Ja, das würde er wagen, zweifellos.

»Ich bin schon ein paar Tage länger in der Stadt«, erwiderte er lächelnd. »Habe es in dieser Kur nicht mehr ausgehalten – dieses Gequatsche, dieser Gesundheitsfraß. Ich weiß selbst, was mir fehlt.« Er streichelte mit der linken Hand den Lauf der Waffe, als wäre sie ein zartes, lebendiges Wesen. »Ich habe gesehen, wie du dich von ihm verabschiedet hast, vorgestern Morgen, am Taxi, ein langer Kuss. Du hast die Augen dabei geschlossen. Er dagegen hat die ganze Zeit das Auto angeguckt, als hätte er Angst, es könnte wegfahren.« Er spie die letzten Worte aus, und sie hatte zum ersten Mal das Gefühl, dass sie wirklich in Gefahr schwebte.

»Ich mache dir einen Vorschlag«, sagte sie. »Du nimmst deine Waffe und gehst, und ich vergesse, dass du da gewesen bist und mich bedroht hast.«

Er wedelte mit der Waffe herum. »Ich bedrohe dich nicht. Gar nicht.« Er riss theatralisch die Augen auf. »Ich will nur alles wissen, die Wahrheit.«

»Die Wahrheit ist, dass ich dich nicht liebe – habe ich nie. Alles andere geht dich nichts an.« Sie trank ihren Kaffee aus und spürte, dass es in ihrem Magen zu rumoren begann. Die Angst breitete sich in ihr aus, aber noch klang sie einigermaßen selbstbewusst.

Hinrichs lächelte wie jemand, der einen anderen bei einem Irrtum ertappt hat und gnädig darüber hinwegsehen will. »Ich habe dich glücklich gemacht in dieser Nacht. Ich habe es genau gesehen – dein Gesicht hat geleuchtet. Du warst ganz bei dir. Ich will dich wieder glücklich machen.«

Birte schüttelte den Kopf. »Das kannst du nicht.«

Er wedelte wieder mit der Pistole herum. »Nachts in meinem Zimmer habe ich mir dein Gesicht vorgestellt und die Narbe auf deinem Rücken. Ich könnte dich heilen – dich wieder ganz machen.«

Der seltsame Glanz in seinen Augen ließ sie vermuten, dass er Medikamente nahm, Psychopharmaka, Stimmungsaufheller, irgendetwas in der Art. Wahrscheinlich war in der Kur etwas in ihm aufgebrochen.

»Dass dein Freund in Hamburg, dieser Geigenbauer, letztes Jahr gestorben ist, hat dich aus der Bahn geworfen, deshalb bist du so verwirrt, aber ich kann dich heilen.« Hinrichs lächelte selig. »Versteh mich doch!«

Birte blickte auf die Uhr, fast neun Uhr. Nun wäre der richtige Zeitpunkt für Jan, auf der Matte zu stehen.

»Ich möchte noch einmal mit dir schlafen«, sagte Hinrichs und fixierte sie mit zusammengekniffenen Augen. »Ein letztes Mal. Dann gehe ich, und du siehst mich nie wieder.«

Was sollte sie tun? Lachen oder ein ernstes Gesicht machen und es ihm ausreden? Sie spürte, wie ihr Herz schneller zu schlagen begann, als hätte ihr Körper die Gefahr eher erkannt als ihr Verstand.

Er lächelte plötzlich und bewegte die Pistole, als hätte er da ein Spielzeug in der Hand. »Weißt du, dass ich eigentlich Sprecher werden wollte? Ich wollte Filme synchronisieren, Features sprechen, solche Dinge machen. Ich war an einer Sprachakademie hier in Köln. Habe schon hier und da für den Deutschlandfunk gearbeitet, aber dann hat Ria mich verlassen, von einem Tag auf den anderen war sie weg. Sechs Monate später habe ich eine Postkarte aus Atlanta bekommen. ›Schöne Grüße – ich mußte Dich leider verlassen. Tut mir leid.‹« Er legte die Pistole mit einem Knall auf den Tisch. »Wer macht so etwas – verschwindet einfach so ohne ein Wort? Ich konnte nicht mehr zur Arbeit gehen, nicht mehr essen. Ich glaube, ein halbes Jahr habe ich mich von Zigaretten und Wein ernährt.« Er nahm die Pistole wieder auf und richtete sie auf ihren Kopf. »Ich möchte, dass du dich ausziehst, ganz langsam …«

»Ich glaube nicht, dass ich das möchte«, erwiderte Birte. »Willst du mich erschießen, wenn ich mich weigere? Rainer, denk einmal darüber nach, was du hier tust.«

»Ich will dir zeigen, dass ich dich liebe. Danach kannst du entscheiden«, sagte er. »Das ist doch ein faires Angebot, nicht wahr?« Er kniff ein Auge zusammen, als würde er zielen.

Sie versuchte, ganz ruhig zu bleiben und keine Regung zu

zeigen. »Pierre wird heute Abend noch zurückkommen, er wundert sich bestimmt schon, dass ich ihn nicht vom Flughafen abhole.«

Hinrichs lächelte überlegen. »Birte, fang nicht mit solchen Spielchen an. Ich weiß, dass der Kongress erst morgen Mittag zu Ende ist. Ich habe das ganze Programm im Internet nachgelesen.«

Sie schwieg. Ihr fiel keine Antwort ein. Was für Medikamente hatte er genommen? Er umklammerte die Pistole. Sie registrierte, dass eine Ader an seiner Schläfe pulsierte, dann riss er die Waffe hoch und drückte ab. Sie wäre beinahe vom Stuhl gefallen, der Knall war ohrenbetäubend. Er hatte über ihr in die Wand geschossen.

»Bist du verrückt geworden?«, zischte sie. Ihr Herz schlug ihr bis in den Hals hinauf.

»Verrückt? Vielleicht.« Er verzog das Gesicht, als litte er an Schmerzen. »Ich will, dass du dich ausziehst.«

Jemand klingelte an ihrer Tür. Ein Nachbar möglicherweise, den der Lärm angelockt hatte, oder Jan war endlich eingetroffen?

Hinrichs wandte nicht einmal den Kopf. »Ich habe die ganze Nacht Zeit«, sagte er leise, »aber ich möchte, dass du es jetzt tust.«

4

Goldmanns Klaviermusik verklang – ein kurzes Stück, nicht mehr als zehn Minuten. Therese hatte die Augen geschlossen, sie atmete, als würde sie schlafen. Konnte er sie allein lassen? Er legte ihr eine Decke über die Füße, und sie lächelte kurz, ohne die Augen zu öffnen.

»Ich muss noch etwas erledigen«, sagte er, »aber ich komme wieder, wenn du willst.«

Sie winkte wortlos ab, dann, als er schon dachte, sie würde nichts mehr sagen, flüsterte sie: »Ich habe keine Angst vorm Sterben, habe ich nie gehabt. Sterben kann jeder, das ist keine Kunst.«

Schiller spürte, dass ihm Tränen in die Augen traten. Verdammt, warum redete sie so? Er kam sich wie ein sentimentaler Trottel vor.

»Sterben habe ich mir schon als Kind wie Schwimmen vorgestellt – man schwimmt aufs Meer hinaus, man gleitet dahin, und dann irgendwann zieht es einen hinunter. Es geht ganz schnell und tut nicht weh. So wird es bei mir sein.«

Aus einem Impuls heraus beugte Schiller sich vor und küsste sie auf die Stirn, schnell und flüchtig.

»Ich bin morgen früh wieder da«, sagte er und ging hinaus.

Im Wagen überlegte er, Carla anzurufen. Sie könnte Therese eher zureden, etwas zu essen, als er. Aber Carla hatte sich nach Bad Ems aufgemacht – da war sein Freund Broder zur Kur und langweilte sich zu Tode.

Schiller brauchte fünfzehn Minuten von Seeberg im Kölner Norden bis nach Sülz zum Hermeskeiler Platz. Birte hatte sich in einem eleganten Wohnkomplex eingemietet, der eigentlich viel zu teuer für eine Hauptkommissarin sein musste.

Hinrichs war offenbar noch nicht abgezogen. An dem Streifenwagen war das Blaulicht eingeschaltet, und die Beifahrertür stand offen. Ein Jugendlicher sprang aus dem Wagen heraus, als Schiller sich näherte. Schiller schlug die Tür zu und wandte sich um. In Birtes Küche brannte Licht. Ob Hinrichs da saß, konnte er jedoch nicht erkennen.

Hatte sie ihn tatsächlich in ihre Wohnung gelassen? So verrückt konnte sie eigentlich nicht sein. Seit fast einem Jahr stellte Hinrichs ihr nach – alle Appelle und Drohungen waren fruchtlos geblieben.

Ein Mann trat aus der Haustür, sodass Schiller hineinschlüpfen konnte, ohne zu klingeln. Den Schuss hörte er, als er drei Schritte von Birtes Wohnungstür entfernt war. Drehte Hinrichs nun komplett durch? Er wartete, ob noch ein zweiter Schuss fiel, dann drückte er auf den Klingelknopf, aber nichts geschah in der Wohnung.

Hatte Hinrichs auf Birte geschossen? Konnte das tatsächlich sein? Schiller hatte keine Waffe dabei. Er versuchte, kühl zu überlegen und nicht in Panik zu verfallen. Kurz entschlossen klingelte er an der anderen Wohnungstür in der Etage. Eine dünne, groß gewachsene Frau mit langen blonden Haaren öffnete und schaute ihn ängstlich an. Sie trug ein enges schwarzes Kleid. Er hielt ihr seinen Dienstausweis entgegen.

»Ich brauche Ihre Hilfe«, sagte er. »Haben Sie einen Schraubenzieher – etwas in der Art?«

Die Frau war allenfalls fünfundzwanzig, ihre Augenlider flatterten, sie leckte sich nervös über die Lippen. »Haben Sie das auch gehört?«, fragte sie. »Diesen Knall?«

Er nickte. »Ich muss kurz in der Wohnung gegenüber nach dem Rechten sehen«, sagte er. »Da wohnt eine Kollegin – Birte Jessen. Sie kennen sie vielleicht.«

Die Frau lächelte. »Ja, ich kenne Birte.« Dann wandte sie sich um und kehrte ein paar Sekunden später mit einem nagelneuen mittelgroßen Schraubenzieher zurück.

»Danke«, sagte Schiller, »kriegen Sie gleich wieder. Am besten schließen Sie Ihre Tür.«

Die Frau schaute ihn mit großen Augen an. Sie ist hübsch, dachte Schiller und versuchte, sie mit einem Lächeln in ihre Wohnung zurückzutreiben. Tatsächlich zog sie die Tür hinter sich zu.

Vor Birtes Wohnung lauschte Schiller einen Moment. Einen zweiten Schuss hatte Hinrichs, dieser Verrückte, nicht abgegeben, aber er nahm auch keine Stimmen wahr. Dreimal setzte er den Schraubenzieher an, dann hatte er die Wohnungstür geöffnet. Langsam schob er sie auf.

In der Diele brannte kein Licht, auch nicht in dem großen Wohnraum, in dem Birte in einer Glasvitrine die letzte Geige aufbewahrte, die ihr Freund Martin, der Instrumentenbauer aus

Sankt Pauli, ihr vermacht hatte. Ein fahles Licht, das aus der Küche drang, strich über diesen Glaskasten. Während er sich vorsichtig näherte, hörte er Hinrichs' Stimme.

»Ich will dir nichts tun«, sagte Hinrichs. Er klang erregt. »Ich will dir nur beweisen, dass ich der Richtige für dich bin.«

Die Küchentür war nur angelehnt. Schiller drückte sie ein paar Zentimeter auf, sodass er hineinsehen konnte. Birte saß auf einem Stuhl. Sie hatte die Arme um sich gelegt, als würde sie frieren. Von Hinrichs war nur ein Arm zu sehen, aber offenkundig hatte er der Tür den Rücken zugekehrt.

»Ich werde nicht noch einmal schießen – ich verspreche es dir«, sagte er. Nun klang er fast flehend. »Ich tue alles, was du willst.«

»Dann geh endlich«, erwiderte Birte mit kalter Stimme.

Schiller bewunderte sie für ihren Tonfall – sie wirkte kein bisschen eingeschüchtert. Aber ihre Kühle schien Hinrichs zu provozieren. Er sprang auf, und nun konnte Schiller sehen, dass er Birte mit einer Pistole bedrohte.

»Ich habe es immer gut gemeint«, zischte Hinrichs. »Immer nur gut gemeint.« Er machte einen Schritt um den Tisch herum, sodass Schiller ihn nun vor sich hatte.

Plötzlich klingelte sein Smartphone – ein heller, freundlicher Ton, der die Szenerie von einer Sekunde auf die nächste komplett veränderte.

Hinrichs drehte sich abrupt um, die Pistole von sich gestreckt. Schiller duckte sich und stieß mit dem Schraubenzieher zu. Die Kugel, die Hinrichs abfeuerte, jagte an ihm vorbei, er konnte den heißen Luftstrom spüren und machte sich noch kleiner. Hinrichs schrie auf, der Schraubenzieher hatte sich in sein Bein gebohrt, dann versetzte er Schiller einen Stoß und hetzte an ihm vorbei. Auch Birte war aufgesprungen, sie schrie »Jan!«, panisch, voller Angst.

Schiller stürzte zu Boden. Er sah, wie Hinrichs humpelnd in dem dunklen Wohnzimmer verschwand. Für einen Moment überlegte er, ihm nachzueilen, doch da war Birte bei ihm und beugte sich über ihn.

»Bist du verletzt?«, fragte sie.

Er schüttelte den Kopf. »Alles in Ordnung«, erwiderte er, während er sich vom Boden erhob. »Ist Hinrichs nun komplett verrückt geworden?«

Er hörte, wie die Tür krachend ins Schloss fiel.

»Er hat mich vorgestern mit Pierre gesehen und ist total eifersüchtig.« Sie ging zum Küchenfenster und blickte hinaus. Einen Moment später hörte man, wie ein Wagen mit quietschenden Reifen davonfuhr.

»Was sollen wir tun?«, fragte Birte dann. Kraftlos sank sie auf einen Stuhl.

»Er ist gemeingefährlich.« Auch Schiller zog sich einen Stuhl heran, allerdings nicht den, auf dem Hinrichs gesessen hatte. »Die Kugel hätte mich in den Kopf getroffen, wenn ich mich nicht geduckt hätte. So jemanden wie ihn muss man schnellstens aus dem Verkehr ziehen.«

»Er ist immer noch unser Kollege.« Birte wischte sich über die Augen. So bleich und erschöpft hatte er sie selten gesehen.

»Er ist ein Mann, der mit einer Waffe durch die Gegend läuft und schießt. Und er wird wiederkommen. Ganz sicher.«

Die nächste Stunde verbrachten sie beinahe schweigend. Birte hatte eine Flasche Rotwein geöffnet und ihm und sich eingeschenkt. Der Anruf auf dem Smartphone war von Carla gekommen, doch als er sie zurückrufen wollte, sprang lediglich ihre Mailbox an.

Schiller hatte eine Fahndung formuliert, aber er hatte sie nicht abgeschickt. Dabei würde Hinrichs vermutlich den Streifenwagen zurückbringen, wenn er nicht wollte, dass man ihn entdeckte. Man würde ihn also leicht am Präsidium verhaften können. Was für eine Schwachsinnsidee, mit einem Polizeiwagen und eingeschaltetem Blaulicht bei Birte vorzufahren!

»Wir müssen ihm helfen«, sagte Birte nachdenklich. »Er ist ein Polizist, ein Kollege. Er ist aus dem Tritt geraten, aber …«

»Nein.« Schiller ging ans Fenster und blickte hinunter. In dieser Nacht jedoch würde Hinrichs wohl nicht mehr auftauchen. »Er ballert in der Gegend herum, er ist ein Krimineller, der bei der Kölner Polizei nichts mehr zu suchen hat.«

Als er sie ausgesprochen hatte, kamen ihm seine Worte unangemessen hart vor – er dachte an seinen Freund Matthias Brasch, der einmal Hauptkommissar gewesen war, dann aber, als er Beweismittel manipuliert hatte, den Dienst hatte quittieren müssen. Nun schlug er sich als Privatdetektiv durch. Was würde Hinrichs tun, wenn man ihn hinauswerfen würde?

»Wenn du nichts dagegen hast, bleibe ich heute Nacht hier«, sagte Schiller. »Carla ist bei Broder in Bad Ems, und ich …« Er verstummte abrupt. Hatten seine Worte missverständlich oder aufdringlich geklungen? »Ich glaube nicht, dass Hinrichs heute noch einmal auftaucht, aber man kann nie wissen.«

Birte nickte und schenkte ihm noch ein Glas Wein ein. Als ihr Smartphone klingelte, zuckte sie zusammen, doch es war Pierre. Mit dem Telefon am Ohr ging sie in ihr Schlafzimmer hinüber und kehrte bereits nach fünf Minuten mit einem Kissen und einer Decke zurück.

»Ich habe Pierre nie etwas von Hinrichs erzählt.« Sie reichte Schiller die Decke und blieb in der Tür stehen. »Er muss es auch nicht wissen. Pierre ist manchmal ein wenig zu eifersüchtig. Er würde Hinrichs sofort vor Gericht zerren.« Sie wandte sich zum Gehen. »Schlaf gut«, sagte sie mit abwesendem Gesichtsausdruck.

Schiller blickte ihr nach. So kannte er sie nicht – so erschöpft und kleinlaut. Aber er wusste um den Grund: eine Polizistin, die einen Polizisten anklagen sollte, da hatten schon andere Skrupel bekommen.

Schiller machte es sich auf dem Ledersofa bequem. Ein Streifen Licht drang aus Birtes Schlafzimmer. Er wartete, dass sie die Lampe ausschaltete, doch nichts geschah. Er meinte, leise Musik wahrzunehmen, dann hörte er sie summen, oder nein, es klang, als würde sie Atemübungen machen. Am Anfang, in den ersten Tagen, hatte er gedacht, dass er mit dieser drögen Hamburgerin niemals zurechtkommen würde. Nun war sie seine liebste Kollegin und so etwas wie seine beste Freundin geworden.

Ich sollte mit ihr tanzen gehen, Tango tanzen, dachte er. Wie lange hatte er keinen Tango mehr getanzt? Seit Sylvie, seine Lehrerin, mit Brasch eine Affäre gehabt hatte.

Als er schon aufstehen wollte, um hier, auf der Stelle, mit Birte zu tanzen, erlosch das Licht in ihrem Zimmer.

5

Mitten in der Nacht wachte sie auf, weil sie glaubte, jemand sei durch ihr Zimmer geschritten. Martin, dachte sie, Martin, wo bist du hin? Früher, kurz nach seinem Tod, war es ihr oft so ergangen. Sie war sicher gewesen, seine Nähe zu spüren. Einmal hatte sie sogar geglaubt, er habe ihr eine Botschaft in einem Traum zukommen lassen, dabei hatte sie für Esoterik und Übersinnliches eigentlich nichts übrig. »Es ist alles in Ordnung«, hatte ihr eine Stimme zugeflüstert, während ihr ganz heiß geworden war, als hätte sie sich glühender Lava genähert, »mir geht es gut. Es war nur alles sehr verwirrend, nachdem ich gestorben war.«

Birte richtete sich auf, dann fiel ihr ein, dass Jan in ihrem Wohnzimmer schlief, seltsamerweise. Offenbar hatte er keine Lust gehabt, in seine leere Wohnung zu fahren. Seine Beziehung zu Carla war ein ewiges Auf und Ab, zurzeit schienen die beiden wieder in einem Tal angekommen zu sein. Polizisten taugten nicht für eine feste Beziehung, hatte sie oft gedacht, auch Pierre hatte sich bereits über ihren Eigensinn und ihre gelegentliche Schweigsamkeit mokiert. Schlossen Liebe und Glück sich aus – schaffte sie es nicht, beides zusammenzubringen?

Auch Hinrichs war ein trauriges Beispiel für einen gescheiterten Polizisten – ein schwacher Moment, eine halbe Nacht mit ihr, und er war komplett aus der Bahn geraten. Sie dachte an seine schmutzige, übel riechende Wohnung in der Annostraße und überlegte, ihn anzurufen, aber wahrscheinlich wäre das wieder ein falsches Signal. Aus der Kur hatte er ihr drei Kurznachrichten geschickt – eine wilde Mischung aus Vorwürfen und Liebesschwüren, auf die sie jedoch nicht eingegangen war.

Als ihr Smartphone klingelte, meinte sie, nur kurz wieder eingenickt zu sein, doch die Digitalanzeige ihres Weckers neben dem Bett zeigte sechs Uhr zweiundvierzig an.

Nele Kracht, ihre Assistentin aus dem Präsidium, war am Apparat. Für einen Moment war Birte überzeugt, dass sie von Hinrichs sprechen würde – davon, dass er in dieser Nacht noch andere Dummheiten begangen hatte.

»Weißt du, wo Jan ist?«, fragte Nele. »Ihr habt einen Einsatz.

Südstadion an der Vorgebirgsstraße, da ist eine Leiche gefunden worden.«

Jan brauchte einen starken schwarzen Kaffee, um wach zu werden, dann fuhren sie mit seinem Passat los. Wie kam ein Toter ins Südstadion – und wer hatte ihn um diese Zeit entdeckt? Jan war schweigsam, ein Morgenmuffel, der erst nach einer Kanne Kaffee auf Touren kam. Birte war dankbar, dass er nicht von Hinrichs redete, darüber, dass sie einen Mann hatten laufen lassen, der mit seiner Dienstwaffe geschossen hatte.

»Hier bin ich mit meinem Vater manchmal gewesen.« Jan deutete zum Stadion hinüber. Alle vier Flutlichtmasten waren angeschaltet. Offenbar war die Spurensicherung schon eingetroffen und durchsuchte das Areal. »Er war eigentlich FC-Fan, aber sonntags sind wir, wenn dicke Luft zu Hause herrschte, auch zur Fortuna gegangen. Da waren nie viele Zuschauer, trotzdem hat es immer Spaß gemacht.« Er bog nach links ab und näherte sich dann dem Stadion über eine schmalere Zufahrt. Sie passierten ein Tierheim, in dem schon Licht brannte, und hielten vor dem Eingang. Ein großes, zweiflügeliges Metalltor war geöffnet. Drei Streifenwagen parkten da, daneben stand der graue Kombi der Kriminaltechnik.

Birte zögerte, bevor sie ausstieg. »Wir müssen Hinrichs noch eine Chance geben«, sagte sie.

Jan nickte, als hätte auch er die ganze Zeit über Hinrichs nachgedacht.

Sie liefen einen dunklen Gang zwischen den Tribünen in das Stadion hinunter. Es war halb acht und wurde langsam hell. Ein uniformierter Polizist hatte sich an der Begrenzung zur Laufbahn postiert und hob die Hand zu einem Gruß. Jan nannte seinen Namen, während sie an ihm vorbei über den Rasen gingen. Drei andere Polizisten hatten sich da verteilt, und vier Männer der Spurensicherung in ihren weißen Papieranzügen hatten sich bereits an die Arbeit gemacht.

Der Tote saß festgebunden auf einem Stuhl im Mittelkreis des Stadions. Zu seinen Füßen stand ein kleines flackerndes Licht, wie man es von Gräbern kannte. Birte war überrascht. Ihr war stets unbehaglich, wenn sie einer Leiche gegenübertrat, aber diese Szene kam ihr seltsam friedlich vor. Der Kopf des Mannes war ihm auf die Brust gesunken, die Wunde an seiner rechten Schläfe wirkte harmlos, als habe er sich gestoßen. Nur wenn man genau hinsah, bemerkte man, dass sich der Rasen zu seinen Füßen blutig verfärbt hatte. Der Tote mochte fünfzig Jahre alt sein, er hatte schwarze, halblange Haare, die von ein paar grauen Strähnen durchzogen wurden. Der schwarze Ledermantel, den er trug, sah elegant und teuer aus.

Schultke, der Chef der Spurensicherung, trat auf sie zu. »Der Platzwart hat den Toten entdeckt«, sagte er. »Er heißt Meurer und fängt schon um halb sieben an. Heute Abend soll hier Fortuna spielen.«

Jan nickte. Er betrachtete den Toten und ging dann in die Hocke, um dem Mann ins Gesicht zu schauen. »Was ist das für eine blöde Inszenierung?«, sagte er. »Warum hat man ihn hier so ausgestellt?«

»Die Täter haben das Metalltor aufgebrochen«, erwiderte Schultke. »War allerdings auch nicht schwer. Das Tor ist marode. Na …« Er blickte sich um. »Das ganze Stadion könnte eine Renovierung gebrauchen.«

Jan erhob sich wieder. Er schaute Schultke an. »Kennst du ihn nicht – den Toten?«, fragte er, und ohne eine Antwort abzuwarten, fuhr er fort: »Das ist Paul Kosslick, der Bruder vom Großmaul Jimmi.«

»Von Jimmi – von Hans Kosslick, dem Torwart?«, fragte Schultke, sichtlich überrascht.

»Genau. Jimmi hat hier zwanzig Jahre lang gespielt.« Er blickte Birte an. Erklärend fügte er hinzu: »Er war Torwart bei Fortuna, eine Institution in Köln. Heute ist er ein windiger Geschäftsmann.«

»Jimmi hat fast zwanzig Jahre für Fortuna im Tor gestanden – bis 1999, da hat Fortuna noch in der Zweiten Liga gespielt. Dann sind sie abgestiegen, in der ersten Saison ohne ihn. Von da an ging es immer weiter abwärts.«

Sie hatten sich nur kurz im Stadion umgesehen und die Personalien des Platzwartes aufgenommen, dann waren sie zurück zum Auto gegangen. Jan schien sich regelrecht in seinen Erinnerungen zu verlieren. Im Präsidium hatte er ein Foto der letzten Meistermannschaft des 1. FC Köln an der Wand. Er kannte nicht nur den Namen eines jeden Spielers, sondern wusste auch bei fast jedem, was aus ihm geworden war.

»Glaubst du, dass es da einen Zusammenhang gibt?«, fragte Birte. »Weil der Bruder Torwart war, hat man Paul Kosslick in diesem Stadion exekutiert?«

»Das werden wir gleich herausfinden.« Jan hielt vor einem weißen dreistöckigen Neubau. Sie befanden sich irgendwo in Ossendorf, in einer langweiligen, aufgeräumten Straße. Ein grauer VW-Kombi parkte davor. Ein Mann in einem olivgrünen Parka trug einen Karton aus dem Haus, den er dann hinten in den Wagen hievte. Jan runzelte die Stirn.

»Sieht so aus, als wären wir nicht die Einzigen, die auf die Idee gekommen sind, Hans Kosslick einen Besuch abzustatten.«

Sie stiegen aus, und Jan hielt dem Mann im Parka seinen Dienstausweis entgegen. Der Mann betrachtete ihn ohne Regung. »Wir sind von der Steuerfahndung«, sagte er, ohne sich selbst vorzustellen. »Die Staatsanwältin ist eben weggefahren. Wir haben hier alles eingepackt, was wir gesucht haben.«

Im nächsten Moment sprang der Motor an. Eine Frau mit halblangen blonden Haaren saß am Steuer und bedeutete ihrem Kollegen, dass sie es eilig hatte. Der Mann im Parka nickte und öffnete die Beifahrertür.

Jan schritt auf die offene Haustür zu. »Das scheint heute nicht Jimmis Glückstag zu sein«, sagte er.

»SportsConsulting« stand in goldenen Lettern auf einem Messingschild. Darunter: »Kosslick und Kosslick«.

»Hier residieren die Brüder seit ein paar Jahren. Jimmi ist Spielervermittler«, erklärte Jan.

Auch im Innern des Hauses war alles weiß – weiße Bodenfliesen, weiße Wände, selbst die Sitzgarnitur im Empfangsbereich war weiß. Das erste Büro, das sich anschloss, war leer. Vor einem ebenfalls weißen Schreibtisch gruppierten sich drei Stühle. In dem nächsten Büro, das die Ausmaße eines kleineren Saales hatte, stand ein Mann am Fenster und blickte auf eine Rasenfläche hinaus, auf dem ein kleines Kindertor aufgebaut war. Ein schwarz-weißer Lederball lag im Netz. Der Mann wandte sich nicht um, als sie eintraten, er hatte die Hände tief in den Taschen vergraben.

Rechts befand sich ein wuchtiger Schreibtisch, erstaunlicherweise aus dunklem Holz. Darüber hing das Foto einer Fußballmannschaft – elf Spieler in rot-weißen Trikots. Den Frisuren der Spieler nach musste das Foto aus den siebziger oder achtziger Jahren stammen.

Linker Hand stand ein Tisch mit sechs Stühlen. An der Wand ein Bild vom Dom – offenbar war ein Dom-Motiv in jedem Kölner Büro Pflicht – sowie ein großformatiges Foto von einem dunkelhaarigen Fußballspieler, der mit schmerzverzerrtem Gesicht zu einem Kopfball ansetzte.

»Was wollen Sie noch?«, fragte der Mann mürrisch. »Warum nehmen Sie nicht auch noch die Computer mit?«

»Die Kollegen sind schon weggefahren«, erwiderte Jan gleichmütig. Er setzte sich auf einen der Stühle. »Wir sind von der Kriminalpolizei.«

Jimmi Kosslick drehte sich nun doch um. Er mochte fast zwei Meter groß sein, ein Riese mit kahl rasiertem Schädel. Dem Toten auf dem Stuhl sah er kein bisschen ähnlich.

»Was wollen Sie hier? Ist es nicht genug, wenn ich die Steuer am Hals habe?« Er lächelte, aber eher wie ein Boxer, der gleich zuschlagen würde. »Was habe ich sonst noch ausgefressen?«

»Wo ist Ihr Bruder?«, fragte Jan. »Haben Sie eine Ahnung, was er so treibt?«

Birte begann sich unwohl zu fühlen. Jan hatte einen merkwürdigen Weg gewählt, einem Hinterbliebenen eine Todesnachricht zu überbringen.

Kosslick blickte auf eine goldene Uhr an seinem linken Handgelenk. Er trug einen schwarzen teuren Rollkragenpullover und schwarze Jeans. »Er wird gleich eintreffen. Vor neun fängt er nie an. Dann kommt auch meine Sekretärin. Warum fragen Sie?«

»Sie arbeiten mit Ihrem Bruder zusammen? Sie beide sind Kosslick und Kosslick?«, fragte Jan.

Der Riese nickte. »Was soll der Scheiß? Wollen Sie mir auch was am Zeug flicken?« Er ballte die Fäuste und streckte sie vor. »Wir betreiben eine Consulting-Firma für Sportler – ganz seriös.

Bei uns gibt es keine krummen Sachen, auch wenn mich irgendein Saukerl beim Finanzamt angeschwärzt hat.«

Ein Telefon klingelte in dem anderen Büro, lange und anhaltend.

Kosslick achtete nicht darauf. »Also, was genau wollen Sie von meinem Bruder? Ist er bei Rot über eine Ampel gefahren? Oder was hat er Schlimmes verbrochen?«

»Er wird heute nicht ins Büro kommen«, erwiderte Jan ungerührt. »Er ist tot. Jemand hat ihm im Südstadion in den Kopf geschossen, genau am Mittelkreis. Haben Sie eine Ahnung, wer dahinterstecken könnte?«

Birte konnte sehen, wie Kosslick erstarrte. Er bewegte sich für ein paar Momente gar nicht, schien nicht einmal zu atmen, sondern in seinem Schrecken zu verharren, als hätte man ein unsichtbares Netz über ihn geworfen.

»Das … das kann doch gar nicht sein«, stammelte er dann. »Was reden Sie da?« Seine Augen zuckten hin und her, sprangen von Jan zu ihr und suchten in ihren Gesichtern eine Bestätigung, dass sie sich einen üblen Scherz mit ihm erlaubten. Schließlich beugte er sich vor, als hätte er Schmerzen, und ein lauter, tiefer Schrei drang aus seiner Kehle. »Nein!«, schrie er und: »Catic, ich bringe dich um!«

6

Schiller erinnerte sich an einen Sonntagnachmittag. Er war mit seinem Vater im Stadion gewesen, Fortuna gegen Offenbach, er war zehn oder elf Jahre alt. Mit einem freundlichen Nicken hatte sein Vater ihn aufgefordert, mit seinen eingeklebten Fußballbildern hinunter zum Spielfeld zu laufen. Missmutig stapften die Spieler an ihm vorbei, Fortuna hatte verloren, eins zu vier. Lediglich ein Spieler beachtete ihn, der riesengroße Torwart, der lange Haare hatte, nur sein Pony war kurz geschnitten, damit ihm keine Strähne die Sicht verdeckte. Jimmi Kosslick hielt inne, nahm den Stift, den er ihm zitternd hinhielt, er schaute ihn sogar an und fragte ihn, wie er heiße, dann kritzelte er seinen Namen auf sein Bild und sagte: »Komm nächstes Mal wieder, Jan, dann gewinnen wir, versprochen. Wir sind doch Sieger, oder nicht?«

Mit klopfendem Herzen hatte er Jimmi Kosslick nachgeblickt. Ein Fußballgott hatte zu ihm gesprochen, und eine Weile hatte er sich nichts anderes vorstellen können, als selbst ein Torwart zu sein.

Nun stand Kosslick neben ihm in der Rechtsmedizin, mehr als dreißig Jahre vergangen – er war immer noch ein Riese, ein einschüchternder Glatzkopf, der vor jeder Diskothek den Türsteher mimen konnte. Kosslick wischte sich die Tränen aus den Augen, als er auf seinen toten Bruder hinunterblickte, dann wandte er sich ab.

Schiller folgte ihm hinaus. Kosslick steckte sich eine Zigarette an. Sein Smartphone klingelte. Er blickte auf das Display und schaltete das Telefon dann ab.

»Ich habe immer auf meinen Bruder aufpassen müssen, ich war sechs Jahre älter als Paul. Er kam jedes Mal zu mir, wenn er Ärger hatte. Wir sind in Ossendorf aufgewachsen. Da gab es ständig Streit. Ich habe den Kleinen niemals im Stich gelassen.« Er wischte sich wieder über die Augen.

»Sie können es sich aussuchen«, sagte Schiller. »Wir fahren entweder ins Präsidium, oder wir trinken irgendwo hier einen Kaffee.« Birte war schon ins Präsidium vorausgefahren, sie wollte sich mit Bert Cremer, dem Dritten in ihrem Team, die Wohnung des Toten vornehmen, die in Sürth lag.

»Die Meute wird bald kommen«, sagte Kosslick verächtlich. »Presse – die haben bestimmt schon Blut gerochen.« Er straffte sich. »Ich will nicht ins Präsidium, und eigentlich will ich ohne meinen Anwalt gar nichts sagen.«

»Wer ist Catic?«, fragte Schiller.

»Ich zeige Ihnen was«, sagte Kosslick. Er deutete zum Melatenfriedhof, an den das Rechtsmedizinische Institut grenzte. »Wir gehen ein bisschen spazieren, hier über den Friedhof.«

Schweigend schritten sie nebeneinanderher. Auf dem Friedhof herrschte kaum Betrieb. Gärtner legten einen neuen Weg an, zwei alte Frauen kamen ihnen entgegen. Schiller fragte sich, wann er das letzte Mal das Grab seiner Eltern besucht hatte. Sie waren auf dem Südfriedhof begraben, da kam er ganz selten vorbei.

Plötzlich blieb Kosslick stehen. Er wies auf einen grauen Grabstein. »Helmut Walhorn«, stand da, »1941–1998«.

»Das war mein erster Trainer, ist an Krebs verreckt«, sagte er. »Walhorn hat mir alles beigebracht. Ohne ihn wäre ich verloren gewesen. Vielleicht wäre ich sogar im Knast gelandet. War ja in Ossendorf nicht weit. Eigentlich bin ich jeden Tag an den Gefängnismauern langgelaufen, hat mir aber keine Angst gemacht.« Er lächelte. »Disziplin, Ausdauer, Fleiß – wie wichtig das ist, hat Walhorn mir eingebläut. Meine Eltern standen in ihrer Bäckerei, von morgens bis abends. Mein Vater hat gebacken, meine Mutter hat verkauft. Ich habe sie oft tagelang nicht gesehen. Mir haben sie gesagt: Junge, fall nicht auf, mach deine Schularbeiten und lerne anständig. Aber ich wollte auffallen, ich wollte etwas Großes leisten. – Na, deutscher Meister bin ich trotzdem nicht geworden, immerhin war ich ein ziemlich guter Torwart. Vielleicht hätte ich doch mal wechseln sollen – ich hatte Angebote von allen möglichen Vereinen. Fast wäre ich sogar in London gelandet, Arsenal London, kann man sich heute gar nicht mehr vorstellen. Irgendwie wollte ich dann doch nicht aus Köln weg.« Er steckte sich eine Zigarette an.

»Ihr Bruder ist ermordet worden«, sagte Schiller. »Wir wollten über Catic sprechen.«

»Nein«, sagte Kosslick, »das wollten wir nicht. Wir wollten ein paar Schritte gehen, und ich wollte über mich sprechen, wer ich bin. Wussten Sie, wer ich bin?«

Schiller nickte. Beinahe hätte er die Episode aus dem Stadion erzählt. »Jeder weiß, wer Sie sind. Der große Kosslick!«

»Ganz genau!« Kosslick hob seine Hände, als würde er einen Ball fangen. »Der beste Torwart, den die Fortuna je hatte.« Er begann zu tänzeln, als würde er einen Ball vor sich liegen haben. »Ich war auch ein guter Fußballer, das war damals schon wichtig.« Er holte aus, als würde er gegen einen Ball treten.

»Wer ist Catic?«, wiederholte Schiller.

»Catic ist ein Niemand«, sagte Kosslick. »Vergessen Sie ihn.«

»Wer könnte einen Grund haben, Ihren Bruder zu töten?«

Kosslick verharrte in der Bewegung und schaute Schiller an, als hätte er für einen Moment vergessen, was seinem Bruder widerfahren war. »Können wir zum Stadion fahren?«, fragte er. »Ich muss die Stelle sehen, wo er gestorben ist.«

Schiller nickte.

Während sie zur Rechtsmedizin zurückgingen, rief er Therese an. Er machte sich Sorgen, er hatte versprochen, am frühen Morgen vorbeizukommen. Zehn Mal ließ er es klingeln, doch sie ging nicht an den Apparat.

Kosslick fuhr einen weißen Porsche Cayenne, einen Wagen von der Breite eines Lastwagens. Schiller folgte ihm mit seinem Passat. Er sah, wie Kosslick heftig gestikulierend telefonierte. Der Tod seines Bruders hatte ihn angeknockt, aber Geschäfte schien er immer noch machen zu müssen.

Die Spurensicherung war noch im Stadion beschäftigt. Schultke stand an ihrem grauen Kastenwagen und telefonierte. Sonderlich glücklich sah er nicht aus. Als Schiller ihn anblickte, reckte er den Daumen nach unten. Schlechte Spurenlage, sollte das wohl heißen.

Kosslick hatte sich offensichtlich wieder etwas gefangen. »Die Presse weiß schon Bescheid«, sagte er. »Ist wohl nicht anders zu erwarten. Und bei Fortuna ist man auch ganz konsterniert. Das Spiel heute Abend ist abgesagt. Aber das wissen Sie wohl längst.«

Schiller nickte, obwohl er davon noch nichts gehört hatte. »Warum hat man Ihren Bruder hier getötet?«, fragte er. »Er war doch gar kein Fußballer, nicht wahr?«

Sie gingen den Gang ins Stadion hinunter. Kosslick rauchte

wieder. »Ich weiß nicht«, sagte er. »Nein, Paul war kein Fußballer, aber vielleicht wollte man mich ...« Er verstummte und blieb abrupt stehen.

Schiller folgte seinem Blick. Das Spielfeld war verwaist, dort, wo sein Bruder gestorben war, war niemand mehr bei der Arbeit. Auch den Stuhl hatte man längst in die Kriminaltechnik abtransportiert. Auf der Tartanbahn, die das Spielfeld umgab, stand jedoch jemand – ein Rollstuhl, in dem eine Frau mit hellen roten Haaren saß.

»Wer ist die Frau?«, wollte Schiller wissen, doch Kosslick löste sich von ihm und eilte auf die Tartanbahn.

Die Frau trug eine grüne Jacke und eine Sonnenbrille, obwohl der Himmel bewölkt war. Sie mochte etwa fünfzig Jahre alt sein, eine reife Schönheit mit Sommersprossen auf den Wangen und einem leicht rötlichen Teint.

»Hedda«, sagte Kosslick und klang schuldbewusst. »Woher ...? Tut mir leid, ich hätte es dir sagen müssen.«

Die Frau blickte zu ihm auf. Sie lächelte matt. Zwei Grübchen gruben sich in ihre Wangen, was sie jünger aussehen ließ. »Deine Sekretärin hat mich angerufen – damit ich es nicht aus der Zeitung erfahre.« Ihr Blick wanderte weiter zu Schiller. »Sie sind von der Polizei?«

Schiller zückte seinen Ausweis. »Und wer sind Sie?«, fragte er, doch die Frau beachtete ihn gar nicht mehr.

»War er sofort tot?«, fragte sie. »Eine Kugel in den Kopf – hier, mitten in der Nacht?« Sie drehte den Kopf wie eine Blinde. Schiller meinte zu erkennen, dass ihre Augen hinter der Sonnenbrille geschlossen waren. »Er hat bestimmt nicht leiden müssen, nicht wahr?«

Kosslick ergriff die Hand der Frau. »Hedda«, sagte er. »Soll ich dich zurückfahren?«

Sie schüttelte den Kopf. »Ich habe Paul ganz oft gehasst – er hat mein Leben verpfuscht. Ich habe mir ganz oft seinen Tod vorgestellt. Es war wie im Kino. Ich sah ihn in seinem alten Volvo von der Straße abkommen. Der Wagen glitt durch die Luft, er segelte förmlich dahin, als hätte er unsichtbare Flügel, doch dann stürzte er senkrecht in eine Schlucht und ging in Flammen auf.

Lächerlich, was?« Sie nahm ihre Brille ab und schaute Schiller an. Sie hatte die blauesten Augen, die er je gesehen hatte – zwei helle wunderschöne Seen in einem makellosen Gesicht.

»Verraten Sie mir vielleicht doch, wer Sie sind?«, sagte Schiller so charmant er konnte.

»Hedda und Paul waren einmal verheiratet«, warf Kosslick ein. Bei dieser Frau klang sogar ein Riese wie er kleinlaut. »Dann gab es diesen Unfall, den Paul verursacht …«

Hedda berührte Kosslick beiläufig am Arm, doch diese kleine Geste war so entschieden, dass er verstummte. »Seit dreitausendzweihundertsechsundzwanzig Tagen bin ich ein Krüppel«, sagte sie freundlich. »Und das habe ich meinem Exmann zu verdanken, diesem toten Scheißkerl.«

Am Nachmittag machte ihm eine Müdigkeit zu schaffen, die sich auch mit schwarzem Kaffee nicht mehr vertreiben ließ. Fitschen, der Kriminaldirektor, und der Staatsanwalt, ein junger Bursche mit kurzen rötlichen Haaren, der Merz hieß und ganz neu auf diesem Posten war, hatten unterrichtet werden wollen. Die Faktenlage war klar. Paul Kosslick war zweifelsfrei im Südstadion erschossen worden. Eine Hinrichtung – ein aufgesetzter Schuss in die Schläfe, die Schusswaffe hatte die Kriminaltechnik noch nicht bestimmen können. Der Tatort war ein eindeutiges Statement. Kosslick war in ihrer gemeinsamen Firma zwar nur die Nummer zwei hinter seinem großen Bruder, aber er mischte ebenfalls im Fußballgeschäft als Berater mit.

War es da Zufall, dass ein Unbekannter die beiden Kosslicks beim Finanzamt angezeigt hatte? Angeblich hatten sie Millionen an Steuern nicht bezahlt. Ein Racheakt, hatte Kosslick vermutet, von einem Spieler, dem er keinen neuen Vertrag hatte besorgen können. Malte Feldstein, der zuletzt beim VfL Osnabrück in der Dritten Liga gespielt hatte – diesen Namen hatte er ihnen zumindest genannt. Aber wer dieser Catic war, dessen Namen Kosslick in seinem Büro voller Zorn herausgeschrien hatte, wussten sie immer noch nicht.

Um halb sieben verließ Schiller das Präsidium. Therese war den ganzen Tag nicht an ihr Telefon gegangen. Er sah sie abgemagert und apathisch auf ihrem Sofa liegen, eine alte Frau, die ihren Lebensmut vollkommen verloren hatte. Anscheinend interessierte sie nicht mehr, was um sie herum vorging. Schiller hielt auf der Venloer Straße bei einem Vietnamesen und ließ sich zwei Suppen mit Huhn und Glasnudeln mitgeben. Dann fuhr er zu ihrem Bungalow nach Seeberg hinaus.

Während er auf den Eingang zuschritt, fiel seltsamerweise alles von ihm ab. Sein neuer Fall, der Tod von Kosslick, dass Carla nun schon seit fast zwei Wochen bei Broder in Bad Ems war, all das hatte plötzlich keine Bedeutung mehr. Therese würde sterben, es mochte noch ein paar Tage oder zwei, drei Wochen dauern, aber in dieser Zeit musste er sich so gut es ging um sie kümmern.

Als er die Haustür aufgeschlossen hatte, nahm er den Duft von Kaffee wahr. In dem engen Hausflur, in dem stets Kartons oder Kisten den Weg versperrten, in denen Therese Kleider, Spielzeug oder Küchenutensilien sammelte, die sie an Bedürftige in ihrer Kirchengemeinde weiterreichte, stand ein Einkaufskarren – vollgepackt mit einem olivgrünen Rucksack und mehreren Plastiktüten sowie etlichen leeren Flaschen. Auf der Ablage unter dem Korb waren ein Stahlhelm, wie ihn Soldaten benutzten, und ein schmutziger, halb zusammengerollter Schlafsack zu sehen. Über den Griff des Wagens hatte jemand einen langen schwarzen Ledermantel geworfen.

Kein Zweifel – Therese hatte Besuch. Aus der Küche drangen Stimmen. Ein Mann lachte, und dann … Schiller traute seinen Ohren nicht. Therese kicherte ihr typisches Altmädchenlachen, ein wenig heiser und lang anhaltend, dann sagte sie: »Dat hässe jot jemaat, Hermännchen.«

Schiller glaubte, Zeuge eines Wunders zu sein, nachdem er die halb offene Küchentür erreicht hatte. Therese saß gekämmt und hellwach in einem braunen Rock aufrecht auf einem Stuhl, vor sich eine Tasse Kaffee, und lebhaft in ein Gespräch vertieft. Vor ihr hatte ein Mann mit fettigen grauen Haaren Platz genommen, er war unrasiert, trug einen filzigen vergilbten Pullover und wirkte ziemlich heruntergekommen.

»Ach, Jung«, sagte Therese und winkte Schiller mit einem Lächeln herein, »gut, dass du kommst.«

Der grauhaarige Mann sprang von seinem Stuhl auf. »Ich hoffe, ich störe nicht«, sagte er und senkte demütig den Kopf. »Ich wollte nicht ... Ich wusste nur nicht, wo ich hinsollte ...« Die letzten Worte stammelte er.

Schiller stellte die Plastiktüte mit den beiden Suppenschalen auf den Tisch. »Ich habe dir Suppe mitgebracht«, sagte er und blickte Therese an. »Eine Stärkung ... ich dachte ...«

Sie deutete auf den Mann. »Hermann ist eben gekommen. Er hat ein Problem. Deshalb bin ich wieder aufgestanden. Wir müssen ihm helfen.« Sie erhob sich und holte eine Schüssel aus einem ihrer Küchenschränke.

»Du bist aufgestanden, weil Hermann ein Problem hat?«, fragte Schiller.

Therese winkte ab. »Jan hat sich ein paar Sorgen gemacht«, sagte sie mit leicht spöttischem Tonfall an ihren Gast gewandt. »Mir ging es gestern nicht so gut.«

Mir ging es nicht so gut! Schiller hätte beinahe losgelacht. Du wolltest sterben, Therese, hätte er beinahe ausgerufen. Du hattest dich zum Sterben auf dein Sofa gelegt.

Sie kippte die Suppe aus einer der Schalen in die Schüssel und schob sie mit einem Löffel Hermann hin, der sich auch gleich über die Suppe hermachte. Er hatte grobe, rissige Finger, seinen rechten Handrücken überzog eine blutige Wunde.

Therese betrachtete den Mann wohlwollend. »Es ist so«, begann sie erklärend. »Hermann und ich kennen uns schon lange. Manchmal helfe ich ihm mit Geld oder ein paar Hemden oder Hosen aus. Hermann lebt eigentlich am Friesenplatz, er hat da einen Hauseingang, wo er schläft ... und seinen Geschäften nachgeht, und nun ...« Sie sah Schiller mit großen Augen hinter ihren dicken Brillengläsern an. »Hast du noch nie von Hermann gehört?«

Schiller schüttelte den Kopf. Ein Gefühl der Wärme überflutete ihn, als er Thereses Blick erwiderte. Ein Obdachloser klingelte an ihrer Tür – und sie erhob sich von ihrem Sterbebett und war wieder die umtriebige, hilfsbereite Hebamme, die sie ihr Leben lang gewesen war.

»Ich bin eigentlich tot«, erklärte Hermann, während er die Suppe in sich hineinschlürfte.

»Die Leute am Friesenplatz glauben, dass Hermann gestorben ist«, warf Therese kichernd ein. »Angeblich hat es ihnen jemand von der Polizei gesagt. Sie haben Kerzen aufgestellt, wo er immer geschlafen hat, und gestern haben sie da eine kleine Gedenkfeier mit Liedern und Fackeln für ihn veranstaltet.«

»Dabei musste ich für eine Woche ins Gefängnis. Deshalb war ich verschwunden.« Hermann sah Schiller an, lächelte und entblößte sein schadhaftes Gebiss. »Wegen Schwarzfahrens ... Na, da habe ich die Zeitung gelesen. Eine große Todesanzeige nur für mich. Komisches Gefühl!« Er nahm die Schüssel und trank den letzten Rest Suppe aus, während Therese sich daranmachte, die zweite Portion aus der Tüte zu nehmen.

»Und nun trauen Sie sich nicht mehr zum Friesenplatz?«, fragte Schiller.

»Ganz genau«, erwiderte Hermann. »Was werden die Leute nun denken, dass ich noch lebe?«

Therese kicherte erneut und schüttete die zweite Schale Suppe in seine Schüssel. »Hermann kann erst mal hierbleiben, aber vielleicht wäre es gut, wenn du deinen Freund beim Express anrufst«, sagte sie. Ihre Augen leuchteten, wie immer, wenn sie eine Idee hatte, die ihr besonders gut gefiel. »Er macht einen Bericht über Hermann, dann sind die Leute nicht so überrascht, wenn er ganz lebendig wieder auf seinem Stammplatz auftaucht.«

Hermann schmatzte und nickte. »Ja, ein Bericht im Express wäre toll – vielleicht mit einem Foto von Therese und mir.«

Schiller beobachtete, dass er die zweite Portion noch schneller in sich hineinschlang als die erste. Sein Smartphone klingelte. Nele aus dem Präsidium, war auf dem Display zu sehen.

»Wo bist du?«, fragte sie. »Hast du schon Feierabend gemacht? Wir wissen nun, wer dieser Catic ist.«

7

Sie spürte, wie unkonzentriert sie war. Den ganzen Tag musste sie an Hinrichs denken. Stets hatte sie das Gefühl, er könnte auftauchen, aus einem Auto steigen, ihr auflauern, mit einer Waffe in der Hand, und abdrücken. Jan hatte recht – sie konnte ihn nicht so davonkommen lassen, und doch … sollte sie ihn ans Messer liefern, einen liebeskranken Stalker?

Mit Bert Cremer fuhr sie vom Präsidium nach Sürth zu der Adresse des toten Kosslick. Eine Frau öffnete ihnen, blond, gut aussehend, dünn, in Jeans und einem gelben Pullover.

Birte zückte ihren Dienstausweis, und allein schon diese Geste brachte die Frau ins Wanken.

»Was ist passiert?«, fragte sie mit zitternder Stimme. »Wo ist Paul?«

»Ein Unglück«, erklärte Birte, dann verbesserte sie sich. »Wir müssen Ihnen leider mitteilen, dass Paul Kosslick Opfer eines Verbrechens geworden ist.«

Für zwanzig Minuten verschwand die Frau dann in ihrem Badezimmer. Sie hieß Nina Zimmer, dreiunddreißig Jahre alt, Physiotherapeutin – so viel hatte Birte noch aus ihr herausbringen können, bevor sie ins Bad gestürzt war.

Bert wäre am liebsten losgegangen, um sich allein in dem Haus umzusehen – einem renovierten Altbau mit prächtigem Efeu rechts und links der Eingangstür und großen Fenstern, die in einen weitläufigen Garten wiesen. An den Wänden hingen keine Fotos von Fußballspielern, sondern das Porträt eines schwitzenden Mannes, der sich über eine Bassgitarre beugt, sowie das Foto einer grazilen schwarzhaarigen Frau, die vor einem Mikrofon steht. Birte kannte weder die Frau noch den Mann. Eine andere Wand wurde von einem riesigen Bildschirm und zwei überdimensionalen Lautsprecherboxen eingenommen.

Als Nina Zimmer zurückkehrte, waren ihre Haare nass – ihr Gesicht und ihre Augen waren gerötet.

»Es ist so«, sagte sie. »Manchmal bleibt Paul über Nacht weg – er ist entweder unterwegs, bei irgendwelchen Spielern, die er berät, oder er übernachtet im Büro. Er hat da ein Zimmer mit einer

Schlafcouch. Deshalb habe ich mir keine Sorgen gemacht, als er gestern Abend nicht nach Hause gekommen ist.«

Bert nickte verständnisvoll.

»Außerdem hatten wir einen Streit … vorgestern«, fuhr Nina Zimmer fort.

»Worum ging es bei diesem Streit?«, fragte Birte.

»Ich wollte ein Kind – unbedingt ein Kind«, erwiderte die blonde Frau und begann hemmungslos zu schluchzen.

Bert reichte ihr ein Papiertaschentuch, das sie mit einer gezierten Bewegung annahm. Eine Frau, die gewohnt ist, dass man sie wegen ihrer Schönheit hofiert, dachte Birte. Dann überfiel sie wieder das Gefühl, beobachtet zu werden. Ein Schauder glitt über ihre Haut, sie fror, und sie hörte den Schuss und sah Hinrichs vor sich, sein verzerrtes Gesicht in dem kurzen Moment, bevor er abdrückte. Plötzlich kam er aus dem Garten auf sie zu, lief über den Rasen auf die breite Terrasse, die Kosslicks Haus säumte.

Birte hörte selbst, wie sie entsetzt einatmete, dann sprang Bert neben ihr auf und rief: »Was macht dieser Scheißkerl hier?« Er stürmte zum Fenster und klopfte dagegen. »Scheißjournalist, hau ab!«

Erst dann registrierte Birte, dass der Mann, der da mit seiner Kamera das Weite suchte, dunkelhaarig war und mit Hinrichs keinerlei Ähnlichkeit hatte.

Wann hatte sie sich zum letzten Mal so schwach und fahrig gefühlt? Die Antwort kannte sie. Nach Martins Tod, in den ersten Tagen danach, als das Unbegreifliche Wirklichkeit geworden war. Monatelang hatte sie sich auf seinen Tod vorbereiten können, doch als es dann passierte, traf es sie wie ein heftiger Faustschlag ins Gesicht. Wie sollte sie ohne ihn weiterleben? Wie überhaupt existieren?

Nun spürte sie wieder diese Fahrigkeit, als hätte Hinrichs sie mit seinem Schuss getroffen und nicht auf die Wand über ihr gezielt. Was würde er als Nächstes tun?

Routiniert brachte sie die Befragung Nina Zimmers hinter sich. Konnte sie sich vorstellen, wer ein Motiv gehabt haben könnte, ihren Freund zu töten? Die Antwort war sogar überraschend. Ja, seine Exfrau Hedda habe ein Motiv, sie sei seit einem Autounfall vor zehn Jahren gelähmt und sitze im Rollstuhl. Hatte er sonst Feinde gehabt? Er habe sich oft mit seinem Bruder gestritten, Jimmi sei völlig skrupellos, ihm gehe es nur um eines: Geld zu verdienen. Ein Mann, der an Verarmungsängsten leide, je reicher er werde. Außerdem gebe es zwei, drei ehemalige Mandaten, von denen sie im Streit geschieden seien.

Und wer war Catic?

Diesen Namen hatte Nina Zimmer noch nie gehört.

Bert fragte dann nach Freunden und Verwandten, doch da hatte Hinrichs sich bereits wieder in ihre Gedanken geschlichen. Sie musste noch einmal mit ihm sprechen, sagte sie sich, und ihn dazu bringen, sich in ärztliche Behandlung zu begeben. Seit mehr als neun Monaten verfolgte er sie jetzt – sie war von ihm schwanger geworden. Das Kind wäre nun auf die Welt gekommen, wenn sie es nicht verloren hätte. Vielleicht machte ihm dieser Gedanke zu schaffen.

»Wenn es dir nicht gut geht«, sagte Bert, während sie zurück ins Präsidium fuhren, »dann kann ich dich krankmelden. Kein Problem.« Seit er seine Frau verlassen hatte, war er ausgeglichener und viel kollegialer geworden.

Sie schüttelte den Kopf. »Nein«, sagte sie, »aber ich würde gern noch etwas erledigen. Kannst du mich am Chlodwigplatz absetzen? Ich komme später ins Präsidium.«

Er schaute sie an, als ahnte er, was sie vorhatte, obschon das natürlich nicht sein konnte.

Dann stand sie vor dem Haus Nummer 47 in der Annostraße. Seit jener Nacht war sie nicht mehr hier gewesen. War Hinrichs in seiner Wohnung? Musste sie nur auf den Klingelknopf drücken, um mit ihm zu sprechen?

Als ihr Smartphone klingelte, war sie sicher, dass Jan sich nach ihrem Verbleib erkundigte, doch Pierres Nummer leuchtete auf.

»Liebes«, sagte er, »eigentlich wollte ich schon im Flieger sitzen, aber ich habe einen alten Schulfreund wiedergetroffen, der nun Juraprofessor in München ist. Wir haben noch etwas zu besprechen, deshalb habe ich umgebucht. Morgen Mittag komme ich zurück.«

»Ja«, entgegnete sie tonlos, »dann sehen wir uns morgen. Ich habe auch einen neuen Fall und muss am Wochenende arbeiten.«

Er hauchte ihr einen Kuss zu, und während er auflegte, hörte sie noch, wie er sich mit viel lebhafterer Stimme an eine andere Person wandte. Er betrügt mich, ging ihr durch den Kopf, ein Reflex, eine Ahnung. Sie waren erst seit ein paar Wochen zusammen, und sie hatten guten Sex. Er wohnte in einem großen Apartment über ihr, auch ihre Wohnung gehörte ihm, genau wie drei, vier andere im Haus. Mit seinem Vater führte er eine der renommiertesten Anwaltskanzleien in Köln. Er war das, was man eine gute Partie nannte, und doch … Ihr Unbehagen war zurückgekehrt. Nach Martins Tod hatte sie sich nicht vorstellen können, überhaupt jemals wieder mit einem Mann zusammen zu sein.

Was würde Pierre sagen, wenn er wüsste, dass sie vor der Tür des Mannes stand, der sie seit Monaten verfolgte? Er würde wie ein Rechtsanwalt argumentieren. Zeig ihn an – wir machen ihn fertig.

Als sie sich schon abwenden wollte, wurde die Tür im Haus Nummer 47 geöffnet. Hinrichs trat heraus, in einem unmodernen beigefarbenen Trenchcoat, unrasiert, mit wirren Haaren, als wäre er eben erst aufgestanden. Sie drehte den Kopf weg, damit er sie nicht entdeckte, doch er schaute sich gar nicht um, sondern steuerte auf einen alten dunkelblauen BMW zu. Er hinkte. Jan hatte ihn gestern übel mit dem Schraubenzieher am Bein erwischt.

Was tut er?, fragte sie sich. Läuft er immer noch mit seiner Dienstpistole durch die Stadt?

Als Hinrichs seinen Wagen startete, hielt vor ihr ein Taxi. Eine alte stark geschminkte Frau quälte sich mit einem Dutzend Plastiktüten aus dem Fond.

Ein Zeichen, dachte Birte. Sie öffnete die Beifahrertür und stieg ein. Dem Fahrer zeigte sie ihren Dienstausweis.

»Ich muss jemandem folgen«, sagte sie und deutete nach vorn zu Hinrichs BMW.

Der Fahrer, ein grauhaariger Mann mit einer eckigen Metallbrille, schaute sie gleichmütig an. »Mir egal«, sagte er, »solange Sie ordentlich bezahlen.«

Hinrichs fuhr in Richtung Barbarossaplatz und bog dann in die Luxemburger Straße ein. Der Taxifahrer hielt sich geschickt ein wenig zurück. Gelegentlich warf er Birte einen Blick zu, als wolle er für seinen umsichtigen Fahrstil gelobt werden. Für einen Moment glaubte sie zu ahnen, dass Hinrichs zum Südstadion fuhr, dorthin, wo sie den Toten gefunden hatten, als wäre er noch immer Pressesprecher der Kölner Polizei, der sich einen Überblick verschaffen musste. Doch er bog nicht in Richtung Stadion ab, und dann wusste sie, wohin er unterwegs war.

Zehn Minuten später hielten sie vor ihrer eigenen Wohnung. Aus dem Taxi heraus konnte sie sehen, wie Hinrichs seinen BMW mit laufendem Motor auf der Straße stehen ließ und zum Eingang humpelte. Er warf etwas in ihren Briefkasten und kehrte zurück. Er sah müde und ausgezehrt aus, ein Kranker, der litt, sich aber seinem Leiden noch nicht ergeben hatte.

Birte bezahlte den Fahrer, dann schloss sie ihre Eingangstür auf und nahm einen braunen Umschlag aus ihrem Postkasten.

Es war halb sechs. Eigentlich sollte sie längst wieder im Präsidium sein und an ihrem neuen Fall arbeiten.

Liebe BJ,

ich glaube an Engel, schon als Kind habe ich an Engel geglaubt. Meine Mutter hat mir erzählt, dass jeder Mensch einen Schutzengel hat, der immer hinter einem steht und einen beschützt. Was für eine wunderbare Vorstellung! Meinen Schutzengel habe ich mir immer wie einen freundlichen Mann mit einem schwarzen Hut vorgestellt. Irgendwann habe ich den Glauben an Engel verloren – wie es uns allen ergeht. Wir erkennen, dass solche Geschichten nur Unfug sind, die Priester erzählen, um uns zu beruhigen. Engel gibt es nicht, wahrscheinlich gibt es auch keinen Teufel und keinen Gott. Es gibt nur uns, Wesen, die nichts verstehen, die einfach ihren Weg zu Ende gehen, ohne Sinn, bis sie sterben.
Dann aber habe ich Dich in der Tür gesehen. Im ersten Moment, als Du hereinkamst, habe ich gewusst, dass sich etwas in meinem kleinen dunklen Leben ändern könnte. Nicht, dass ich Dich für einen Engel halte, aber ich wusste sofort, dass Du den Unterschied machen könntest. Du könntest mein Leben retten.
Vorher war ich fast nur von Toten umgeben.
Meinen ersten Toten habe ich mit zehn Jahren gesehen – er lag auf

dem Spielplatz an der Fröbelstraße. Ein Mann von vielleicht dreißig Jahren, mit einem glatten, bleichen Gesicht, das auf einer Wange blutig zerkratzt war. Er sah aus, als schliefe er nur ein wenig zu fest. So werde ich auch einmal aussehen, habe ich gedacht, der Tote könnte ich sein, in ein paar Jahren.

Seinen Namen habe ich nie erfahren, er war an einer Überdosis gestorben.

Der zweite Tote war eine Wasserleiche am Decksteiner Weiher. Wir hatten Sportunterricht und mussten im Einer rudern. Als ich gegen den Toten stieß, wäre ich beinahe gekentert.

Später habe ich aufgehört, die Toten zu zählen. Vielleicht bin ich deshalb bei der Polizei gelandet – wegen der vielen Toten.

Manchmal denke ich, sie reden mit mir – irgendwo auf einer Bank an einer Bushaltestelle sitzt noch einer und wartet auf mich. Er hat noch nicht alles gesagt, deshalb kann er noch nicht verschwinden, ins Nirgendwo, in eine andere Sphäre, und ich bin dazu da, mir das Gerede der Toten anzuhören.

Auch Ria, die meine Geliebte war, ist nun so eine Tote – sie lebt zwar noch irgendwo in den USA, aber für mich ist sie toter als meine Mutter und mein Vater, die vor elf Jahren mit einer Cessna abgestürzt sind, als sie mit einem Freund in die Ferien fliegen wollten. Auch mit Ria rede ich wie mit einer Toten.

Über die Liebe, dass es wirklich Hell und Dunkel gibt, Schwarz und Weiß …

Warum ich das alles aufschreibe? Damit Du verstehst, dass Du für mich den Unterschied ausmachst. Ich kann nicht mehr mit diesen Toten leben.

Ich könnte mir auch eine Pistole an den Kopf halten und abdrücken. Die meisten Menschen sind überflüssig, es ist egal, ob sie leben oder nicht. Das denke ich oft, wenn wir Verbrechen aufklären. Lassen wir es doch … es spielt sich alles ein, das Leben jedes Einzelnen vergeht, ohne dass es eine Bedeutung hat.

Bei Dir ist das anders – Du bist anders, reiner, schöner, wahrhaftiger. Obschon Du auch eine Polizistin bist. Wahrscheinlich bist Du so, weil Du den Schmerz kennengelernt hast.

Wenn Du da bist, schweigen die Toten.

Darum musst Du mir noch eine Chance geben.

Nie war ich lebendiger als in dem Moment, als Du neben mir gelegen hast.
Du darfst mich nicht zu den Toten verstoßen.
Einmal nur noch, ein einziges Mal musst Du mir die Chance geben. Etwas anderes kann ich nicht akzeptieren.
Fahr mit mir nach Paris, eine Nacht dort, Du und ich in einem kleinen Hotel an der Seine, und dann kannst Du Dich entscheiden.

RH

PS Dieser Brief ist nur für Dich bestimmt – wenn Du ihn Schiller zeigen würdest, wäre das ein Verrat, den ich ahnden müsste.

8

Dragan Catic, fragte sich Schiller, was ist das für ein Name? Serbisch oder kroatisch, aber bestimmt nicht italienisch. Doch Nele hatte ihn in eine Pizzeria nach Bergisch Gladbach geschickt, Dellbrücker Straße. Ein hübsches Fachwerkhaus mit einer Terrasse. Im Innern die typische Einrichtung eines italienischen Restaurants der unteren Mittelklasse, einfache Holzstühle, weiße Tischdecken und an den Wänden südliche Ferienlandschaften – Strand, blaues Meer und ockerfarbene Häuser.

Dieses Lokal sollte Catic gehören? Vier Tische waren belegt, zwei Paare, eine Gruppe von fünf älteren Männern, alle im Rentner-Beige, sowie ein Mann mit einem jungen Mädchen, das vermutlich seine Tochter war. Ein bärtiger grauhaariger Italiener nahm Schillers Bestellung auf. Salat und einen Kaffee. Als er seinen Wunsch vorbrachte, zog der Kellner die Augenbrauen in die Höhe und lächelte dann. Sehr gern, sagte dieses Lächeln, jeder Gast ist bei uns König, auch wenn er Dinge bestellt, die gar nicht zusammenpassen wie Salat und Kaffee.

Für einen Moment dachte Schiller daran, Carla anzurufen. Er vermisste sie. Warum hielt sie sich noch immer in Bad Ems auf? Fast war er eifersüchtig auf Broder, der nach seiner schweren Kopfverletzung dorthin zur Kur geschickt worden war. Sie brauche ein wenig Abstand, hatte Carla gesagt, sie wolle spazieren gehen, lesen und malen, und außerdem könne er sie jederzeit besuchen, wenn er wolle. Bisher war er nur einmal bei ihr gewesen. Die Stadt gefiel ihm nicht, ein öder Kurort mit einem kleinen Fluss und zu vielen alten Leuten.

Der Kellner brachte ihm seinen Kaffee.

»Ist Ihr Chef da?«, fragte Schiller, ohne seinen Ausweis zu zeigen. »Ich würde gern kurz mit Herrn Catic sprechen.«

Der Kellner runzelte die Stirn. »Ist etwas nicht in Ordnung?«, fragte er.

Schiller schüttelte den Kopf. »Ich habe nur eine private Frage«, erwiderte er.

»Er ist noch nicht da.« Der Kellner blickte zur Theke hinüber. »Er kommt meistens spät am Abend, kurz bevor wir Feierabend machen.«

»Das heißt, er arbeitet gar nicht hier?«

Der Kellner lächelte. »Er ist der Chef«, sagte er, als sei das Erklärung genug, dann eilte er in Richtung Theke davon.

Hatte er den Mann aufgeschreckt? Schiller beobachtete, wie der Kellner mit einem zweiten Mann sprach, der schwarze, zurückgekämmte Haare hatte und eindeutig wie ein Italiener aussah. Der Schwarzhaarige warf ihm einen neugierigen Blick zu, dann verschwand er durch eine Tür Richtung Küche oder Hinterausgang.

Früher hätte man sich eine Menge Dinge vorstellen können, die im Hinterzimmer einer Pizzeria vor sich gingen, aber diese Zeiten waren eigentlich vorbei.

Schiller nahm sein Smartphone hervor. Hinrichs' Handynummer hatte er noch immer eingespeichert. Vor ein paar Monaten waren sie so etwas wie befreundet gewesen. Hinrichs hatte ihm sogar einmal die ersten zwanzig Seiten eines Kriminalromans gezeigt, den er hatte schreiben wollen, es war dann jedoch nichts daraus geworden.

Ein Freizeichen ertönte, aber dann geschah nichts. Niemand hob ab, keine Mailbox sprang an. Schiller spürte, dass der grauhaarige Kellner ihn nicht aus den Augen ließ. Hatte er sich allein mit der Frage nach Catic verdächtig gemacht? Er steckte sein Smartphone wieder ein.

Auf der Straße vor der Pizzeria heulte ein Motor auf, dann quietschten Reifen, eine Wagentür wurde zugeschlagen. Schiller wandte sich nach einem Fenster um, doch von seinem Platz aus konnte er nicht nach draußen spähen.

Aufgeregte Stimmen wurden laut, ein Mann rief etwas. Hatte es genau vor der Pizzeria einen Unfall gegeben? Langsam erhob Schiller sich und ging in Richtung der Tür, die offen stand. Er erblickte einen großen glatzköpfigen Mann, der einen anderen kleineren Dunkelhaarigen am Hals gepackt hatte und auf den Kühler eines schwarzen BMW warf. Der Glatzkopf hatte anscheinend eine Menge Kraft, den Kleinen wirbelte es förmlich herum, doch er hatte beschlossen, sich zu wehren. Plötzlich blitzte ein Messer in seiner Hand auf. Der Glatzkopf wich zurück und sprang dann nach vorn, ein grober, ungeschickter Sprung, den der Kleinere für einen Gegenangriff nutzte. Es gelang ihm, seinen Kontrahenten mit dem Messer am Oberschenkel zu erwischen.

»Du Scheißkerl, Catic!«, brüllte der Glatzkopf, und dann erst erkannte Schiller ihn. Jimmi Kosslick stürzte sich mit blutendem Oberschenkel auf Catic. Er verpasste ihm einen Faustschlag ins Gesicht, der den kleineren Mann zu Boden schickte, doch einen Moment später stand er wieder auf den Beinen, während Kosslick sich seine heftig blutende Wunde ansah.

»Catic!«, schrie er, die Augen wieder auf seinen Gegner gerichtet. »Ich bringe dich um!«

Schiller machte drei schnelle Schritte nach vorn und zog seine Waffe. »Meine Herren«, rief er mit harter Stimme. »Kriminalpolizei Köln. Sie sind vorläufig festgenommen – beide!«

Dragan Catic hatte die Augen geschlossen und hörte Musik auf einem iPod. Ganz entspannt wirkte er, wie ein Mann, der irgendwo auf einer Parkbank in der Sonne saß und nicht spätabends im Verhörraum eines Polizeipräsidiums. Seine rechte Gesichtshälfte war angeschwollen, weil Kosslick ihn da mit seiner Faust erwischt hatte. Er schien jedoch keine Schmerzen zu haben.

Als Schiller die Tür aufstieß, öffnete Catic die Augen und lächelte. Die Ohrhörer nahm er jedoch nicht heraus.

Schiller setzte sich ihm gegenüber.

Catic hatte helle, wache Augen. Er musterte den Polizisten vor sich ein paar Momente lang, dann erst schaltete er seinen iPod aus.

Schiller stellte ein Diktiergerät auf den Tisch, nannte Datum und Uhrzeit. Köln, zweiundzwanzig Uhr dreiundvierzig. Dann wandte er sich Catic zu. »Sie hören gern Musik?«, fragte er ein wenig spöttisch. »Und Sie prügeln sich gern?«

Catic breitete die Hände aus. »Ich würde gern nach Hause gehen. Meine Frau macht sich bestimmt schon Sorgen.« Er grinste breit. Er sprach beinahe akzentfrei Deutsch.

»Sie wissen, dass jemand Kosslicks Bruder getötet hat?«

Catic nickte knapp. »Das geht ihm bestimmt sehr nahe.«

»Warum denkt Kosslick, dass Sie etwas damit zu tun haben?«, fragte Schiller.

Catic zuckte mit den Schultern. »Ich weiß nicht, was Jimmi denkt. Keine Ahnung, was ihm durch den Kopf gegangen ist. Aber wenn mich jemand angreift, wehre ich mich. Das habe ich in meiner Jugend in Belgrad gelernt. Hätte Jimmi eigentlich wissen müssen. Wo ist er jetzt?«

Schiller zögerte einen Moment. »Er ist im Krankenhaus. Die Wunde muss genäht werden. Woher kennen Sie ihn?«

»Ich war auch mal Fußballprofi. Waldhof Mannheim. Rechtsaußen, so hieß das damals. Ich war ziemlich schnell, aber den Durchbruch habe ich nicht geschafft. Und dann habe ich mir beim Probetraining bei Fortuna das Kreuzband gerissen. Da war meine Karriere zu Ende.« Er zuckte wieder mit den Schultern. »Jimmi war der Einzige, der sich um mich gekümmert hat.«

»Und nun will er Sie umbringen. Eine merkwürdige Freundschaft.« Schiller stand auf. Er wollte die Müdigkeit vertreiben, die ihn zu überwältigen drohte. Birte hatte sich auf seine SMS hin nicht gemeldet. Wahrscheinlich setzte ihr die Sache mit Hinrichs noch zu. Bert Cremer war mit Kosslick ins Krankenhaus gefahren.

»Warum hat Kosslick Sie angegriffen?«, fragte Schiller.

»Ich weiß nicht«, erwiderte Catic gleichmütig. »Ich kannte seinen Bruder, und ich kenne ihn. Manchmal haben wir uns bei Spielen der Fortuna getroffen.«

»Machen Sie Geschäfte zusammen?«

Catic schüttelte den Kopf. »Sie müssen Kosslick fragen, warum er so ausgerastet ist. Einmal hat er sich mit einem Spieler bei mir im Lokal getroffen. Er hat sich betrunken und dann Streit angefangen. Ich habe ihn vor die Tür gesetzt. Vielleicht nimmt er mir das noch übel.«

»Ja, bestimmt«, erwiderte Schiller ironisch.

Wenig später beobachtete er, wie Catic das Präsidium verließ. Der Serbe zog sein Smartphone hervor. Er rief aber kein Taxi, sondern ging seelenruhig in Richtung Kalker Hauptstraße. Schiller griff nach seiner Jacke und eilte zum Fahrstuhl. Vierzig Sekunden später war er auch auf der Straße.

Catic telefonierte noch immer. Er schien es nicht eilig zu haben. Er lief die Kalker Hauptstraße hinauf. Schiller folgte ihm. An der Kalker Post verlor er Catic für ein paar Momente aus den Augen, weil sich hier etliche Jugendliche versammelt hatten. Sie hielten Bierflaschen hoch und skandierten etwas auf Türkisch, das er nicht verstand. Eine Protestversammlung oder einfach Partygehabe. Er wusste es nicht. Dann tauchte Catic wieder vor ihm auf. Nach fünfzig Metern betrat er ein Wettbüro.

Schiller wartete draußen. Er hatte eine SMS von Cremer erhalten. »Kosslick bleibt über Nacht in der Klinik. Keine Aussage von ihm. Bin morgen um acht im Präsidium.«

Zehn Minuten vergingen. Die Fenster des Wettbüros waren zugeklebt, sodass man nicht ins Innere blicken konnte. Erneut versuchte Schiller, Birte zu erreichen.

Sie meldete sich müde.

»Was tust du?«, fragte er.

»Ich habe Hinrichs' Kugel aus meiner Wand geholt. Er ist vollkommen verrückt geworden«, sagte sie. Dann holte sie Luft, als wollte sie noch etwas sagen, verstummte aber abrupt.

»Wir werden ihn uns vornehmen«, sagte Schiller. Ein Jugendlicher kam aus dem Wettbüro, sodass er kurz hineinsehen konnte, während die Tür wieder zufiel, Catic konnte er jedoch nicht entdecken. »Du musst noch etwas für mich tun«, fuhr er fort. »Wann kannst du im schönen Kalk sein?«

Er stand vor dem Wettbüro und fror. Eine kalte Oktobernacht war angebrochen. Jugendliche zogen an ihm vorbei und starrten ihn feindselig an. Sogar die Mädchen hielten Bierflaschen in der Hand. Das musste wohl so sein – an einem Freitagabend durfte man ohne Flasche nicht auf der Straße umherlaufen. Catic ließ sich nicht blicken.

Einmal trat ein Mann aus dem Wettbüro, gebeugt und leicht hinkend, das Resthaar ergraut, den Schiller für einen ehemaligen FC-Spieler hielt. Er wollte schon den Namen rufen, ließ es dann jedoch. Mit hochgeklapptem Mantelkragen, als wollte er auf keinen Fall erkannt werden, kroch der Mann davon. Wie war es, als ehemaliger Spieler durch die Stadt zu laufen? Mit kaputten Knochen und nichts als einer glorreichen Vergangenheit? Plötzlich überfiel ihn die Sehnsucht nach Carla, aber nicht nach der Frau, die nun nach Bad Ems gefahren war, sondern nach der anderen, viel jüngeren Carla, die er bei einem Straßenfest in der Südstadt kennengelernt hatte. Als er das erste Mal ihr dickes schwarzes Haar berührt hatte, war tatsächlich eine Art Stromschlag durch ihn gefahren. Und nun … auch sie waren ein altes, desillusioniertes Paar geworden. Er überlegte, Carla anzurufen, ihr zu sagen, dass er sie vermisste, doch er ahnte, dass er nach ein paar Sätzen wieder in Schweigen verfallen würde. So war es in den letzten Wochen wieder gewesen. Sie hatten eine Unruhe und Sprachlosigkeit verspürt, die sie beide lähmte.

Birtes Alfa Romeo hielt direkt neben ihm. Sie sah bleich und müde aus. Die Tage der ersten großen Verliebtheit mit ihrem Anwalt schienen auch schon vorbei zu sein.

»Ich weiß, wo Hinrichs abends häufiger hingeht«, sagte Schiller. »Zu Erdmann's – einem Lokal in der Südstadt, aber zuvor musst du mir sagen, was Catic hier in dem Wettbüro macht.« Er deutete hinter sich.

Birte schaute ihn mürrisch an. »Deshalb bestellst du mich hierher?«

Er berichtete ihr kurz von der Prügelei zwischen Kosslick und Catic.

»Kosslick glaubt, dass Catic etwas mit dem Mord zu tun hat«, sagte Schiller. »Ein Serbe, der ein italienisches Lokal besitzt.«

Birte betrachtete die zugeklebten Fenster des Wettbüros. »Und wem gehört dieser Laden – wissen wir das?«

Schiller schüttelte den Kopf. »Nele ist nicht mehr im Präsidium. Ich bitte sie morgen, das zu recherchieren.« Er gab Birte eine Beschreibung von Catic, dann öffnete sie die Tür und verschwand.

Nach zwei Minuten kehrte Birte zurück. Sie schaute ihn missbilligend an. »Der Laden ist leer. Da ist niemand mehr. Nur noch eine Frau hockt da an einem Tresen. Sie schließen gleich.«

»Was ist hier los? Gibt es hier zwei Wettbüros – ein offizielles und ein inoffizielles?« Er stürmte an Birte vorbei und schob die Tür auf.

Die Frau, von der Birte gesprochen hatte, blickte auf. »Geschlossen!«, sagte sie mit hartem osteuropäischen Akzent. »Machen zu!« Sie mochte vierzig sein und hatte ein rotes Feuermal im Gesicht.

»Wo ist Catic?«, fragte Schiller. Er schaute sich um. Drei Bildschirme, die von der Decke hingen, liefen noch, vier andere waren abgeschaltet. Auch drei Spielautomaten in einer Ecke blinkten vor sich hin. Auf allen Bildschirmen wurde ein Fußballspiel gezeigt, das aber wohl so unbedeutend war, dass es sich vor leeren Rängen abspielte. An den drei dunklen Holztischen saß niemand.

Die Frau hob ihre Arme, doch sie antwortete nicht.

Birte stand nun auch in der Tür. Sie blickte ihn an und zuckte die Achseln. Du bildest dir etwas ein, sagte ihre Geste.

Schiller ging um den Tresen herum und steuerte die Tür an, die merkwürdigerweise gepolstert war und in ein Hinterzimmer führte. Als er sie vorsichtig öffnete, hörte er laute Musik. Rockmusik. Heavy Metal. Ein Sänger schrie etwas heraus, in einer Sprache, die weder Englisch noch Deutsch war. Vermutlich Serbisch.

Catic saß mit einem jungen Mann an einem Tisch. Sie lächelten vor sich hin und zählten Geld. Große Scheine lagen in kleinen Stapeln vor ihnen. Erst als der Serbe aufblickte und Schiller ansah, wurde seine Miene schlagartig ernst.

»Mein lieber Herr Catic«, rief Schiller mit einem Lächeln, »ich muss Sie bitten, noch einmal mitzukommen. Ich habe vergessen, Ihnen eine Frage zu stellen.«

9

Jan hatte alle zusammengerufen, Nele, Cremer, Schultke und sogar Fitschen, ihren Chef. Er war so voller Euphorie, weil er sicher war, dass sie den Fall noch in der Nacht aufklären würden.

Dragan Catic war der Mörder von Paul Kosslick.

Den Jungen hatten sie auch gleich mit ins Präsidium verfrachtet, allerdings in einem anderen Streifenwagen. Er hieß Bojan Dugic, ein zarter Bursche von vierundzwanzig Jahren. Leider hatte er das Pech, der Neffe von Catic zu sein. Offiziell gehörte das Wettbüro ihm, und zwar schon seit sechs Jahren.

Sie ließen Catic schmoren, betrachteten ihn durch eine verspiegelte Scheibe.

Jan hielt einen iPod in der Hand. »Diesmal hört er keine Musik und kann hier nicht den Coolen mimen«, sagte er.

Doch wenn sie ehrlich war, fand Birte, dass Catic ziemlich entspannt wirkte. Gelegentlich drehte er sich zu der verspiegelten Wand um und schaute sie an, als könnte er sie wirklich sehen.

»Er kennt diese Situation«, sagte Birte. »Er sitzt nicht zum ersten Mal in einem Verhörraum.«

Jan nickte. »Er war Soldat, serbische Armee, war wahrscheinlich im Kosovo während des Krieges. Da lernt man ein paar Dinge.«

Fitschen sagte nichts, sondern hielt sich an seinem Kaffee fest. Sie hatten ihn aus dem Bett geholt. Trotzdem sah er adrett aus wie immer, streng gescheiteltes Haar, weißes Hemd und Jackett. Der perfekte Beamte. Wenn er wüsste, dass Hinrichs wieder in der Stadt war und verrücktspielte, wäre es mit seiner guten Laune allerdings schnell vorbei, dachte Birte.

»Wie lange wollen Sie noch warten, Schiller?«, fragte er. »Sieht nicht so aus, als würde Ihr Freund da müde werden.«

»Gleich«, entgegnete Jan. Er lächelte. »Cremer nimmt sich gerade diesen Bojan vor. Er ist die Schwachstelle, weil er weiß, was in diesem Wettbüro vor sich geht.«

Nele kam herein und reichte Jan einen Computerausdruck. »Der Junge, Bojan, er war serbischer Jugendnationalspieler, hat in Bochum gespielt, und er hatte sogar einen Berater – und ratet mal, wie der hieß.«

»Keine schwere Frage – Jimmi Kosslick«, erwiderte Jan.

Nele nickte. »Aber weiter als bis zur zweiten Mannschaft hat er es in Bochum nicht gebracht. Dann zur Fortuna, doch da hat er es auch nicht geschafft. Er steht nicht mehr im Kader.«

»Jetzt macht er Sportwetten – auch eine Karriere.« Jan trank einen Schluck Kaffee und nickte Birte zu. »Vamos.«

Es war kurz vor ein Uhr in der Nacht.

Catic blickte nicht einmal auf, als sie eintraten. Seine rechte Gesichtshälfte war leicht angeschwollen.

Birte bemerkte, dass Jan wütend wurde, weil Catic sich nicht rührte. Eine Ader an seiner Schläfe begann zu pulsieren.

»Wenn Sie uns verarschen wollen, hätten Sie das besser einfädeln müssen«, sagte er und setzte sich Catic gegenüber.

Catic gähnte und schaute auf eine protzige Uhr an seinem linken Handgelenk. »Ich weiß nicht, was das alles soll«, entgegnete er seelenruhig. »Ich habe im Wettbüro meines Neffen ausgeholfen, na und?«

»Ihr Neffe erzählt uns ganz andere Geschichten«, erwiderte Jan ungerührt.

Für einen Moment schien Catic aus dem Takt zu geraten. Er blinzelte. »Was für Geschichten?«, fragte er.

Jan nahm sein Smartphone hervor und blickte auf das Display. Birte konnte sehen, dass er die Seite von Kicker.de aufgerufen hatte, aber er tat so, als würde er Stichworte aufzählen, die er sich da notiert hatte. »Wem der Laden eigentlich gehört – dass er nur der Strohmann ist – welche Geschäfte Sie mit Kosslick machen. Solche Dinge … Der Junge redet sich richtig was von der Seele.«

Catic grinste. »Sie bluffen«, sagte er. »Sie wissen gar nichts.«

Birte beobachtete ihn. Er war nun doch unsicher geworden. Eine SMS ging bei ihr ein. »Fickst Du Deinen Anwalt?« stand da. »Ach nein, er ist ja noch in Luxemburg und fickt eine andere.«

Sie spürte, wie ihr ein Stich in den Magen fuhr. Hinrichs – dieser Scheißkerl … er war immer noch nicht zur Besinnung gekommen.

»Lass mich in Ruhe«, tippte sie als Antwort ein und schickte die SMS nach einem kurzen Zögern ab.

Jan schritt langsam um Catic herum und fixierte ihn wie ein

gefährliches Tier, dann klingelte sein Smartphone, und er ging wortlos hinaus.

»Sie wissen gar nichts«, wiederholte Catic, nachdem Jan den Raum verlassen hatte.

»Was sollten wir denn wissen?«, fragte Birte. Nun setzte sie sich dem Serben gegenüber, aber sie bemerkte selbst, wie unkonzentriert sie war. Wie sollte diese Angelegenheit mit Hinrichs enden? Sie musste ihn anzeigen, ihn aus dem Verkehr ziehen, aber damit würde er den Boden unter den Füßen endgültig verlieren.

»Ich bin Geschäftsmann«, sagte Catic und reckte den Kopf, »ich mache keine krummen Dinger. Kann ich mir gar nicht leisten. Ich besitze zwei Pizzerien, an einer Bar am Ring bin ich beteiligt … und mit dem kleinen Kosslick …« Er verstummte, weil die Tür geöffnet wurde und Jan hereinkam.

Jan lächelte, er hielt ein Stück Papier in der Hand, mit dem er wedelte.

»Die Aussage Ihres Neffen – wegen des Wettbüros«, sagte er. »Sie haben versucht, Spiele zu verschieben, und Kosslick hat Ihnen dabei geholfen, aber anscheinend wollte er aussteigen.« Sein Lächeln vertiefte sich. »Morgen früh um acht habe ich einen Durchsuchungsbefehl für Ihren Laden. Dann räumen wir richtig auf bei Ihnen.«

Catic antwortete nicht. Dann schlug er mit der Faust auf den Tisch. »Ich will meinen Anwalt sprechen – jetzt sofort«, schrie er.

Es war kurz vor sechs, als sie die Tür zu ihrem Haus aufschloss. Ihr war übel vor Müdigkeit. Für neun Uhr hatte Fitschen die nächste Besprechung anberaumt. Das hieß, sie konnte zwei Stunden schlafen, wenn sie sich sofort hinlegte. Sie hatten Catic laufen lassen müssen – er war nicht der Mörder, er hatte ein Alibi, das er wie eine Trumpfkarte ausgespielt hatte. Er war angeblich beim Boxen gewesen, in einer Sporthalle in Ehrenfeld, und danach hatte er bis zwei Uhr morgens mit seinen Sparringspartnern getrunken.

Vor ihrer Wohnung fiel ihr ein, dass sie vergessen hatte, Pierres Katze zu füttern. Sie ging die Treppen in die übernächste Etage hinauf. Schon an der Tür hörte sie die Katze schreien.

Milly stürzte auf sie zu. Erst strich sie ihr um die Beine, doch als

Birte sich hinkniete, um die Katze zu streicheln, holte sie plötzlich aus und verpasste ihr einen Hieb auf die Hand. Ein schmaler, blutiger Streifen zog sich durch ihre Haut.

Birte ging in die Küche, öffnete eine Dose mit Katzenfutter und füllte lieblos einen Napf. Milly machte sich, ohne ihr einen Blick zu schenken, über das Fressen her.

Sie betrat das weitläufige Wohnzimmer, ohne das Licht anzuschalten. War sie schon einmal allein in Pierres Wohnung gewesen? Nein, wohl nicht. Zwei große afrikanische Holzplastiken standen da, die vermutlich einen Mann und eine Frau darstellen sollten. Sie setzte sich in einen Ledersessel und sah das blinkende Licht am Telefon. Jemand hatte eine Nachricht hinterlassen. »Fickst Du Deinen Anwalt? Ach nein, er ist ja noch in Luxemburg und fickt eine andere.« Es war lächerlich, dass sie an Hinrichs' SMS dachte, aber plötzlich war ihr Misstrauen erwacht. Was hatte Pierre in Luxemburg getan, und warum kehrte er erst heute zurück?

Ohne nachzudenken, nahm sie das Telefon und hörte die Nachricht ab. Eine Frau schluchzte, dann trat einen Moment Stille ein, bevor die Frau sagte: »Tut mir leid, dass ich dich anrufe, Pierre, aber … Hergen ist tot. Kann sein, dass er sich umgebracht hat …« Wieder ein Schluchzen. »Vielleicht meldest du dich mal.« Dann wurde aufgelegt.

Birte spürte einen Kloß in ihrem Hals. Was hatte sie da getan? Eine beklemmende Nachricht abgehört, die nicht für sie bestimmt gewesen war. Als sie das Telefon wieder in die Ladestation schob, sah sie, dass das Gerät nicht mehr blinkte. Pierre würde also wissen, dass sie an seinem Telefon gewesen war.

Milly stand an der Tür und starrte sie mit ihren gelben Augen vorwurfsvoll an, als sie die Wohnung verließ.

Auf einmal war Birte hellwach. Hinrichs, dachte sie, sie musste ihn unbedingt aus ihrem Leben verbannen.

10

Das alles ergab keinen Sinn. Warum hatte sich Kosslick auf Catic gestürzt? Weil er glaubte, dass der Serbe mit dem Tod seines Bruders zu tun hatte, aber wie war er zu dieser Vermutung gelangt? Catic hatte ihnen zwar ein Alibi für die Mordnacht, jedoch keine Erklärung für Kosslicks Attacke geliefert.

Nachdem Birte gegangen war, legte Schiller sich auf das Sofa, das neben dem Kaffeeautomaten stand. Er verspürte keine Neigung, nach Hause in seine leere Wohnung zu fahren. Er schloss die Augen und schlief sofort ein, doch schon nach einer Stunde schreckte er wieder auf. Jemand hatte sich einen Kaffee gezogen, er sah einen Uniformierten, der den Gang hinunterschritt.

Es war Viertel vor sieben. Er zog sich selbst einen Kaffee und setzte sich an seinen Computer. Im Internet fand er auf YouTube einige ältere kleinere Filme über Kosslick – er war ein überragender Torwart gewesen, allerdings mit einem gefährlichen Hang zum Leichtsinn. In einem Film sah man, wie er einen Ball vor dem Strafraum mit dem Fuß abfing und einen gegnerischen Stürmer ausspielen wollte, der ihm entgegenlief, doch Kosslick rutschte aus und verlor den Ball. Mit einem Lächeln schob der Stürmer die Lederkugel ins Netz. Fast hunderttausend User hatten diesen Clip angeklickt.

Kosslicks größter Moment als Fußballer war ebenfalls im Internet zu sehen. Er war der erste Torwart der Zweiten Liga, der selbst ein Tor erzielt hatte. Bei einem Eckball rannte er nach vorn und köpfte den Ball mit einem wuchtigen, ein wenig ungelenk wirkenden Stoß ins obere rechte Toreck. Danach war er jubelnd und verfolgt von seinen Mitspielern über das ganze Feld gelaufen.

Auch die Website seiner Consultingfirma fand sich im Netz. Lässig saßen die Brüder Kosslick auf einer weißen Bank im Mittelkreis eines Spielfeldes – an eben einer solchen Stelle war Paul Kosslick erschossen worden. Jimmi trug nur ein weißes kurzärmeliges Hemd, das seine muskulösen Oberarme zur Geltung brachte. Paul hatte seine Haare zurückgekämmt und lächelte. In seinem schwarzen Hemd wirkte er wie ein Fotomodell. Danach folgte eine Seite, die großspurig mit »Philosophie« überschrieben und auf der von »Vertrauen,

Authentizität und Marketingstrategien« die Rede war. Vierzehn Spieler wurden als Klienten aufgeführt, aber nur zwei spielten in der Ersten Liga, die meisten traten für Vereine der Dritten Liga an. Auch ein Boxer gehörte zu ihren Schützlingen – Mirko Groß, ein Halbschwergewichtler, der neulich einen Kampf um die Weltmeisterschaft schon in der zweiten Runde verloren hatte. Auf Boxkämpfe wurde besonders gern gewettet, und Catic boxte ebenfalls.

Auf der Toilette wusch Schiller sich kurz das Gesicht, dann fuhr er nach Bergisch Gladbach ins Krankenhaus.

Kosslick saß angezogen auf seinem Bett. Mürrisch blickte er auf.

»Ich kann nach Hause gehen«, sagte er. »Ich warte nur noch auf den Brief für meinen Hausarzt.« Er deutete auf seine blutige Hose, die neben ihm auf dem Bett lag. »Was haben Sie mit dem Scheißkerl gemacht?«

»Catic wurde nach Hause entlassen. Der Staatsanwalt bereitet die Anklage vor.« Schiller zog sich einen Stuhl heran.

Die Tür wurde geöffnet, eine Krankenschwester kam herein und reichte Kosslick einen weißen Umschlag, dann verschwand sie wieder.

»Meine Frau holt mich ab«, sagte Kosslick. »Sie muss gleich da sein.«

»Was hat es mit diesem Wettbüro auf sich? Wie hing Ihr Bruder da mit drin?«, fragte Schiller.

Kosslick wischte sich über das Gesicht. Er blickte zum Fenster, es war noch dunkel draußen, dann nahm er seine blutige Hose und schleuderte sie wütend in den Raum.

»Ich habe immer auf Paul aufgepasst, immer, aber dann ist dieser Umfall passiert. Hedda war querschnittsgelähmt, und Paul brauchte Geld. Er hat Kredite aufgenommen, um das Haus umzubauen. Damit sie mit dem Rollstuhl darin leben konnte. Er war zu schnell gefahren, und er machte sich Vorwürfe, verdammte Scheißvorwürfe. Ich habe ihm Geld geliehen. Damals war unsere Agentur noch ganz am Anfang, doch irgendwann, vor zwei Jahren, hat er mir alles zurückbezahlt – mit Zinsen.«

»Woher hatte er das Geld? Von Catic?«, fragte Schiller.

Kosslick nickte. »Er hat Catic dreißig Prozent seiner Anteile an der Agentur verkauft, dieser Idiot.« Er tastete seine Jacke ab, als suche er nach Zigaretten. »Kein Wort hat er mir davon gesagt. Ich hätte ihn vor Catic gewarnt. Man kann ihm nicht trauen.«

Die Tür wurde abermals geöffnet, doch sofort wieder geschlossen, ohne dass jemand hereinkam.

»Als Torwart war ich einer der Besten«, sagte Kosslick, »aber dann geht es nicht mehr. Man kommt morgens kaum noch aus dem Bett, die Knochen sind kaputt. Was macht man da? 1999 war das – ich war vierzig und am Ende. Eine große Karriere – im Eimer. Außerdem wollte man mir damals nachweisen, dass ich mit illegalen Nahrungsergänzungsmitteln gedealt hatte, nur weil ich bei einem Fitnessstudio in der Mitgliederkartei stand.« Kosslick schwieg und wischte sich über das Gesicht.

Der Angriff und die Nacht im Krankenhaus hatten ihm zugesetzt.

»Die Agentur war meine Rettung. Fabienne, meine Frau, hätte mich wahrscheinlich verlassen, wenn ich mir nichts aufgebaut hätte, und Paul … er war auch am Ende, damals.«

»Was wollte Catic von Ihrem Bruder?«, fragte Schiller. »Warum hat er ihm das Geld gegeben?«

»Catic ist schlau«, sagte Kosslick. Er kniff die Augen zusammen. Aus seinem Mund klangen diese Worte wie ein schlimmer Vorwurf. »Er ist ein Fuchs, ein serbischer Fuchs. Natürlich gehört eigentlich ihm das Wettbüro. Er macht viel mehr Geld mit Wetten als mit seinen zwei schäbigen Pizzerien. Wissen Sie, wie das heute geht mit Wetten?«

Schiller zuckte mit den Schultern. Er ließ Kosslick reden. Wahrscheinlich würde er den Hünen nicht mehr in solch einem schwachen Moment antreffen.

»Sie können heute auf alles wetten. Livewetten – auf den nächsten Eckball, ob es einen Elfmeter gibt, wann das erste Mal ausgewechselt wird. Es ist total verrückt. Wir sagen all unseren Mandanten, dass sie besser keinen Schritt in solch ein Wettbüro setzen sollen, nie, unter keinen Umständen.« Kosslicks Telefon klingelte. Er warf einen Blick auf das Display. »Meine Frau wartet auf dem Parkplatz. Sie hasst Krankenhäuser«, sagte er. Dann steckte er das Smartphone wieder ein.

»Catic wollte, dass Ihr Bruder mit ihm ein paar Spiele manipuliert – ging es darum?«, fragte Schiller, um Kosslick wieder auf das Thema zu bringen.

Der Hüne nickte. »Paul hat aber alles abgelehnt – hat er mir jedenfalls gesagt.« Ein Funkeln trat in seine Augen. »Heute geht so etwas auch gar nicht mehr. Da gibt es bestimmte Agenturen, die für den Fußballbund arbeiten und alles im Blick haben, jedes Spiel, und in der Ersten und Zweiten Bundesliga ist sowieso nichts zu machen. Die Spieler verdienen zu viel, und sie sind nicht blöd. Da kann man nichts manipulieren. Doch ein Schlupfloch gibt es.« Er schwieg wieder und starrte auf die blutige Hose, die mitten im Raum lag.

»Was für ein Schlupfloch?«, fragte Schiller.

»Ich weiß, ich rede zu viel«, sagte Kosslick, »aber verdammt, mein Bruder ist tot, erschossen. Scheiße!« Er rieb sich über die Augen.

»Wir brauchen jede Information«, sagte Schiller beschwörend.

Erneut klingelte Kosslicks Smartphone. Seine Frau auf dem Parkplatz wurde ungeduldig.

»Wir sind darauf nicht eingestiegen«, erklärte Kosslick ernst. »Wir haben nichts manipuliert, da bin ich ganz sicher, aber ich weiß, dass Catic darauf aus war. In Singapur, überall in Asien können Sie auf jedes Spiel wetten, sogar wenn die A-Jugend vom FC Köln vor fünfzig Zuschauern gegen Dortmund oder Schalke spielt. Das ist die Schwachstelle. Junge Spieler, die man mit fünfhundert Euro noch beeindrucken kann.« Kosslick erhob sich. Er keuchte vor Schmerzen auf, als er einen Schritt machte. »Ich muss jetzt gehen«, sagte er. »Meine Frau wartet.«

»Wie viele Jugendspieler gehören zu Ihren Klienten?«, fragte Schiller.

»Wir betreuen zurzeit elf aktuelle Jugendspieler«, erwiderte Kosslick, »aber ich lege für jeden von ihnen die Hand ins Feuer.«

»Glauben Sie, dass Catic Angst hatte, Ihr Bruder könnte über das Wettbüro auspacken? Dass Paul deshalb ermordet worden ist?«

Kosslick schaute ihn an. »Ich glaube gar nichts mehr«, entgegnete er. »Finden Sie es heraus. Das ist Ihr Job!«

Therese weilte wieder unter den Lebenden. Während Schiller zurück ins Präsidium fuhr, rief er sie an.

»Ich muss gleich los«, krächzte sie ins Telefon. »Ich habe mir überlegt, dass ich Hermännchen eine Wohnung besorge. In seinem Alter braucht man ein Dach über dem Kopf. Hast du schon mit deinen Freunden vom Express gesprochen, dass er wieder am Leben ist?«

»Nein«, erwiderte er. »Ich arbeite an einem neuen Fall …«

»Gut«, unterbrach sie ihn energisch, »dann rede ich selbst mit denen. Hermännchen traut sich sonst gar nicht mehr in sein Veedel.« Mit einem kurzen Gruß legte sie auf.

Im Präsidium waren alle schon versammelt. Fitschen, Schultke, Birte, Cremer sowie drei Assistenten.

Schiller berichtete von seinem Treffen mit Kosslick. Auf einer großen Flipchart trugen sie dann ihre wenigen Ergebnisse zusammen und formulierten ihre Fragen. Wie hatte Paul Kosslick seinen letzten Tag verbracht? Wie lange war er in seinem Büro gewesen? Mit wem hatte er gesprochen? Hatte er sich mit jemandem getroffen? Sein Auto – ein weißer Audi – stand vor seinem Büro. Vielleicht war er mit dem Taxi in die Stadt gefahren.

Danach formulierten sie Arbeitsaufträge. Sie mussten alle Klienten der Kosslicks befragen. Cremer sollte das übernehmen, Nele hatte sich bereits bei der Steuerfahndung erkundigt. Eine anonyme Anzeige lag gegen Jimmi Kosslick vor. Angeblich hatte er beim Vereinswechsel dreier Spieler größere Summen kassiert und nicht versteuert. Die Durchsuchung des Wettbüros lief bereits. Fitschen hatte die Aktion selbst in die Wege geleitet.

Mit welcher Waffe Paul Kosslick getötet worden war, würden sie vermutlich am späten Nachmittag wissen, versprach Schultke. Ansonsten hatten sie keine brauchbaren Spuren im Südstadion gefunden. Zeugen hatten sich auch keine gemeldet.

»Jemand wird mitten in Köln hingerichtet, und keiner hat etwas gesehen.« Fitschen konnte es nicht fassen.

Sie schrieben auf, wen sie als Nächstes befragen mussten. Nina Zimmer, die Freundin des Toten – und Hedda Kosslick, seine querschnittsgelähmte Exfrau. Außerdem mussten sie sich das Handy und den Laptop des Toten ansehen, und Catic war auch noch nicht endgültig vom Haken. Sein Alibi musste noch überprüft werden. Nele würde das erledigen, während Cremer sich um eine Mandantenliste der Kosslicks kümmern sollte.

Hedda Kosslick wohnte in Widdersdorf, einem Vorort, der direkt an der Autobahn lag. Schiller konnte sich nicht erinnern, wann er diesen Winkel Kölns einmal besucht hatte.

Bleich und müde saß Birte in ihrem Dienstpassat neben ihm. Kaum waren sie auf die Kalker Hauptstraße eingebogen, ging bei ihr eine SMS ein. Wortlos betrachtete sie das Display.

»Was schreibt Hinrichs?«, fragte Schiller.

»Nichts«, erwiderte sie, »es ist keine Nachricht von …« Sie verstummte und schaute ihn an. »Ach, warum soll ich dich belügen? Er ist völlig von der Rolle. Er will mit mir nach Paris fahren, eine Nacht in Paris, dann lässt er mich in Ruhe.«

»Er wird dich nicht in Ruhe lassen«, sagte Schiller. »Er ist krank, richtig krank, und allmählich wird er auch gefährlich. Wir sollten Fitschen Bescheid geben, wegen der Waffe und …«

»Ich kann das nicht«, unterbrach sie ihn. »Er ist immer noch ein Kollege.«

»Dann musst du ihn einbestellen, an einen Ort, wo allen auffällt, dass er sich unmöglich macht.«

»Vielleicht«, erwiderte Birte.

Schiller beobachtete aus den Augenwinkeln, dass sie eine Nachricht in ihr Smartphone tippte, aber er fragte sie nicht, was sie schrieb.

Die Exfrau von Kosslick wohnte in einem weißen Neubau in einer ruhigen Straße, die von baugleichen Einfamilienhäusern gesäumt wurde. Schon von Weitem sah man die Rampe, die ins Haus führte. »Hedda Kosslick, Heilpraktikerin, Termine nach Vereinbarung« stand auf einem Messingschild neben der Tür.

Als Schiller sich vorbeugte, um zu läuten, erklang plötzlich Musik aus dem Inneren – ein Saxophon, volltönend und perfekt gespielt.

Birte blickte ihn an und zuckte mit den Schultern. »Sie muss ja nicht trauern«, sagte sie. »Die beiden sind seit neun Jahren geschieden.«

Schiller drückte auf den Klingelknopf. Ein lautes Dingdong ertönte, und das Saxophon verstummte abrupt.

Hedda Kosslick öffnete ihnen in ihrem Rollstuhl die Tür. »Kommen Sie herein!« Sie war kein bisschen überrascht, sie zu sehen. »Eigentlich habe ich Sie schon erwartet.«

Sie rollte ihnen voraus in das Wohnzimmer – ein Klavier stand da, ein rotes Sofa, ein Sessel, ein Fenster wies in einen winzigen Garten voraus, der nur aus einer Rasenfläche bestand, eine ganze Wand wurde von einem Bücherregal eingenommen. Kein übertriebener Luxus und nirgends persönliche Erinnerungen.

»Darf ich Ihnen einen Kaffee anbieten?«, fragte sie.

Schiller nickte. Wer hatte hier Saxophon gespielt? Von einem Instrument war nichts zu sehen. Konnte man überhaupt Saxophon spielen, wenn man im Rollstuhl saß?

Birte setzte sich auf den einzigen Sessel. Wieder ging bei ihr eine SMS ein.

Hedda Kosslick kehrte mit einem Tablett auf dem Schoss zurück, auf dem sie zwei Tassen und eine Kanne balancierte. Schiller unterdrückte den Drang, ihr zu Hilfe zu eilen. Sie stellte das Tablett auf einem Tischchen neben dem Sofa ab und schenkte Kaffee ein. Ihre roten Haare leuchteten, ein frischer Duft stieg von ihnen auf und vermischte sich mit dem Geruch des Kaffees.

»Sie haben sich vielleicht gewundert, warum ich im Stadion war«, begann Hedda Kosslick, während sie Schiller eine Tasse reichte. »Aber ich musste den Ort sehen, an dem Paul zu Tode gekommen ist. Ich habe ihn eine Zeit lang gehasst, er ist schuld, dass ich ein Krüppel bin, aber trotzdem …« Sie hob die Hände. »Wir waren acht Jahre verheiratet, immerhin.«

»Wie haben Sie sich kennengelernt?«, fragte Birte. Auch ihr hatte Hedda Kosslick eine Tasse gereicht.

»Ich war damals Krankenschwester in der Uniklinik. Paul hatte einen Hörsturz, er war praktisch taub, daran ist er beinahe zerbrochen. Am Anfang hat er mir nur leidgetan … und er sah gut aus, damals. Ach«, sie winkte ab und lächelte, »… er war auch später immer noch ein gut aussehender Mann.« Sie hatte schmale, zarte Hände. Schiller überlegte für einen Moment, ob diese Hände überhaupt eine Waffe halten und abfeuern konnten.

»Was hat Ihr Exmann damals gemacht?«, fragte Birte.

»Er hat erst in einem Club am Ring gearbeitet, dann im E-Werk in Mülheim, Theke und Abrechnung, später hat er eine Sendung bei Radio Köln bekommen, mitten in der Nacht, aber er war ewig unzufrieden …« Sie hob ihre schönen Hände. »Dann ist er bei seinem Bruder eingestiegen, kurz danach passierte der Unfall.«

»Erzählen Sie uns davon«, sagte Birte.

»Paul hatte zwei Gesichter«, sagte Hedda. »Er war im Grunde sanft, doch wenn ihm etwas gegen den Strich ging, konnte er zornig werden, voller Energie und Wut. Er hatte sich sein Leben anders vorgestellt, er wollte ein Star sein wie sein Bruder. Er hat immer darunter gelitten, dass man, wenn man seinen Namen hörte, immer zuerst nach seinem Bruder gefragt hat. Deshalb war es ja so ein Irrsinn, dass er bei ihm in die Agentur eingestiegen ist … Na«, sie leckte sich über die Lippen, ihr Blick wanderte in den winzigen Garten hinaus. »Wir sind durch die Eifel gefahren, plötzlich haben wir uns gestritten. Paul nahm es mit der Treue nicht so genau, für ihn war die Ehe eigentlich nichts, sie war ihm zu spießig, zu altmodisch, er sah sich als Rockstar, unangepasst, unkonventionell …« Sie lächelte. »Er begann wie ein Irrer auf das Gaspedal zu drücken, er wollte mir Angst einjagen, mich einschüchtern und mir zeigen, was für ein Held er war. Dann geriet er in einer Kurve ins Schlingern, der Wagen begann zu rutschen, ich sah, wie ein Baum auf uns zuflog, und dann erinnere ich mich an gar nichts mehr. Als ich im Krankenhaus in Düren aufwachte, spürte ich meine Beine nicht mehr – und so ist es geblieben.« Sie blickte an sich hinab, mit einem Ausdruck von Bitterkeit um den Mund, der Schiller für einen Moment begreifen ließ, was es bedeuten musste, nicht mehr einen Fuß vor den anderen setzen zu können.

»Danach haben Sie sich getrennt?«, erkundigte sich Birte zaghaft.

Hedda nickte. »Immer wenn ich ihn da vor mir sitzen sah, gesund, tatkräftig, musste ich an den Unfall denken. Ich bin ausgezogen, erst zu einer Freundin. Später habe ich dieses Haus gebaut. Paul hat es bezahlt, und ich habe eine Ausbildung als Heilpraktikerin abgeschlossen.«

Für einen Augenblick trat Schweigen ein.

»Haben Sie einen Verdacht, wer Ihren Exmann getötet haben könnte?«, fragte Schiller.

Heddas Augen blitzten auf. »Ich hatte keinen Kontakt mehr zu ihm. Er ist reich geworden mit der Agentur, er verkehrt mit berühmten Leuten, er hat eine schöne, junge Freundin. – Nein, bedaure, ich habe keine Ahnung, wer ihn getötet haben könnte.«

Schiller trank seinen Kaffee aus. Musste man eine querschnittsgelähmte Frau nach ihrem Alibi fragen? Nein, entschied er, das musste man wohl nicht.

Sie erhoben sich und verabschiedeten sich.

An der Tür blieb er noch einmal stehen. »Haben Sie eben Saxophon gespielt?«, fragte er. »Klang richtig professionell.«

Hedda lächelte. »Ich will es lernen«, sagte sie. »War schon immer mein Wunschtraum, aber nein, das eben war mein Lehrer – Hanno Gäb.«

»Hanno – der alte Grauzopf?«, fragte Schiller erstaunt.

»Na, so alt ist Hanno eigentlich noch nicht«, erwiderte Hedda Kosslick. »Sie kennen ihn? Er ist mein Untermieter, und er gibt mir manchmal Unterricht.«

11

»Wer ist Hanno?«, fragte Birte, als sie wieder im Auto saßen.

»Ein alter Saxophonspieler – er hat uns einmal bei einem Fall geholfen, wenn du dich erinnerst«, erwiderte Jan. »Ich habe mit ihm in einer Band gespielt, ist eine Ewigkeit her.«

»Du warst Musiker?«

»Ich habe ein wenig an einem alten Bass herumgezupft – das ist ein gewaltiger Unterschied. Eigentlich wollte ich nur ein paar Frauen beeindrucken.« Jan lächelte. »Ist mir allerdings nicht gelungen.«

»Hanno hat auf jeden Fall keine Lust gehabt, uns zu sehen«, sagte Birte. »Sonst wäre er nicht so schnell verschwunden.«

Ihr Smartphone klingelte. Sofort dachte sie an Hinrichs – er hatte es tatsächlich geschafft, dass alle ihre Gedanken bei ihm begannen und endeten.

»Wir kennen nun die Tatwaffe«, sagte Nele. »Eine P8 von Heckler und Koch. Wurde vor acht Jahren aus einem Depot der Bundeswehr gestohlen. Ist seitdem nicht mehr aufgetaucht.«

»Schön«, erwiderte Birte, »das bringt uns nur leider kaum weiter.«

»Aber Catic können wir nun von der Liste der Verdächtigen streichen. Vier seiner Boxfreunde haben ihm ein Alibi gegeben. Sie haben bis drei Uhr gezecht, und er soll ziemlich betrunken gewesen sein.«

»Und was ist mit der Durchsuchung des Wettbüros?«, fragte Birte.

»Die Kollegen sind noch bei der Arbeit, das wird auch noch eine Weile dauern, aber hier sitzt jemand und wartet auf euch: ein Boxer, und – Überraschung – er hat Kosslicks Freundin im Schlepptau.«

»Ich bin eben gelandet«, schrieb Pierre. »Wann sehen wir uns?«

»Ich melde mich«, schrieb sie ihm zurück, aber sie verspürte keine Freude, Pierre zu sehen. Hatte Hinrichs es bereits geschafft, ihre Gedanken so zu vergiften? Pierre hatte einen alten Studienkollegen getroffen, deshalb war er länger in Luxemburg gewesen, sonst steckte nichts dahinter.

Den Boxer, der sie zusammen mit Nina Zimmer erwartete, hatte sie neulich in den Fernsehnachrichten gesehen, wie sie sich erinnerte. Er hatte einen Kampf krachend bereits in der zweiten Runde verloren, ein glatter K. o. Damit sei seine Karriere beendet, bevor sie richtig begonnen habe, hatte der Reporter gesagt.

Mirko Groß trug die übliche Kurzhaarfrisur, oben ein paar blonde Stoppeln, an den Seiten rasiert. Das sollte wohl furchterregend aussehen. Im Nacken war er tätowiert.

Hektisch sprang er auf und lief ihr und Jan entgegen.

»Ich muss was aussagen«, rief er, »wegen der Nina und mir.«

Nele versorgte sie mit Kaffee, während sie sich in ihr Büro setzten. Birte fiel auf, dass sie seit gestern Abend nichts mehr gegessen hatte.

»Was genau möchten Sie uns denn sagen?«, fragte Jan. Sanfter Spott lag in seiner Stimme, als wüsste er längst, worum es ging. Er blickte dabei Nina Zimmer an, die sich auf ihrem Stuhl zusammengekauert hatte. Offensichtlich war ihr dieser Termin höchst unangenehm. Sie war ganz in Schwarz gekleidet, was ihre blonden Haare noch besser zur Geltung brachte.

»Nun«, sagte sie zögernd, »es ist so …«

»Paul hat herausbekommen, dass wir mal was hatten«, unterbrach Mirko Groß sie. »Vorletzte Woche, ein Wochenende in Amsterdam … Er hat einen echten Aufstand deswegen gemacht, dabei …«

Nina Zimmer legte Groß ihre Hand auf den Arm. »Es war eigentlich nichts, ein Ausflug … ich betreue Mirko auch als Physiotherapeutin. Er war nach dem Kampf richtig down, und dann ist es eben passiert … Ich liebe Paul … Das heißt …« Sie strich sich über die Augen. »Ich habe ihn geliebt.«

Mirko Groß schluckte. Sein Adamsapfel hüpfte auf und ab. Er kam Birte wie ein großes Kind vor, ein Junge, der nicht besonders klug war und sich nahm, was er brauchte.

»Warum genau sind Sie hier?« Jan schaute den Boxer an. »Hat Kosslick Ihnen gedroht?«

»Er hat mich rausgeworfen, ich sollte mir eine neue Agentur suchen«, entgegnete Groß leise. »Und da habe ich ihn angerufen, auf seinem Handy, und habe ihm ein paar unschöne Sachen gesagt.

Dass ich ihm die Fresse poliere, wenn er mich hängen lässt, gerade jetzt, nach diesem Scheißkampf … solche Sachen.«

»Haben Sie eine Waffe?«, fragte Jan.

Mirko zögerte einen Moment. Er warf Nina Zimmer einen Blick zu, als erwarte er ihr Einverständnis für eine Antwort. Birte versuchte sich vorzustellen, wie die Affäre zwischen diesem groben Kerl und dieser schönen, grazilen Frau ausgesehen hatte, sie vermochte es nicht.

»Eine Gaspistole habe ich, aber damit kann man wohl keinen kaltmachen«, sagte der Boxer.

Jan nickte. »Wir haben das Telefon Ihres Freundes noch nicht gefunden«, sagte er an Nina Zimmer gewandt. »Er hatte keines bei sich.«

»Er ist nie ohne sein iPhone aus dem Haus gegangen«, antwortete sie. »Das war sein Arbeitsgerät. Ständig hat er telefoniert.«

Wie aufs Stichwort klingelte ein Telefon. Birte zog ihres hervor und begriff sofort, dass etwas nicht stimmte. Die Nummer auf dem Display kannte sie nicht – eine Kölner Festnetznummer.

»Hier Lavender«, meldete sich eine seriöse, ältere Männerstimme. »Birte, ich habe eben eine schlimme Nachricht erhalten. Pierre ist auf der Autobahn mit seinem Wagen verunglückt. Er wurde in die Uniklinik gebracht.«

Sie hatte das alles schon einmal erlebt: den ersten Schrecken, das tiefe, markerschütternde Entsetzen und das Gefühl, Teil eines unfassbaren Geschehens zu sein. Bei Martin war es die Diagnose Krebs gewesen, die ihr förmlich die Beine weggerissen hatte – und nun war es die Nachricht, dass Pierre verunglückt war.

Stimmte etwas nicht mit ihr? Brachte sie Menschen nichts als Unglück?

Für einen Moment ging ihr dieser schreckliche Gedanke durch den Kopf.

Jan hatte darauf bestanden, dass sie nicht selbst fuhr, sondern ein Taxi zur Uniklinik nahm.

Carl Lavender saß in einem grauen Anzug, die Krawatte gelockert, auf einem Stuhl vor der Intensivstation. So kannte sie Pierres Vater nicht, so zusammengesunken und in sich gekehrt.

Er war in Köln eine Berühmtheit, der Staranwalt, dessen Kanzlei die großen Fälle übernahm und der als graue Eminenz galt. Es gab Leute, die meinten, er habe in Köln mehr Einfluss als der Oberbürgermeister.

Er stand schwerfällig auf und umarmte Birte stumm. Tränen standen in seinen Augen. Er sah Pierre überhaupt nicht ähnlich, er war klein und kahlköpfig, ein dichter Bart verdeckte sein Gesicht, nur sein wacher Blick erinnerte an seinen Sohn.

»Pierre hat sich mit dem Auto überschlagen«, sagte er leise, nachdem er sich wieder gesetzt hatte. »Auf dem Weg vom Flughafen in die Stadt. Fünf Minuten vor dem Unfall haben wir noch gesprochen. Er hat sich so gefreut, dich zu sehen.«

»Was genau ist passiert?«, brachte Birte heraus.

»Er hat Kopfverletzungen – wie schwer sie sind, hat man mir nicht gesagt. Offenbar hat ihn ein Wagen geschnitten, als er auf die A3 abbiegen wollte. Pierre hat das Steuer herumgerissen, er wollte wohl ausweichen, und da …«

Schmerz und Entsetzen stiegen in ihr auf. Ein Wagen hatte Pierre geschnitten, von der Fahrbahn gedrängt …

»Weiß man etwas über diesen anderen Wagen?«

Carl Lavender blickte auf – argwöhnisch, als hätte er das Lauernde, Detektivische in ihrer Frage bemerkt. Dann sackte er wieder zusammen. »Ich weiß nicht mehr«, sagte er. »Pierre wird operiert. Es kann noch ein paar Stunden dauern.«

Ein Krankenpfleger verließ die Station. Lavender sprang auf, doch der Mann beachtete ihn gar nicht. Er hatte einen Kaffeebecher in der Hand, die er zum Mund führte, eine routinierte Bewegung, als würde hinter dieser Tür alles seinen Gang gehen, als sei da nichts Besonderes vorgefallen.

»Du musst nicht bleiben«, erklärte Carl Lavender. »Ich sage sofort Bescheid, wenn ich etwas erfahre …«

Sie nickte. Sollte sie die Polizei anrufen? Was für einen Wagen fuhr Hinrichs? Einen dunkelblauen BMW. Das genaue Kennzeichen kannte sie jedoch nicht. Sollte sie ihn überprüfen lassen? Oder war das ein unsinniger Verdacht, der sich bei ihr eingeschlichen hatte? Hinrichs hatte gewusst, wo Pierre gewesen war. Es war leicht, herauszufinden, wann eine Maschine aus Luxemburg landete, er könnte Pierre aufgelauert haben und ihm gefolgt sein. Es passte zu dem teuflischen Spiel, das er mit ihr spielte.

Sie erhob sich und umarmte den alten Mann noch einmal. »Ich komme später wieder«, sagte sie. »Wir haben einen neuen Mordfall.«

»Paul Kosslick, ich weiß«, sagte Lavender. »Ich kenne Jimmi ganz gut, er ist völlig fertig. Ich habe ihn früher manchmal in Vertragsangelegenheiten beraten – heute nicht mehr.« Er lächelte matt. »Kosslick bezahlt seine Rechnungen nie pünktlich.«

12

Wie lange war es her, dass er zum letzten Mal Bass gespielt hatte? Er wusste es nicht mehr genau. Es war bei Sylvie gewesen, in ihrem Tanzstudio – vor drei Jahren bei einem kleinen Fest. Bei Sylvie hatte er Tangotanzen gelernt, sie war seine Tanzpartnerin gewesen, eine zarte, nun fast sechzigjährige Frau, die ihm beigebracht hatte, was es hieß, sich wirklich zu bewegen – im Fluss der Musik.

Vor ein paar Monaten hatte er aufgehört, mit ihr zu tanzen. Er hatte keine Zeit mehr gehabt, in ihr Studio zu gehen, und seinen Bass hatte er im Keller eingelagert – einen alten Fender-Bass mit einem Hals aus Ahorn. Im Kinderheim hatte er mit vierzehn angefangen, auf einem gebrauchten Bass herumzuspielen; es war seine Methode gewesen, sich ein, zwei ruhige Nachmittage zu verschaffen, aber richtig gut war er nie gewesen. Für ein paar Rockklassiker hatte es zumindest gereicht.

Später hatte er eine Zeit lang sogar in einer Band gespielt, die Sharks – zwei Gitarren, Schlagzeug, Bass, dann war ein Keyboard dazugekommen, und gelegentlich war auch Hanno bei den Proben aufgetaucht, der geniale Saxophonist. Für ein paar besondere Auftritte hatten sie ihn engagiert. Er war ihnen schon damals alt vorgekommen, wenngleich er kaum vierzig gewesen war, er hatte graue Haare, ein zerfurchtes Gesicht, er trank und rauchte zu viel und schaute auf die meisten anderen Musiker herunter, völlig zu recht allerdings, denn Hanno konnte alles spielen, er kannte jeden Song, doch richtig in Fahrt geriet er erst, wenn er mit gestandenen Jazzmusikern auf der Bühne stand. Bei einem Konzert im E-Werk hatte Schiller ihn einmal gesehen, das war zehn, nein, fast fünfzehn Jahre her.

Und nun wohnte Hanno in Widdersdorf und gab seiner Vermieterin Unterricht? Welch ein Abstieg musste hinter ihm liegen!

Schiller bat Nele, die gemeldete Anschrift und eine Telefonnummer von Hanno herauszufinden, nachdem Nina Zimmer und ihr Boxer sich verabschiedet hatten.

Wo war das iPhone des Toten? Hatte der Mörder es mitgenommen, weil er fürchtete, es könnte einen Hinweis auf ihn geben? Aber spätestens morgen würden sie ohnehin die Verbindungen von der Telefongesellschaft erhalten.

Auch Kosslicks Computer mussten sie sich vornehmen. Nele hatte schon zwei Assistenten losgeschickt, um dessen Büro zu durchsuchen und den Computer zu beschlagnahmen, falls die Steuerfahndung ihn nicht bereits mitgenommen hatte.

Er versuchte, Birte zu erreichen, doch sie ging nicht an ihr Telefon. Hoffentlich war Pierre Lavender nichts Schlimmeres passiert. Birte hatte keine Glückssträhne gehabt in den letzten Jahren – erst war ihr Lebensgefährte gestorben und sie war aus Hamburg nach Köln geflohen, dann war sie schwanger geworden, hatte ihr Kind verloren, und nun stellte ihr Hinrichs nach, und ihr Freund hatte einen Unfall. Was hatte Brasch, sein Freund und ehemaliger Kollege, einmal gesagt? »Gerade schöne Frauen haben oft kein Glück im Leben.« Birte war eine schöne Frau, das war ihm zuletzt immer wieder aufgefallen, und Carla war es auch.

Was tat sie in Bad Ems, wie genau verbrachte sie ihre Tage? Sie hatte ihm erzählt, dass sie malen wollte, lesen, spazieren gehen … Er überlegte, sie anzurufen. Komm zurück, wir müssen miteinander reden, zusammen sein, Dinge gemeinsam tun, dann jedoch dachte er daran, dass er in den nächsten Tagen jede Stunde im Präsidium verbringen würde.

Sie hatten keine Spur, kein Motiv, nichts. Warum ging jemand das Risiko ein und tötete Kosslick unter freiem Himmel in einem Fußballstadion? Sie hatten keine Antwort darauf.

Nele kam aus dem Nebenzimmer, sie wedelte mit einigen Computerausdrucken.

»Wir haben die Telefonverbindungen von Kosslick aus dem letzten Monat«, sagte sie. »Über fünfhundert Telefonate. Da bekommen wir ordentlich zu tun.« Schiller machte keine Anstalten, ihr die Papiere abzunehmen, daher legte sie die Ausdrucke auf seinen Schreibtisch. »Außerdem haben wir die Liste der Klienten dieser Beratungsagentur. Kosslicks Sekretärin hat sie uns geschickt – mit vierunddreißig Namen. Cremer hat begonnen, sie abzutelefonieren. Er hat ziemlich schlechte Laune.«

Schiller nickte. Sie hatten zu wenig Personal für einen Fall, der so weite Kreise zog. Sie brauchten noch mindestens zehn Ermittler und mussten eine Sondereinheit einrichten. Er setzte sich an seinen Schreibtisch, die Liste mit den fünfhundert Telefonnummern vor sich. Eine Arbeit für Tage. Er spürte, dass er in der letzten Nacht kaum geschlafen hatte.

Als eine SMS auf seinem Smartphone einging, dachte er an Birte. Gab es endlich eine Nachricht von ihr?

»Wieso sind Bullen immer auf dem falschen Trip?« stand da. »Diese Spur ist kalt – sehr kalt. A.C.A.B.«

Eine Nummer hatte der Absender nicht hinterlassen.

Nele stand plötzlich wieder neben ihm. Er zeigte ihr die Nachricht.

»Was heißt ›A.C.A.B.‹?«, fragte er.

Sie lächelte spöttisch. »Jan«, sagte sie, »du wirst allmählich alt. Das heißt: ›All cops are bastards.‹ War der Titel eines italienischen Films über eine Sondereinheit, die in Stadien und bei Demonstrationen aufräumte.«

Was sollte dieser Unsinn? All cops are bastards – eine kalte Spur?

»Jemand hat offensichtlich richtig Sehnsucht nach dir«, sagte Nele. »Nina Zimmer hat eben aufgeregt angerufen. Sie hat etwas in Kosslicks Tresor entdeckt – eine nagelneue Pistole und einen Abschiedsbrief.«

Als er in seinem Wagen saß, vermisste er Birte plötzlich, es war wie ein heftiger, abrupt auftauchender Schmerz, als hätte ihn die Gewissheit erfasst, dass sie verschwunden war und nicht wiederkommen würde. Er versuchte abermals, sie zu erreichen, aber nun sprang ihre Mailbox an. Er hörte ihre ruhige, wohlklingende Stimme.

»Ich fahre zu Nina Zimmer«, sagte er. »Melde dich bitte. Ich hoffe, es ist alles in Ordnung.«

Paul Kosslick hatte in einem großen alten Haus gewohnt, das von Efeu umrankt wurde. Schiller war überrascht, es wirkte beinahe großbürgerlich und äußerst geschmackvoll, ein erfolgreicher Geschäftsmann konnte so wohnen.

Nina Zimmer erwartete ihn bereits. Sie hatte sich umgezogen, sie trug nun einen schwarzen Trainingsanzug, nein, Trainingsanzug klang nach Schweiß und Bewegung; was sie trug, sah elegant aus und war gemacht für einen Abend an einem Pool oder in einer Strandbar.

Man konnte ihr die Aufregung ansehen. Sie führte ihn in das Wohnzimmer, einen großen, spärlich eingerichteten Raum.

Schiller entdeckte ein Foto von Jaco Pastorius an der Wand, einem Bassisten, den er verehrte und dessen Platten er früher gehört hatte. Pastorius beugte sich mit langen, verschwitzten Haaren über seinen Bass. Ein Bild aus seinen besten Tagen – später war er buchstäblich in der Gosse gelandet und einen elenden Tod gestorben.

»Ich bin ganz durcheinander«, sagte Nina Zimmer. Sie führte ihn zu zwei schwarzen Ledersesseln, in denen man förmlich versank. Vor sich hatte sie zwei Gläser Wasser bereitgestellt, und eine Pappschachtel und ein brauner Umschlag lagen da. Sie deutete mit ihren ordentlich manikürten Händen auf die Schachtel. »Paul hat einen Tresor in seinem Arbeitszimmer, ein uraltes, echtes Monstrum. Ich habe nach Unterlagen gesucht, wegen der Beerdigung …« Sie griff sich in ihr schimmerndes blondes Haar. »Es ist so schrecklich viel, was nun alles auf einen zukommt.«

Schiller nickte ihr zu. Ihre grünen Augen blitzten ihn an. Sie wischte sich eine Strähne aus dem Gesicht. Ihre Stirn legte sich in Falten. Für einen Moment war er sich sicher, dass sie gleich in Tränen ausbrechen würden, dann glitt ihr Blick zu der Schachtel auf dem Tisch.

»Ich habe gelegentlich Geld aus dem Tresor genommen, daher weiß ich, wo alles liegt. Nur … diese Schachtel kannte ich nicht.« Sie schaute Schiller an. Ihre Nasenflügel bebten. Eine leichte Röte zog über ihre Wangen. Plötzlich interessierte ihn die Frage, wo sie Paul Kosslick kennengelernt hatte. »Ich habe die Schachtel dann aufgemacht.« Sie beugte sich vor und hob den Deckel ab.

Eine Beretta lag da auf einem grünen Samttuch – nagelneu und wie unberührt.

»Kosslick hat sich eine Waffe besorgt«, sagte Schiller. »Aber offensichtlich hat er sie nicht bei sich getragen.«

Sie schwieg, ohne den Blick von der Waffe abzuwenden.

»Seit wann kann die Waffe in diesem Tresor gelegen haben?«, fragte Schiller.

»Ich weiß nicht … ein paar Tage, vielleicht zwei Wochen …«

»Er hat Ihnen nie eine Andeutung gemacht, dass sich etwas geändert hat in seinem Leben? Dass er bedroht wurde?«

»Nein.« Sie schüttelte den Kopf und griff nach dem Glas Wasser, um einen Schluck zu trinken. »Er wirkte überarbeitet, er hatte wieder Ärger mit seinem Gehör, wie immer, wenn er zu viel Stress hatte. Tinnitus … Die Sache mit Mirko hat ihm zugesetzt … nicht nur wegen mir … Dieser Kampf sollte etwas Besonderes werden. Paul wollte drei, vier andere Boxer aufbauen. Er wollte die Fußballer Jimmi überlassen und sich aufs Boxen konzentrieren. Jimmi ist … Nun, er kann ein ziemliches Arschloch sein, wenn jemand nicht seiner Meinung ist.«

Ein Telefon klingelte irgendwo im Haus, doch sie achtete nicht darauf.

»Ich habe Angst vor der Beerdigung«, sagte sie unvermittelt und schaute Schiller offen in die Augen, als erhoffte sie sich einen Rat. »Ich weiß nicht, wie das alles weitergehen soll … Ich vermisse Paul … Er war oft nicht da, und wir hatten häufig Streit, aber ich wusste immer, dass er irgendwann wieder nachts zu mir ins Bett kriechen würde. Er würde mir meinen Namen ins Ohr flüstern, er würde meine Brust umfassen und mich festhalten …« Sie seufzte. »Ich werde nun nie ein Kind von ihm bekommen … niemals.« Wieder griff sie nach dem Glas und kippte das Wasser hinunter.

»Ich muss die Waffe mitnehmen«, sagte Schiller. »Haben Sie eine Ahnung, wer sie ihm besorgt hat?«

»Paul hat so viele Geheimnisse vor mir gehabt – das begreife ich jetzt. Ich frage mich, ob ich ihn richtig gekannt habe. Weiß ich, was in ihm vorging? Was er so gedacht hat? Nein, und ich habe mich auch nicht wirklich richtig dafür interessiert. Er hat sich Fußballspiele auf Video angeschaut, manchmal die halbe Nacht, irgendwelche halbwüchsigen Spieler, die in Düsseldorf, Köln oder sonst wo hinter dem Ball hergerannt sind. Ich hätte es gut gefunden, wenn er nur noch Boxer beraten hätte – ohne Jimmi.«

Wieder klingelte ein Telefon.

»Presse«, sagte sie, »oder Leute, die was über Paul wissen wollen. Oder sie wollen mir ihr Beileid ausdrücken. So geht das den ganzen Tag. Ich will aber gar kein Beileid. Wer hat Paul umgebracht? Das denke ich ununterbrochen. Wer tut so etwas?« Sie beugte sich zu Schiller vor, und fast sah es aus, als würde sie nach seinen Händen greifen.

Was wollte sie von ihm hören? Die Versicherung, dass sie den Täter fassen würden? Aber er wollte nicht irgendeine Floskel sagen. Ja, schöne Frau, wir werden unser Bestes geben … wir haben noch jeden geschnappt … Mörder haben in diesem Land keine Chance.

»Meine Kollegin hat noch einen Brief erwähnt, den Sie gefunden haben«, sagte er stattdessen behutsam.

Sie nickte und straffte sich. »Ja, ein Brief … er lag unter der Schachtel. Jetzt denke ich plötzlich, dass alles zusammengehört – die Pistole und der Brief. Als wäre beides für mich, als wollte er mir sagen, dass ich auf mich aufpassen müsste …«

»Kann ich den Brief sehen?«, fragte Schiller.

Sie reichte ihm den braunen Umschlag. Es befand sich lediglich ein weißes Blatt Papier darin, einmal in der Mitte gefaltet.
Liebste Nina, stand da in einer engen gestauchten Handschrift, die aber gut zu lesen war.

Wenn Du diese Zeilen in den Händen hältst, ist vielleicht etwas passiert, was nicht passieren sollte. Ich habe viel über uns nachgedacht in letzter Zeit. Ich verdiene Dich nicht – Du bist immer freundlich, immer weißt Du mich zu nehmen. Ich sehe Dich tanzen – wie damals auf dem Sportlerball, in Deinem grünen, rückenfreien Kleid. Ach, ich will einfach sagen, dass ich Dich liebe. Verzeih mir alles – ich habe ein paar Fehler gemacht.
Das Haus und meine Aktien gehören Dir – auch mein Anteil an der Firma. Jimmi soll alles in Deinem Sinne regeln.
Wenn ich einmal nicht mehr da sein sollte, musst Du ohne mich glücklich sein.

P.

»Das ist seine Schrift?«, fragte Schiller.

Nina Zimmer nickte wieder. »Warum hat er das geschrieben? Er muss geahnt haben, dass etwas mit ihm passiert.«

»Welche Fehler könnte er gemeint haben?«, fragte Schiller. »Affären? Hat er Sie betrogen?«

»Nein … ich weiß nicht.« Sie hatte nun Tränen in den Augen. »Er hatte keine Freundin, als wir uns kennengelernt haben. Ich war mit einer Freundin, die Speerwerferin in Leverkusen ist, auf diesem Ball …« Sie lächelte matt. »Die Leute haben uns für Lesben gehalten, Paul anfangs auch. Dann hat er meine Adresse herausbekommen und mir Blumen in meine Praxis geschickt. Er war so ganz anders, als die Leute sich einen Kosslick vorstellen – zärtlich, voller Selbstzweifel. Unausstehlich war er nur, wenn er getrunken hatte.«

Es klingelte an der Tür, und Nina Zimmer erhob sich langsam. Sie ging zur Tür. Kurz danach kehrte sie mit zwei jungen Männern zurück. Es waren die Kriminalassistenten, die Nele losgeschickt hatte.

»Ihre Kollegen sind hier«, sagte Nina Zimmer tonlos.

»Wir müssen uns das Arbeitszimmer Ihres Mannes ansehen«, sagte Schiller. »Ich hoffe, Sie verstehen das.«

Er wies die beiden Beamten in ihre Arbeit ein. Kosslicks Arbeitszimmer lag im Souterrain, ein großer dunkler Raum mit mehreren Schränken, einem Schreibtisch mit einem alten Computer. An der Wand hingen Fotos von Fußballspielern. Ein Porträtfoto zeigte den jungen Jimmi Kosslick, der breit und mit Vokuhila-Frisur in die Kamera grinste.

Als Schiller in das Wohnzimmer zurückkehrte, saß Nina Zimmer mit ihrem Smartphone in der Hand da und starrte in den Garten hinaus. Anscheinend hatte sie eben noch telefoniert, auch wenn er ihre Stimme nicht gehört hatte.

»Wir haben auch den Laptop Ihres Mannes bisher nicht gefunden«, sagte er. »Hatte Paul einen geheimen Ort, an den er sich zurückzog?«

Sie schaute ihn an. »Er ist manchmal in die Eifel gefahren, um spazieren zu gehen. Das tat er gern, wenn er nachdenken musste. Und er hat davon gesprochen, sich irgendwo dort ein Haus zu kaufen, aber dazu ist es nicht gekommen.«

»Kennen Sie Hanno Gäb?«, fragte Schiller. Sein Blick war wieder auf den schwitzenden Jaco Pastorius gefallen.

Nina Zimmer zog erstaunt ihre Augenbrauen in die Höhe. »Den Saxophonspieler? Paul kannte ihn gut. Er kam manchmal abends her, um sich Geld zu leihen.«

13

Sie brauchte nun etwas, um sich abzulenken, dachte Birte. Musik, ein Geigenkonzert, oder sie sollte zum Fühlinger See hinausfahren, sich ein Boot nehmen und so lange rudern, bis sie erschöpft zusammenbrach. Sie hatte schon so lange nicht mehr gerudert. Die Dinge waren endgültig aus der Bahn geraten. Ein Fluchtimpuls erfasste sie – zurück nach Hamburg oder noch weiter ans Meer, nach Sylt, wo sie vor einer Ewigkeit ein paar heitere Tage mit Martin verbracht hatte. Sie überlegte, Janett anzurufen, ihre Freundin aus Kindertagen, die bei einem Motorradunfall vor vielen Jahren ein Bein verloren hatte.

Dann jedoch stand sie vor dem Haus 47 in der Annostraße. Es war früher Nachmittag, ein Stück weiter parkte Hinrichs' BMW, er war also zu Hause. Sie konnte klingeln und ihn zur Rede stellen. Er fuhr einen BMW 318i – sie notierte sich das Kennzeichen. An dem Wagen war kein Schaden zu erkennen, nichts, was auf einen Unfall hindeutete, aber von einer Kollision war auch nicht die Rede gewesen. Jemand hatte Pierre geschnitten und abgedrängt. Sie nahm ihr Smartphone hervor und machte ein paar Fotos von dem BMW. Jan und Nele hatten versucht, sie zu erreichen. Ihr Telefon war stumm geschaltet gewesen, nun aktivierte sie es wieder, ohne allerdings ihre Mailbox abzuhören.

»Was tust du?«, fragte Hinrichs, ganz nah hinter ihr.

Sie hatte ihn nicht bemerkt und fuhr herum. Hinrichs hatte sich rasiert, er trug eine braune abgewetzte Lederjacke, eine Haarsträhne fiel ihm ins Gesicht.

»Du wolltest zu mir? Hast du über meinen Brief nachgedacht?« Er lächelte. Er roch nach Nikotin.

»Pierre ist verunglückt«, sagte sie ernst. »Jemand hat ihn von der Straße abgedrängt, als er vom Flughafen nach Hause fahren wollte.«

Hinrichs starrte sie an. Er schwieg, sein Gesicht war eine Maske, unbewegt, gefühllos. Dann zuckte er mit den Schultern. »Siehst du«, sagte er mit leisem Triumph in der Stimme, »das Schicksal ist auf unserer Seite. Wir verbringen eine Nacht zusammen, er wird es nicht erfahren, dann entscheidest du dich.«

Ohne zu überlegen, holte sie aus und schlug ihn ins Gesicht, aber er zeigte keine Regung.

»Hass«, sagte er, »Hass ist nur die andere Seite der Liebe, aber nach dieser einen Nacht wirst du mich wieder lieben.«

Ihr Smartphone klingelte.

»Sie haben Pierre operiert – er hat einen Schädelbruch«, sagte Carl Lavender. »Er liegt nun auf der Intensivstation und schläft. Morgen können wir ihn sehen.«

»Schön«, erwiderte Birte. Sie beobachtete, wie Hinrichs abdrehte und schwerfällig um den Wagen herumging. »Ich bin erleichtert. Weiß man mehr über den Hergang des Unfalls?«

Hinrichs öffnete die Fahrertür und stieg ein.

»Nein«, sagte Lavender senior, »aber ich werde mich erkundigen, ob es Zeugen gibt. Wir wollen doch wissen, wer schuld ist, nicht wahr?«

Hinrichs raste mit quietschenden Reifen davon.

»Ja«, sagte Birte, »ja, das wollen wir wissen, unbedingt.«

Milly schrie wie ein kleines Kind, hoch und wimmernd, nachdem Birte die Wohnungstür geöffnet hatte. Sie beugte sich vor und ließ die Katze um ihre Beine kreisen. Das Jammern wurde leiser, dann schnurrte sie plötzlich.

»Willst du, dass ich dich kraule?«, sagte Birte. »Damit du mir wieder einen Hieb verpassen kannst?«

Die Katze blickte auf, ihre gelben Augen musterten sie, dann schnurrte sie noch lauter.

In der Küche öffnete Birte eine Dose und füllte den Futternapf auf, doch diesmal schien Milly nicht hungrig zu sein. Sie folgte ihr ins Gästebad, wo das Katzenklo stand. Birte begann es zu säubern. Jede Bewegung kommentierte Milly mit einem Jammern. Sie war offensichtlich einsam. Konnten Katzen spüren, dass mit ihrem Herrn irgendetwas vorgefallen war? Nein, bestimmt nicht. Für einen Moment hatte Birte das Gefühl, als läge ein Hauch von Abschied über allem, was sie tat – als würde sie diese Wohnung nie wieder betreten, als würde sie Pierre nie wiedersehen. Aber das war natürlich Unsinn.

Erst als ihr Klo gesäubert war, machte Milly sich über ihr Futter her, doch immer wieder blickte sie auf und jammerte.

»Pierre kommt bald zurück«, sagte Birte laut, dann ging sie ins

Wohnzimmer hinüber. Die Lampe am Anrufbeantworter blinkte wieder, diesmal aber hörte sie ihn nicht ab.

Sie setzte sich und schloss kurz die Augen. Die Wohnung wirkte so leblos, als wäre hier schon lange niemand mehr gewesen. Sie nickte kurz ein – sah Martin vor sich, bleich und krank, in seinem Bademantel schlurfte er neben ihr her, nicht in einem Krankenhaus, sondern auf einem Bretterweg, ja, auf Holzplanken, die zum Meer führten. Sie waren irgendwo an der See, denn die Wellen waren zu hören, ein tiefes, endloses Rauschen, dann hörte sie sich selbst. »Martin«, rief sie glücklich, »ich werde dich immer lieben.«

Dabei hatte das gar nicht gestimmt. Während Martin seine erste Chemotherapie erhalten hatte, hatte sie sich an einem Abend mit André getroffen, einem neuen Kollegen. Sie hatten bei einem Italiener gegessen, an den Landungsbrücken, und André hatte sie nach Hause gefahren. Vor ihrer Tür hatte er sie geküsst, sie hatte ihn erst abgewehrt, dann jedoch hatte sie den Kuss erwidert, heftig, gedankenlos, so als wollte sie mit dem Kuss all das Dunkle und Böse vertreiben, das in ihr Leben eingezogen war. Nach dem Kuss hatte André ihr einen Blick zugeworfen, er hatte leicht genickt und den Wagen gestartet. Er wohnte am Bahnhof Dammtor, in der Nähe der Universität in einem schneeweißen Haus.

Birte schreckte auf. Milly schrie wieder. Warum hatte sie ausgerechnet im Halbschlaf an André gedacht? Diesen einen Fehltritt, der über drei Jahre zurücklag, hatte sie bisher sorgsam verdrängt.

Weil du dich schuldig fühlst, dachte sie. Weil nun Pierre etwas passiert ist.

Milly stand vor ihr und riss ihr Maul zu einem noch lauteren Schrei auf.

Das Telefon klingelte schrill und voller Dringlichkeit. Pierres Festnetzanschluss.

Es läutete dreimal, dann sprang der Anrufbeantworter an. Seine warme selbstbewusste Stimme ertönte. »Hier ist Pierre Lavender – ich kann oder will jetzt nicht mit Ihnen sprechen, aber Sie können, wenn Sie wollen, eine Nachricht hinterlassen.«

Niemand sagte etwas, ein Rauschen wogte hin und her, dann ertönte ein Schluchzen.

Birte setzte sich auf. Sie wusste sofort, dass wieder die Frau am Apparat war, deren Anruf sie am frühen Morgen abgehört hatte.

»Du bist nicht da«, sagte die Frau enttäuscht. »Schade – wo steckst du? Du hast eine neue Frau, nicht wahr? … Es ist noch mal wegen Hergen. Gestern war die Beerdigung … Nun …«

Ohne zu überlegen, ging Birte ans Telefon und hob ab. »Hallo?«

Die Frau war irritiert. »Pierre? … Ist Pierre da?«

»Nein«, sagte Birte. »Er ist nicht da – ich bin eine … Nachbarin. Ich kümmere mich um Milly, die Katze.«

»Ach«, sagte die Frau. »Milly … Milly gibt es immer noch? Ich … ich habe Pierre ganz gut gekannt … habe für ihn gearbeitet … Na ja.« Sie holte tief Luft.

»Soll ich Pierre etwas ausrichten?«, fragte Birte.

»Ich wohne jetzt in der Eifel … weil ich … ich ein paar Fehler gemacht habe. Egal. Mein Freund Hergen … Er ist tot. Das wollte ich Pierre sagen, und vielleicht kann er mich einmal anrufen … wenn er Zeit hat.« Ein Kind schrie plötzlich im Hintergrund, dann war die Leitung tot. Die Frau hatte aufgelegt.

Birte kontrollierte das Display. Die Frau hatte ihre Nummer nicht unterdrückt. Die Vorwahl lautete 02444 – es musste ein Ort in der Nähe sein.

Milly schrie wieder, dann begann sie, als würde sie einen unsichtbaren Gegner jagen, durch die Wohnung zu rasen.

Birte setzte sich zurück in den Sessel. Sie sollte im Krankenhaus bei Pierre sein, sagte sie sich, oder im Präsidium, oder sie sollte Carl Lavender trösten, der um das Leben seines Sohnes bangte. Aber das tat sie doch auch. Nein, sagte sie sich, sie dachte an Hinrichs, und sie dachte an ihn wie an einen Verbrecher, den sie stellen und dingfest machen musste. Er wollte sie besitzen oder zerstören.

Sie rief Nele im Präsidium an.

»Wie geht es Pierre?«, fragte Nele besorgt, als würde sie ihn persönlich kennen, dabei war sie ihm allenfalls einmal auf dem Gang im Präsidium begegnet.

»Er ist am Kopf operiert worden«, sagte Birte. »Ich muss etwas wissen – über Pierres Unfall. Haben die Kollegen von der Autobahnpolizei Zeugen vernommen? Hat jemand gesehen, wer Pierres Wagen geschnitten hat?«

Nele zögerte einen Moment. Sie hatte genug zu tun, steckte in einem Mordfall, in dem sie zahllosen Spuren nachgehen mussten. »Ich weiß, dass Hinrichs wieder da ist«, sagte sie leise. »Ich habe ihn gesehen. Ja, ich kenne jemanden von der Autobahnpolizei. Dauert ein bisschen, aber ich werde mich erkundigen.«

»Danke«, sagte Birte. »Ich komme nachher noch einmal ins Präsidium. Vorher muss ich noch ein Telefonat erledigen.«

»Jan ist zum Theater im Baumturm gefahren«, sagte Nele. »Er drückt sich wieder vor den Akten auf seinem Schreibtisch und sucht lieber diesen Saxophonspieler, als könnte der uns weiterhelfen.«

Nele lachte kurz auf und unterbrach die Verbindung.

Carl Lavender hob nach dem ersten Läuten ab. »Birte?«, sagte er fragend, als könnte nur sie es sein, die ihn anrief.

Sie räusperte sich. »Ich glaube«, sagte sie, »ich bin schuld, dass Pierre verunglückt ist.«

Lavender schwieg einen Moment. Sie hörte ihn atmen, im Hintergrund waren Stimmen zu vernehmen, vermutlich saß er irgendwo in einem Restaurant oder noch in der Cafeteria der Klinik.

»Das kann nicht sein. Wie solltest du an seinem Unfall Schuld haben?«

»Es gibt da jemanden, der mich verfolgt … Ich bin beinahe sicher, dass er den Unfall verursacht hat.« Ihre Stimme zitterte, als sie den Namen »Hinrichs« aussprach.

14

»A.C.A.B.«

Die Nachricht ging noch einmal auf seinem Smartphone ein. Wieder ohne eine Absenderkennung.

All cops are bastards.

Was sollte diese Parole? Und was hatte solch eine SMS mit seinem Fall zu tun?

Das Café im Bauturmtheater war bis auf den letzten Tisch besetzt. Das Stimmengewirr war beinahe unerträglich laut, und doch gefiel es ihm – er konnte förmlich hineintauchen, seine Gedanken treiben lassen und sich ablenken. Eigentlich hatte Schiller gehofft, Hanno zu treffen. Er trat gelegentlich mit ein paar Musikern hier auf und spielte gepflegten, altmodischen Jazz. Manchmal wurde er auch vom Theater engagiert. Die Adresse, die Nele herausgefunden hatte – Zülpicher Straße –, stimmte schon lange nicht mehr. Anscheinend wohnte Hanno tatsächlich in Widdersdorf.

Die Kellnerin, die Schiller fragte, hatte ihn schon seit ein paar Wochen nicht mehr gesehen. »Keine Ahnung, was der gute Hanno so treibt«, sagte sie und eilte weiter von Tisch zu Tisch.

Im Internet wurden für Ende November drei Konzerte von Hanno angekündigt – alle im Stollwerk. Er hatte eine Band, die sich Enlightment nannte – »Aufklärung«. Sie hatten sogar ein Video produziert, ein wilder Rausch aus Farben, unterlegt mit experimenteller Musik. Die Musiker selbst waren jedoch nicht zu sehen.

Eine weitere SMS ging bei ihm ein. Keine Parole, keine Drohung.

»Wollen wir heute Abend telefonieren? Carla.«

»Ja«, schrieb er zurück. »Rufe nachher an.«

Ihr letztes Telefonat lag eine Woche zurück. Carla war mürrisch und wortkarg gewesen. Broder gehe es besser – sie habe viel gelesen und angefangen zu malen, sie habe kleine Bleistiftskizzen hergestellt. Nach zehn Minuten hatten sie ihr Gespräch beendet.

Was war schuld an ihrer Entfremdung? Seine Arbeit? Er wusste es nicht. Sie hatten immer wieder solche Phasen des Schweigens und der Distanz gehabt.

An der Theke hinterlegte er eine Nachricht für Hanno. Dann verließ er das Café. Es war kalt und regnerisch geworden.

Die drei Gestalten, die mit gesenkten Köpfen aus einem Hauseingang kamen, nahm er lediglich aus den Augenwinkeln wahr, als er seinen Wagen aufschließen wollte. Sie waren ganz in Schwarz gekleidet und hatten Schlagstöcke in der Hand. Der erste Schlag traf ihn auf der Schulter und ließ ihn sofort taumeln. Er riss die Arme hoch, versuchte auszumachen, wer ihn angriff. Die Angreifer trugen Sturmhauben, sie waren groß, ungefähr einen Meter neunzig, und sie zögerten nicht. Die nächsten zwei Schläge trafen ihn in den Rücken. Er schrie auf, ein furchtbarer Schmerz durchzuckte ihn, als hätte ihn ein elektrischer Schlag getroffen. Während er fiel, traf ihn der nächste Hieb gegen das Brustbein.

Einer der Männer lachte. Schiller sah helle rote Turnschuhe, dann schlug er mit dem Kopf auf dem Asphalt auf, und für einen Augenblick wurde ihm schwarz vor Augen. Keine wirkliche Ohnmacht; er atmete, doch jeder Atemzug war, als würde er Feuer in sich einsaugen. Schmerzwellen überfluteten ihn. Er hatte Blut im Mund, nicht von einem Schlag, sondern weil er sich auf die Lippe gebissen hatte.

Jemand beugte sich über ihn – keiner der Angreifer, erkannte er. Ein stämmiger Mann mit einem grauen Zopf. Hanno, der Saxophonspieler.

»Alles in Ordnung?«, fragte er sorgenvoll.

Schiller rappelte sich auf und nickte. Er schaute Hanno an, aber sein Blick war verstellt, als würden sich mehrere Bilder überlagern.

»Wer war das?«, fragte Hanno.

Schiller schüttelte den Kopf. Stumm reichte er Hanno seinen Schlüssel. Dann, nachdem Hanno die Beifahrertür geöffnet hatte, setzte er sich mühsam auf den Sitz. Er horchte in sich hinein. Gebrochen hatte er sich nichts – ein paar Prellungen an der Schulter und im Rücken, seine Wange war aufgeschürft. Es war nicht viel passiert.

Hanno war für ein paar Momente aus seinem Blickfeld verschwunden und reichte ihm dann ein Glas Wasser, das er anscheinend aus dem Café geholt hatte.

»Schiller«, sagte Hanno, »steckst du in Schwierigkeiten? Wer greift auf offener Straße einen Polizisten an?«

Er trank einen Schluck. Das Wasser tat gut. Ja, wer griff einen Polizisten an? Und aus welchem Grund? Die drei Männer waren vorbereitet gewesen – sie hatten ihn überlegt mit einigen wenigen Schlägen außer Gefecht gesetzt, als würden sie so etwas nicht zum ersten Mal machen. Bei Wettschuldnern mochte man so vorgehen, also konnten es Leute von Catic gewesen sein, aber er hatte keinen Beweis dafür.

»Keine Ahnung, was das sollte«, sagte er leise und wollte Hanno das Glas zurückgeben, doch der alte Saxophonspieler war bereits wieder verschwunden.

»Du solltest besser auf dich aufpassen«, sagte Therese. Sie tupfte ihm das Gesicht ab und versorgte seine Schürfwunde. »Carla hast du ja wieder vertrieben. Zum wievielten Mal eigentlich?« Sie kicherte heiser. »Ich habe mich immer gefragt, wie sie es mit dir aushält.«

Schiller verzog das Gesicht. Das Desinfektionsmittel schmerzte, aber der alten Hebamme schien es besser zu gehen.

»Ich telefoniere nachher mit Carla«, sagte er. »Sie fehlt mir.«

Therese trug eine Salbe auf, die seine Wunde kühlte. Der Schmerz verebbte langsam. Sie hatte auch die Prellung in seinem Rücken und auf seinem Brustbein behandelt. Er würde noch eine Weile bei gewissen Bewegungen Probleme haben. Er hatte sich entschieden, keine Anzeige zu erstatten. Wer mochte dahinterstecken? All cops are bastards.

»Was ist mit Hermännchen passiert?«, fragte er.

Therese lächelte. Ihre Augen hinter den dicken Gläsern funkelten. »Er hat nun ein Zimmer am Friesenwall – unterm Dach, sehr klein, aber mit einem eigenen Bad. Ich habe ihm die Miete für drei Monate vorgeschossen. Und morgen erscheint ein großer Bericht mit vielen Fotos im Express. Dass er wieder am Leben ist … Die Leute aus dem Veedel hatten für seine Beerdigung gesammelt, von dem Geld kann er sich jetzt Möbel kaufen und ein paar neue Hemden und Hosen.«

Therese hielt ihm eine Tasse Tee hin, die er gehorsam entgegennahm. »Du hast mir nicht erzählt, dass Birtes Freund verunglückt ist«, sagte sie vorwurfsvoll. »Ich habe im Präsidium angerufen – eure Assistentin hat es mir erzählt.«

»Ein paar Dinge sind uns über den Kopf gewachsen«, sagte er, als würde das etwas erklären. »Unser Fall und …« Er wollte den Namen Hinrichs aussprechen, unterließ es dann jedoch, weil sein Smartphone klingelte. Carla wartete gewiss schon ungeduldig auf seinen Anruf.

»Ich …«, sagte eine junge Stimme, »ich habe Paul Kosslick in große Schwierigkeiten gebracht.«

Es war gegen Mitternacht, als Schiller den Niehler Hafen erreichte. Er sollte so etwas nicht tun: allein jemanden treffen, den er nicht kannte. Nicht nach der Tracht Prügel, die man ihm am Abend verpasst hatte. Doch Birte war nicht an ihr Telefon gegangen, und Cremer hatte er nicht dabeihaben wollen.

Schiller parkte, dann ging er die schmale Brücke hinauf, die über die Hafeneinfahrt, die vom Rhein abzweigte, zu den Flussauen führte. Immerhin, die Brücke war erleuchtet. Es war jedoch niemand zu sehen. Jede Bewegung tat ihm weh. Besonders die Prellung im Rücken machte ihm zu schaffen. Wenn hier eine weitere unangenehme Überraschung auf ihn wartete, würde er sich kaum wehren können. Doch er hatte seine Waffe eingesteckt.

Er postierte sich mitten auf der Brücke und wartete. Drei Schiffe lagen im Hafen, dunkle, leblose Stahlkolosse neben einem Güterzug, auf den Container geladen waren. Nirgends brannte ein Licht. Auf dem Rhein zog ein Schiff herauf. Sonst schwebte nur ein Lichterschein von den Ford-Werken herüber. Er kam sich vor wie auf dem Präsentierteller, als stände er mitten im Fadenkreuz.

Er hatte Carla eine SMS geschickt. »Hatte einen kleinen Unfall – melde mich später noch.« Doch sie hatte nicht geantwortet.

Es war kalt auf der Brücke, ein böiger Wind wehte vom Fluss herüber.

Die Stimme am Telefon hatte jung und ängstlich geklungen.

Jemand kam mit einem Fahrrad die Brücke herauf, ein Mann, der eine Kapuze tief ins Gesicht gezogen hatte. Ohne einen Blick fuhr er an Schiller vorbei.

»Folgen Sie mir!«, raunte er ihm zu.

Mit kräftigem Tritt bewegte der Kapuzenmann sich die Brücke weiter hinauf und rollte dann hinunter.

Schiller sah ihm nach und folgte ihm ein paar Sekunden später. Die Brücke schwenkte nach rechts und führte zu den Rheinauen. Hier war es stockfinster. Vögel schrien in der Dunkelheit. Das Tuckern eines Schiffsmotors verlor sich.

Als er eine Teerstraße erreicht hatte, die an der Zufahrt zur Brücke endete, rief ihn jemand.

»Hier!«

Auf einer Bank zwischen hohen Bäumen saß eine Gestalt.

Der Junge hatte seine Kapuze zurückgezogen, er war blond, hatte kurze Haare und mochte achtzehn oder zwanzig Jahre alt sein.

»Wer sind Sie?«, fragte Schiller.

Der Junge reichte ihm die Hand, ganz höflich, und neigte den Kopf. »Lars Mencke«, stellte er sich vor. »Tut mir leid, wenn ich Ihnen solche Unannehmlichkeiten bereite, aber …«

»Aber was?«, fragte Schiller.

»Ich muss vorsichtig sein«, sagte Mencke ernst.

Schiller setzte sich neben ihn. »Sie sind Fußballer, nicht wahr? Ich habe Ihr Gesicht schon einmal in der Zeitung gesehen.«

Mencke nickte. »Ich bin Jugendnationalspieler, defensives Mittelfeld, spiele seit zehn Jahren für den FC, aber im Moment … Ich bin verletzt, offiziell wenigstens.« Er verstummte abrupt und starrte vor sich hin.

Schiller wartete ab.

»Wir waren zu dritt in der Mannschaft … im Mai, als die Saison fast zu Ende war – wir haben uns einen Spaß daraus gemacht, zu gucken, ob man wirklich ein Spiel manipulieren kann. Ich kannte jemanden in einem Wettbüro … einen ehemaligen Spieler … leider hat er die Sache weitergetragen … Plötzlich hingen wir drin. Es war kein Spaß mehr …«

Bojan Dugic, dachte Schiller sofort, hatte er nicht auch beim FC gespielt?

»Sie haben uns erpresst … unter Druck gesetzt … Nach dem Training haben sie uns aufgelauert. Wir sollten in dieser Saison drei Spiele manipulieren, A-Jugend-Bundesliga, keine Kleinigkeit.

Haben wir auch versucht, aber es hat nicht so funktioniert. Dann haben sie sich unseren Torwart vorgenommen … Wenn man als Torwart dabei ist, ist die Sache doch einfach, haben sie gesagt.« Mencke verstummte.

»Was geschah weiter?«, fragte Schiller. Er bedauerte, dass er das Gespräch nicht aufzeichnete, aber wahrscheinlich hätte der Junge dann gar nichts gesagt.

»Ich bin zu Paul gegangen … er war seit dem Sommer mein Berater. Paul hat die Sache geregelt. Danach war Schluss. Keine Versuche mehr, uns anzusprechen.«

»Wie hat er das gemacht?«

Mencke zuckte mit den Schultern. »Ich weiß nicht … Wir hatten einen Treffpunkt. Da ist er dann hingegangen. Danach war Schluss.«

»Wie lange ist das her?«

»Drei Wochen«, sagte Mencke. »Ich kann nicht mehr spielen seither, bin total außer Form, dabei müsste ich jetzt richtig Gas geben, um irgendwo nächstes Jahr einen Profivertrag zu kriegen. Für den FC wird es sowieso nicht reichen, aber in der Dritten Liga kann man auch gutes Geld verdienen.« Er zögerte einen Moment. »Glauben Sie, Paul hat sich da mit den falschen Leuten angelegt? Wegen uns?«

»Nein«, sagte Schiller, »das glaube ich nicht. Kannst du die Leute beschreiben, die euch erpresst haben?«

Mencke schüttelte den Kopf. »Nur einen … den, der nach dem Training auf uns gewartet hat. Er nennt sich Messi, wie Lionel Messi. Er ist vielleicht siebzehn, achtzehn, nicht älter, ein Laufbursche, ein schmächtiger dunkelhaariger Kerl mit einem Oberlippenbart. Die anderen haben wir nie gesehen, nur gesprochen.«

Schiller gab ihm eine Visitenkarte. »Wenn die Leute sich noch einmal melden, sagst du mir Bescheid, ja?«

Mencke nickte. »Ich habe Angst, dass Paul wegen uns gestorben ist. Wieso hat man ihn in einem Fußballstadion erschossen?«

»Tu mir einen Gefallen«, sagte Schiller. »Vergiss das alles und spiel wieder Fußball.« Er erhob sich. Sein Rücken schmerzte bei jeder Bewegung. »Den Mörder werden wir finden.«

15

Birte erwachte mitten in der Nacht, weil eine SMS eingegangen war. Milly hatte sich neben ihr zusammengerollt. Die Katze hob kurz den Kopf und schmiegte sich sofort wieder an sie. Es war halb fünf am Morgen. Birte musste fünf oder sechs Stunden in dem Ledersessel geschlafen haben.

Es hatte gutgetan, Pierres Vater alles zu erzählen – von Hinrichs, ihrer einzigen gemeinsamen Nacht, seinem Wahn, dass sie füreinander geschaffen waren.

Carl Lavender hatte aufmerksam zugehört und nur gelegentlich eine Frage gestellt.

»Stalking, also Nachstellung, wie es bei den Juristen heißt, ist alles andere als ein Kavaliersdelikt. Doch wir brauchen so viele Beweise wie möglich – als Erstes musst du eine Art Tagebuch anlegen, jede Konfrontation mit Hinrichs solltest du genau dokumentieren. Dass er Polizist ist, wird die Sache allerdings noch komplizierter machen. Aber du hast ja diesen Brief und die Kurzmitteilungen, die er dir geschrieben hat. Wir könnten also jederzeit Anzeige erstatten.«

Anzeige erstatten – wollte sie das wirklich? Einem Kollegen die Laufbahn und das Leben zerstören?

Vorsichtig, um Milly nicht zu verscheuchen, erhob Birte sich und ging in die Küche.

Die SMS stammte von einem unbekannten Absender. »Wann fahren wir nach Paris?«, fragte Hinrichs, doch als hätte er die Gefahr gewittert, hatte er die Kurzmitteilung nicht von seinem Smartphone geschrieben.

Birte kochte sich einen Tee und sah dann nach, was Pierre noch im Kühlschrank hatte. Salat, Tomaten, Käse – sie bereitete sich ein Sandwich zu und aß es mit Genuss. Irgendwann stand Milly in der Tür und schaute müde zu ihr auf.

»Ja«, sagte Birte zu ihr, »wir sind ein wenig aus dem Rhythmus geraten, nicht wahr?«

Während sie den Tee trank, dachte sie darüber nach, ob sie Hinrichs antworten sollte.

Lass mich endlich in Ruhe!

Ich zeige dich an!

Du bist krank!

Aber immer wenn sie die Worte eingetippt hatte, löschte sie sie wieder. Sie musste noch einmal mit ihm reden, sagte sie sich. Ihm eine letzte Chance geben, auch wenn es vermutlich ein Fehler war.

»Ich fahre nicht mit dir nach Paris«, schrieb sie, »aber wir können noch einmal reden. Heute Abend in der Pizzeria am Funkhaus.«

Ohne noch einmal darüber nachzudenken, schickte sie die Message ab und ging in ihre Wohnung hinunter, um zu duschen und sich umzuziehen.

»Ja«, erwiderte Hinrichs fünf Minuten später, als hätte er auf ihre Antwort gelauert. »20 Uhr – ich werde da sein. Komm nicht zu spät!«

Birte schrieb nicht zurück, sondern fuhr ins Präsidium. Sie wollte sich ablenken, endlich wieder in ihren Fall eintauchen. Für einen Moment fürchtete sie, Hinrichs würde dort auf sie warten, doch niemand war im Büro, die Gänge waren verwaist. Es war kurz vor halb sieben. Nele würde erst gegen halb acht eintreffen, Jan und Cremer würden noch ein wenig später kommen.

Sie kochte sich einen Kaffee, dann nahm sie sich die Liste mit den Verbindungen vor, die Kosslicks Telefongesellschaft ihnen übermittelt hatte und die auf Jans Schreibtisch lag. Das iPhone war noch nicht aufgetaucht. Warum hatte der Täter es mitgenommen? Weil er fürchtete, dass seine eigene Nummer da registriert war? Aber dann würde diese Nummer auch in den Verbindungsnachweisen zu finden sein.

Die Liste der Telefonate umfasste allein für den Oktober vier Seiten. Kosslicks Job brachte es mit sich, dass er viel telefonierte.

Birte begann, sich die Nummern anzuschauen – gleich die dritte aufgeführte Telefonnummer ließ sie überrascht innehalten. Die Vorwahl lautete 02444 – mit diesem Anschluss hatte sie gestern Abend telefoniert. Die Frau, die Pierre hatte sprechen wollen.

Sie gab die Nummer in den Computer ein und erhielt den Teilnehmer: Hergen Lose in Schleiden in der Eifel.

»Mein Freund Hergen … Er ist tot«, hatte die Frau am Telefon gesagt.

Paul Kosslick hatte vor drei Wochen mit einem Mann telefoniert, der vor ungefähr einer Woche zu Tode gekommen war.

Im Internet fanden sich zu »Hergen Lose« einige Einträge. Er besaß ein Tonstudio in Gemünd, das zum Ort Schleiden gehörte, und hatte ein paar Interviews zu Bands gegeben, die ihr nichts sagten, und offensichtlich war sein Vater eine Legende als Musikproduzent gewesen: Fritz Lose, der im Jahr 2001 gestorben war, hatte sowohl kölsche Karnevalbands als auch englische Punk- und Rockbands produziert. Zu seinem zehnten Todestag war eine Doppel-CD erschienen, die in einigen Zeitungen euphorisch besprochen worden war.

Wieso hatte Hergen Lose mehrmals Kosslick angerufen? Darauf fand Birte keinen Hinweis. Mit Fußball oder Boxen hatte Lose offensichtlich nichts zu tun.

Sie rief Jan an, der aber nicht an sein Telefon ging, dann schrieb sie Nele eine Notiz, dass sie erst gegen Mittag wieder im Präsidium sein würde.

Carl Lavender saß in der Cafeteria, vor sich einen Becher Kaffee. Er blickte auf, als Birte sich ihm näherte, dann erhob er sich, um sie zu umarmen.

»Die Nacht ist gut verlaufen«, sagte er und lächelte matt. »Pierres Zustand ist stabil. Am Nachmittag wollen die Ärzte ihn aus dem künstlichen Koma holen. Dann wissen wir mehr.« Nur seine rot unterlaufenen Augen verrieten, dass er kaum geschlafen haben konnte.

»Weiß man mittlerweile Genaueres über den Unfall?«, fragte Birte. Sie setzte sich.

Lavender sah sie traurig an. »Pierre hat sich mit dem BMW überschlagen, bevor er gegen die Böschung prallte. Er muss das Steuer sehr heftig herumgerissen haben. Wenn er nicht angeschnallt gewesen wäre, wäre er jetzt tot. Aber von dem Unfallverursacher gibt es keine Spur.«

Sie schwiegen für einen Moment. Können wir zu ihm gehen?, wollte Birte schon fragen. Kann ich Pierre sehen? Doch irgendwie fürchtete sie sich davor. Der Hass auf Krankenhäuser, der Ekel vor den Gerüchen, der Widerwille, auch nur einen Gang zu betreten, all das kehrte mit Wucht zurück. Martin war in seinem letzten Lebensjahr mehr in der Klinik als in seiner Wohnung auf Sankt Pauli gewesen.

»Ich rufe dich an, wenn Pierre erwacht ist«, sagte Carl Lavender und berührte kurz ihre Hand. »Ich habe alle meine Termine abgesagt. Ich werde kurz in die Kanzlei fahren und dann hier warten.«

Birte nickte. So hatte sie Pierres Vater noch nie erlebt – für gewöhnlich war der alte Lavender ein Musterbeispiel an Effizienz und Disziplin.

»Gestern Abend war ich in Pierres Wohnung, um Milly zu füttern«, sagte sie. »Eine junge Frau hat angerufen – aus der Eifel. Ihr Freund Hergen ist ums Leben gekommen, hat sie gemeint – und genau dieser Hergen hat Kosslick vor einiger Zeit mehrmals angerufen. Kennst du einen Mann namens Hergen oder diese Frau?«

Lavender griff nach seinem Kaffeebecher und trank einen Schluck. Seine Augen suchten den Raum ab – zwei junge Ärzte in einem weißen Kittel saßen am Nachbartisch. Sie machten ernste Gesichter, als hätte sie einen schweren Dienst hinter sich.

»Das muss Sandra gewesen sein«, sagte er schließlich. »Sie hat mal für Pierre gearbeitet, als Gehilfin – sie war … nun, ein besonderer Fall … Sie hat ihr Jurastudium abgebrochen. Pierre kannte sie von einem Seminar, das er einmal abgehalten hatte, und er hat gemeint, dass er ihr helfen müsse.« Lavender zuckte mit den Schultern. »Aber das sollte dir Pierre besser selbst erzählen, wenn er wieder aufgewacht ist.«

16

Vielleicht wartete Carla darauf, dass er sie nach Hause holte, dass er vor der Tür ihrer Pension in Bad Ems stand und einfach sagte: Steig ein – wir fahren nach Hause! Was wollte sie bei Broder? Musste sie sich um ihn kümmern? Nein, das musste sie nicht. Broder hatte seine seltsame Freundin Ela, für die er ein Malergott war und die ihn verehrte und anhimmelte. Was also tat Carla in Bad Ems?

»Das Leben ist verletzlich«, hatte sie ihm an ihrem letzten Abend gesagt. »Wir wissen das, aber wir handeln nicht danach.« Am nächsten Morgen erst hatte sie ihm eröffnet, dass sie alle Termine in den nächsten zwei Wochen in ihrer Praxis abgesagt hatte. Nicht einmal einen akuten Fall, ein Mädchen, das sich beide Arme aufgeschlitzt hatte und selbstmordgefährdet war, hatte sie behalten wollen.

Sie flieht, hatte Schiller gedacht, sie flieht, weil sie ihre Arbeit als Therapeutin nicht mehr tun kann, aber erwidert hatte er nichts.

Ja, nahm er sich vor, ich rufe sie nicht an, ich hole sie heute Abend ab.

Als er die Wohnung verließ, grinste ihn Hermännchen an – ein Foto, auf dem der alte Mann mit Victory-Zeichen posierte, nahm die erste Seite vom Express ein. »Toter kehrt zurück!« stand in großen Lettern da. »Hermännchen ist wieder in seinem Veedel!«

Schiller warf eine Münze in den Schlitz des Metallkastens. Als er sich eine Zeitung herausgenommen hatte, stand Birte hinter ihm.

»Was hast du gemacht?«, fragte sie und deutete auf sein Gesicht.

Er tastete die Schürfwunde ab. »Ich bin gestürzt«, erwiderte er vage. »Gestern Abend.«

Birte runzelte argwöhnisch die Stirn. »Ich glaube, es gibt Neuigkeiten. Wir müssen einen Ausflug in die Eifel machen. Dauert nicht lange, aber du hast ja ohnehin keine Lust, Telefonlisten durchzuarbeiten.«

Was ihm der Namen Fritz Lose sage, fragte Birte ihn.

»He, was soll das? Ich weiß, wer Fritz Lose ist«, erwiderte er. »Forschst du nun über kölsches Liedgut nach? Lose war ein Hüne mit schulterlangen Haaren, der ein furchtbares Kölsch sprach und

Karnevalsmusik arrangiert hat – Black Fööss und solche Sachen. Was soll die Frage?«

»Aber nicht nur – Fritz Lose hat mit großen englischen Bands zusammengearbeitet. Selbst David Bowie hat mal bei ihm angefragt, ob Lose seine Songs abmischen wolle.« Birte fuhr in ihrem alten Alfa so schnell, dass man kaum sein eigenes Wort verstehen konnte.

»Und was hat Lose gesagt?«, wollte Schiller wissen.

»Er hatte keine Zeit. Er hat Bowie für einen Lackaffen gehalten, genauso wie Brian Ferry von Roxy Music. Er hat sich für das Kölsche und für ungewöhnliche elektronische Musik interessiert.«

»Woher weißt du das alles?«

»Recherche im Internet.« Birte lächelte und warf ihm einen Seitenblick zu.

Schiller fiel ein, dass er gar nicht nach Pierre gefragt hatte. »Lose ist vor etlichen Jahren gestorben, wenn ich mich nicht irre. Was interessiert uns das alles?«

Birte zog von der linken Spur in die Abfahrt zur Eifel-Autobahn hinüber. Sie fuhr immer noch fast hundertvierzig.

»Wir statten seinem Studio in Gemünd einen Besuch ab«, sagte sie.

»Das Studio existiert noch?« Schiller war erstaunt. Er nahm sein Smartphone heraus und gab den Namen »Fritz Lose« ein. Der Wikipedia-Eintrag war über vier Seiten lang. »Ich finde, du solltest nicht so in Rätseln sprechen«, sagte er, während er den Eintrag überflog.

Lose war 1940 in Schleiden in der Eifel geboren worden, er war Mitte der sechziger Jahre Toningenieur beim WDR gewesen und hatte gleichzeitig bei Stockhausen an der Musikhochschule studiert. Mehr als zweihundert Alben hatte er abgemischt und produziert und dafür etliche Goldene Schallplatten erhalten. Einladungen, auch in den USA zu arbeiten, hatte er immer abgelehnt. Wer was von ihm wollte, musste zu ihm in die Eifel kommen. Auf zwei Alben hatte er eigene Kompositionen herausgebracht, die von der Kritik begeistert aufgenommen worden waren, die das Publikum jedoch ignoriert hatte. Im Jahr 2001 war er an Lungenkrebs gestorben.

»Für alle Schülerbands war es der Traum, einmal Fritz Lose zu treffen«, sagte Schiller, da Birte nur stumm vor sich auf die Straße blickte. »Es gab eine Menge Geschichten über ihn, dass er das absolute Gehör hatte, aber gnadenlos war, wenn ihm etwas nicht passte. Und er muss ein ziemlicher Frauenheld gewesen sein.«

»Er hat einen Sohn«, sagte Birte. »Deshalb fahren wir zu diesem Studio. Hergen Lose hat Anfang Oktober mehrmals mit Paul Kosslick telefoniert. Nun ist er ebenfalls tot.«

»Die Telefonliste!« Schiller lächelte. »Du hast heute Morgen schon die Liste durchgesehen. Respekt!«

»Das gehört zur harten Polizeiarbeit dazu, nicht wahr?«

Das Tonstudio lag in Gemünd in einer schmalen Straße, die an der Urft endete, einem Flüsschen, das die nördliche Eifel durchzog. Birte steuerte auf ein Fachwerkhaus zu – nur eine grün gestrichene Haustür und ein kleines Sprossenfenster wiesen zur Straße. Als sie klingelte, begann im Innern ein Hund zu bellen, doch nichts geschah weiter. »Fritz Lose – Lights on Studio« stand auf dem Türschild.

Der Hund bellte noch zweimal, dann verstummte er.

Birte versuchte es erneut, und der Hund meldete sich abermals, doch diesmal gab er schon nach einem Bellen auf.

»Sie ist nicht da«, sagte Birte enttäuscht. »Hergens Freundin, die mich angerufen hat.« Sie beugte sich vor, um durch das Fenster ins Haus zu blicken.

Ein mit Kopfstein gepflasterter Weg führte an dem Haus vorbei – ein paar karge Büsche standen da, zwei graue Mülltonnen, dahinter ein rotes Damenfahrrad. Zwei größere Sprossenfenster waren in die Hauswand eingelassen, doch in einer Höhe, dass man nicht hineinblicken konnte. Nach ungefähr zwanzig Metern gelangte Schiller zu einer Terrasse, dahinter befand sich eine Rasenfläche, und etwa fünfzig Meter weiter lief der Fluss entlang, dessen Rauschen nun deutlich zu hören war.

Auf dem Gras lag – mit dem Gesicht zur Erde – eine Frau mit blonden langen Haaren, sie trug ein weißes Nachthemd und hatte die Arme ausgebreitet.

Sie ist tot, dachte Schiller sofort, obschon er keine Verletzung an ihr ausmachen konnte.

Hinter sich hörte er, wie Birte scharf einatmete, dann eilten sie beide auf die Frau zu.

In nächsten Moment hob sie ihren Kopf, und im Innern des Hauses begann der Hund wieder zu bellen.

»Entschuldigung«, sagte die Frau und wischte sich ihr Haar aus dem Gesicht. »Wer sind Sie … was wollen Sie?« Sie war bleich und dünn, eine farblose Gestalt, die mühsam auf die Knie kam.

»Sind Sie Frau Sandra Blum?«, fragte Birte sanft und zückte ihren Ausweis. »Wir haben gestern Abend gesprochen. Ich bin die … Nachbarin von Pierre Lavender. Wir interessieren uns sehr für Ihren Freund Hergen.«

Die Frau richtete sich auf. Sie war groß, gewiss über einen Meter achtzig, unter ihrem Nachthemd trug sie lediglich einen Slip, der sich unter dem dünnen Stoff abzeichnete.

Eine Irre, die sich an einem kalten Oktobertag in den Garten legte, dachte Schiller. Laut sagte er: »Vielleicht sollten wir ins Haus gehen, oder wollen Sie sich hier draußen den Tod holen?«

»Ja«, flüsterte die Frau und wandte sich zum Haus, »vielleicht wäre es das Beste.«

Sie ging über die Terrasse und öffnete eine Tür, die in einen Wohnraum führte. Zwei längliche braune Cordsofas standen da um einen großen Fernseher gruppiert. Ein Labrador trabte heran, alt und schwerfällig, er reckte den Kopf und bellte einmal kurz auf.

»Ja, Luna, alles gut«, sagte Sandra Blum und tätschelte dem Hund kurz den Kopf. Dann ging sie an ihm vorbei in eine überraschend große Küche. An einem langen Holztisch standen an jeder Seite fünf Stühle. Sie setzte sich auf einen.

»Ich mache das manchmal«, sagte sie leise und verlegen, »dass ich mich ins Gras lege und die Erde einatme. Vielleicht kann mir Mutter Erde einen Ratschlag geben.«

Mutter Erde? Offensichtlich war Sandra Blum bekennende Esoterikerin.

Schiller blickte sich um, aber Buddhastatuen oder Räucherstäbchen entdeckte er hier nirgends. Die hintere Wand der rustikalen Küche wurde von einem alten Gasherd, einer Spüle und einem überdimensionierten Kühlschrank eingenommen. An der

Längswand hingen einige verblichene Plakate von Konzerten. Die einzige Band, die er kannte, waren die Black Fööss – ein Konzert am 30.7.1987 im Tanzbrunnen in Köln wurde angekündigt.

Der Hund schlurfte herein und legte sich schwerfällig auf eine Decke, die vor dem Herd lag.

»Ich bin Kommissarin bei der Kölner Polizei«, begann Birte in einem Tonfall zu erklären, als spreche sie zu einem schwierigen Kind. »Ihr Freund Hergen … er hat mit einem Mann telefoniert, der vor drei Tagen in Köln ermordet wurde. Dieser Mann heißt Paul Kosslick. Sagt Ihnen dieser Name etwas?«

Die Frau schüttelte den Kopf. »Ich habe Pierre angerufen«, sagte sie und lächelte wieder verlegen, »weil ich gar nicht weiterweiß. Dieses Haus ist viel zu groß für einen allein. Hergens Mutter ist tot, er hatte keine Geschwister, keine Kinder. Was soll ich hier? Das wollte ich Pierre fragen. Wird er mich bald anrufen?«

Schiller nahm ebenfalls Platz. Er hätte nun gern einen Kaffee gehabt. Einen Morgen ohne Kaffee hatte es schon eine Ewigkeit nicht mehr gegeben, aber eine Kaffeemaschine gehörte anscheinend nicht zum Repertoire.

»Ja, er wird Sie anrufen … ich glaube schon«, erwiderte Birte. »Woher kennen Sie Pierre?« Sie hatte offenbar beschlossen, dass sie zunächst einmal andere Fragen stellen musste.

Sandra Blum griff sich durch ihr langes dünnes Haar. Sie wirkt wie eine Schauspielerin, dachte Schiller, die schöne Irre, die weiße Frau, die sich nachts auf Friedhöfe verirrt.

Sie lachte auf. »Pierre? Ja, das ist eine besondere Geschichte. Aber hier habe ich mit Hergen gewohnt. Ihn habe ich schon immer gekannt. Auf meiner Schule war er drei Klassen über mir … Ich habe ihn bewundert und er mich auch. Wir waren beide berühmt, er wegen seinem Vater und dem Studio und ich …« Wieder zupfte sie an ihrem Haar herum. »Ich habe Bratsche gespielt, seit ich vier Jahre alt bin … nie wollte ich etwas anderes tun als Musikerin sein. Ich war ziemlich gut, dann habe ich mir die Schulter gebrochen … Im Schwimmbad ausgerutscht … einfach Pech … Da war ich siebzehn, und alles wurde anders. Ich habe Jura studiert, aber …« Sie schaute Birte mit großen Augen hilfesuchend an. »Ich konnte nichts anderes als Musik machen.«

Schiller verstand ihre Geschichte, die sie weiter ausführte, nicht ganz. Ein Wunderkind an der Bratsche, das dann nicht mehr spielen konnte? Ja, irgendwie so musste Sandra Blums Geschichte abgelaufen sein. Sie hatte Pierre Lavender kennengelernt, hatte in dessen Kanzlei gejobbt, hatte in ihrer Verzweiflung verschiedene Drogen probiert und einmal einen Unfall mit Fahrerflucht begangen, und dann war sie in die Eifel zurückgekehrt – zu ihrem alten Freund Hergen, der mit seinem Tonstudio, das niemand mehr benutzte, vor der Pleite stand.

»Dieses Studio war legendär«, sagte Sandra Blum. Nun war Leben in sie gekommen, sie gestikulierte mit ihren langen grazilen Händen, die verrieten, dass sie doch schon ein paar Jahre älter sein musste, als sie wirkte. »Ich kann es Ihnen zeigen, es liegt im Keller und ist viel größer, als man denkt, wenn man das Haus von außen sieht. Brian Eno war hier, Robert Fripp, Kraftwerk, Can, Steve Howe für eine Soloplatte und angeblich auch Freddy Mercury von Queen. Können Sie sich das vorstellen? Freddie Mercury hier in der Eifel. Es gibt allerdings kein Foto von ihm.«

Schiller sah Birte an, dass sie mit den meisten Namen nichts anfangen konnte.

»Warum hat Hergen Lose mit Paul Kosslick telefoniert?«, fragte er. »Haben Sie eine Ahnung?«

»Ich weiß nicht«, sagte sie. »Hergen hatte ein paar Probleme, über die er nicht sprechen wollte. Er war ganz komisch in der letzten Zeit, mal total euphorisch, dass er bald viel Geld haben würde, um all seine Schulden zu bezahlen, dann war er wieder ganz depressiv, hat unten im Studio gesessen und alte Bänder abgehört, die noch von seinem Vater stammten, oder er hat an seinem Bass herumgezupft. Dabei hat er schon jahrelang keine Songs mehr geschrieben.«

»Er hat Bass gespielt?« Schiller wurde hellhörig. Das Foto von Jaco Pastorius fiel ihm ein, das in Kosslicks Wohnung hing.

»Hergen war auch Musiker, aber irgendwie hat er es in keiner Band lange ausgehalten. Alle sahen in ihm nur den Sohn vom großen Fritz Lose. Es war wie ein Fluch.« Sandra Blum lachte schrill auf. »Die Leute denken, dass er sich deshalb umgebracht hat, weil er am Ende war … Schulden, ein altes, unmodernes Studio, keine Aufträge, keine Band und so weiter …« Sie machte eine vage Handbewegung.

Birtes Smartphone klingelte, doch sie achtete nicht darauf. »Aber Sie denken das nicht«, sagte Birte, »dass er sich umgebracht hat?«

Sie schüttelte heftig den Kopf. »Nein«, sagte sie ernst, »ich weiß, dass er sich nicht umgebracht hat. Er wurde ermordet. Man hat ihn in Sötenich in den Steinbruch gestoßen. Da bin ich mir ganz sicher.«

17

Pierre war aufgewacht, er war bei Bewusstsein. »Es geht ihm den Umständen entsprechend gut«, schrieb Carl Lavender. »Er hat sich gewundert, dass er im Krankenhaus liegt. An den Unfall hat er keinerlei Erinnerung.«

»Ich fahre gleich bei ihm vorbei«, schrieb Birte zurück, doch als sie an der Uniklinik ankam, ließ man sie nicht auf die Intensivstation. Sie durfte ihn nur aus einiger Entfernung durch eine Glasscheibe anschauen. Er hatte die Augen geschlossen und schien zu schlafen. Unter dem weißen Verband wirkte sein Gesicht klein und eingefallen.

Für einen Moment überlegte sie, sich als Polizistin auszugeben, die etwas über den Unfallhergang erfahren wollte, doch dann schrieb sie lediglich einen kurzen Gruß auf ein Stück Papier und verließ die Station wieder.

»Wie geht es Pierre?«, fragte Jan, der im Auto gewartet hatte.

»Ich muss heute Abend wiederkommen«, antwortete sie. »Er schläft.«

Jan verzog das Gesicht. »Du kannst auch hierbleiben«, sagte er. »Ich fahre allein zu Nina Zimmer und zu Jimmi Kosslick …«

»Nein«, unterbrach sie ihn. »Jemand muss auf dich aufpassen, damit du morgen nicht noch eine zweite Schramme im Gesicht hast.« Sie deutete auf die Schürfwunde auf seiner Wange.

Jan grinste, dann referierte er kurz, was er von Nele am Telefon erfahren hatte.

Vor knapp einer Woche, an einem Montagmorgen gegen acht Uhr, hatte ein Arbeiter die Leiche von Hergen Lose in einem Steinbruch in der Nähe von Kall gefunden, offensichtlich war er bei Dunkelheit in unwegsamem Gebiet unterwegs gewesen und abgestürzt. Hinweise auf ein Fremdverschulden hatte die Polizei Euskirchen nicht feststellen können. Lose hatte sich beim Sturz schwere Kopfverletzungen, Rippenbrüche und eine Hüftfraktur zugezogen. Er war vermutlich sofort tot gewesen.

»Keine Hinweise auf Fremdverschulden«, wiederholte Jan.

Birte nickte. »Wenn er nur hätte spazieren gehen wollen, hätte er vermutlich seinen Hund mitgenommen, und Gründe, sich umzubringen, hatte er offenbar genug. Wäre allerdings besser gewesen, er hätte einen Abschiedsbrief geschrieben.«

»Stellt sich vor allem die Frage, was er von Kosslick wollte«, sagte Jan. Er versuchte zum zweiten Mal, Jimmi Kosslick zu erreichen, doch wieder sprang nur die Mailbox an.

Es war nun fast Mittag, zwölf Uhr dreißig, als Birte nach Sürth hineinfuhr. Nina Zimmer öffnete ihnen ganz in Schwarz. Ihr blondes Haar hatte sie hochgesteckt.

»Mirko ist eben gegangen«, sagte sie zur Begrüßung, als fürchtete sie, der Boxer könne den Polizisten noch begegnet sein. »Er ist mir wirklich keine Hilfe, es ist alles so viel … viel zu viel.« Dann straffte sie sich und öffnete die Tür ein Stück weiter. »Gibt es etwas Neues … eine Spur?«

»Es gibt neue Fragen«, erwiderte Birte. »Kennen Sie einen Mann mit Namen Hergen Lose?«

Nina Zimmer antwortete nicht sofort. Im Wohnzimmer standen zwei benutzte Kaffeetassen, die sie hastig wegräumte. »Ist dieser Lose ein Fußballspieler?«, fragte sie. »Dann kenne ich ihn nicht. Für Pauls Klienten habe ich mich nicht interessiert.«

Jan hatte sich vor einem gerahmten Foto postiert, das einen Mann mit langen verschwitzten Haaren zeigte, der sich mit starrem Blick über ein Instrument beugte.

»Wer ist dieser Musiker?«, fragte er, als Nina Zimmer mit zwei neuen Kaffeetassen und einer Thermoskanne aus der Küche zurückkehrte. »Wissen Sie das?«

»Nicht genau«, erwiderte sie vage. »Irgendeiner, den Paul gut fand.«

»Das ist Jaco Pastorius«, erklärte Jan, »ein genialer Bassist, der mit allen Größen des Jazz zusammengespielt hat. Er ist Ende der achtziger Jahre von einem Türsteher verprügelt worden und ein paar Tage später an seinen schweren Verletzungen gestorben.«

Birte pfiff anerkennend. »Ich dachte, du hättest nur angegeben, aber du hast ja tatsächlich Ahnung von Musik.«

Nina Zimmer blickte erst Birte, dann Jan verwirrt an. »Ich weiß nicht, warum Sie mich so etwas fragen.«

»Hergen Lose hat ein Tonstudio in der Eifel, er hat auch Bass gespielt, genau wie Pastorius, und er ist vor zehn Tagen auf rätselhafte Weise ums Leben gekommen«, sagte Jan voller Ungeduld.

Nina Zimmer setzte sich. »Paul ist wohl mal Musiker gewesen, kurz nach seinem Studium. Damals begannen seine gesundheitlichen Probleme. Er hatte einen so heftigen Hörsturz, dass er nicht mehr spielen konnte. Aber er hat nicht gern über diese Zeit gesprochen. Als Mirko ihm einmal ein altes Foto von ihm mitgebracht hat, auf dem er mit langen Haaren auf einer Bühne steht, ist er richtig wütend geworden.«

»Haben Sie dieses Foto noch?«, fragte Birte.

»Nein, Paul hat es zerrissen ... er konnte mitunter sehr jähzornig sein.«

Birte begriff, dass sie an der falschen Adresse waren. Nina Zimmer wusste zu wenig über die Vergangenheit ihres toten Freundes.

»Übermorgen ist die Beerdigung«, sagte sie und begann zu schluchzen. »Ich weiß nicht, wer eine Rede halten soll. Jimmi will nicht – er hilft mir kein bisschen, obwohl Paul doch sein Bruder war. Die Einzige, die ein paar Worte sagen will, ist Hedda, Pauls Exfrau, aber geht denn das? Kann ich seine Frau reden lassen, deren Unfall er verschuldet hat?«

»Es gibt Trauerredner, die sprechen über alles Mögliche, wenn man keinen Priester zulassen will«, erwiderte Jan ungerührt. »Darf ich mich in Pauls Büro im Keller ein wenig umsehen? Es dauert nicht lange.«

Ohne Nina Zimmers Erlaubnis abzuwarten, verließ er das Wohnzimmer.

»Wo ist Jimmi? Was tut er?«, fragte Kosslicks Freundin ehrlich verzweifelt.

»Wir haben Jimmi Kosslick heute auch noch nicht erreichen können«, sagte Birte tröstend. Ihr tat die junge Frau plötzlich leid. Sie schluchzte erneut.

»Ich kann nicht schlafen«, sagte sie mit Tränen in den Augen. »Wer hat Paul auf diesen Stuhl gefesselt und ihm dann eine Kugel in den Kopf geschossen? So war es doch, nicht wahr?«

»Wir nehmen an, dass Paul Kosslick mit Leuten aus dem Wettmilieu zu tun hatte. Dass man vielleicht versucht hat, Spiele zu verschieben, an denen einige seiner Klienten beteiligt waren, Jugendspieler, noch keine achtzehn …«

Nina Zimmer wischte sich die Tränen aus den Augen. »Er hat besonders auf die jungen Spieler geachtet, er hat dafür gesorgt, dass sie keinen Quatsch machen. Ja, so hat er es immer formuliert: ›Jimmi ist das egal, aber ich sorge dafür, dass meine Jungs keinen Quatsch machen.‹«

Keinen Quatsch machen – vielleicht war genau das der Grund, warum ihn jemand hingerichtet hatte.

»Vielleicht sollte ich selbst reden – auf der Beerdigung«, meinte Nina Zimmer, »darüber, was Paul alles so gesagt hat – was er so meinte. Er glaubte an Gott, er glaubte, dass der Rhein der schönste Fluss der Welt ist, dass man jeden Tag einmal herzlich lachen sollte, dass man Fehler machen darf, wenn man daraus lernt – solche Sachen. Er konnte richtig philosophisch sein. Er konnte Vogelstimmen nachmachen, und er liebte Tiere – genau wie ich – und …«

Birtes Smartphone klingelte – Neles Nummer leuchtete auf.

»Sieht so aus, als wenn Jimmi Kosslick richtig Ärger bekommt«, sagte Nele. »Der Spiegel wird in der nächsten Ausgabe berichten, dass er Steuern hinterzogen hat – auf einem Konto in der Schweiz sollen zwei Millionen Euro liegen.«

»Kein Wunder, dass er sich nicht um die Beerdigung seines Bruders kümmern kann. Er hat anscheinend andere Dinge zu tun.«

»Cremer und ich sind Kosslicks Telefonliste durchgegangen. Die meisten Telefonate hat er mit seiner Freundin gehabt und mit einem Spieler – Malte Feldstein, da hat es Ärger im Verein gegeben. Alkohol am Steuer, der VfL Osnabrück hat ihn suspendiert. Dann hat er fast jeden Tag mit seiner Sekretärin telefoniert, mit ein paar Vereinen und fünfmal mit Hedda, seiner Exfrau. Hergen Lose hat er noch versucht anzurufen, als der schon tot war. Viermal ist Kosslick von einer öffentlichen Telefonzelle angerufen worden – das letzte Mal vier Stunden vor seinem Tod.«

Birte atmete tief ein. Sie schaute Nina Zimmer an, die aufmerksam gelauscht hatte.

»Weiß man genau, von welchem Telefon?«

»Südbahnhof Köln, die exakte Zeit war neunzehn Uhr siebenunddreißig. Das Gespräch hat genau neun Sekunden gedauert.«

Sie ließen eine weinende Nina Zimmer in ihrem großen, einsamen Haus zurück.

Es war kurz nach vierzehn Uhr, als sie aus Sürth hinausfuhren. In sechs Stunden würde Birte sich mit Hinrichs treffen, vorher musste sie noch Pierre aufsuchen. Carl Lavender hatte ihr keine Nachricht mehr geschickt. Ihre inoffizielle Anfrage bei der Autobahnpolizei habe bisher nichts ergeben, hatte Nele ihr noch gesagt.

Sie hatte einen Fehler gemacht. Warum hatte sie Hinrichs dieses Treffen vorgeschlagen?

Jan blickte sie argwöhnisch an. »Hast du etwas Neues von Pierre gehört?«, fragte er. »Oder von Hinrichs?«

Sie schüttelte den Kopf, ohne eine weitere Entgegnung.

»Kosslick hat in seinem Keller eine umfangreiche Plattensammlung – alles in Vinyl, wie in den guten alten Zeiten. Alben von Pastorius, Pat Metheny, Stanley Clarke, Herbie Hancock, Chick Corea. Er scheint modernen Jazz geliebt zu haben. Und noch etwas habe ich gefunden.« Er zog aus seiner Jacke etwas hervor, das er vor Nina Zimmer versteckt hatte – ein Stück bedruckte Pappe, ein Kunstwerk, zwei grünliche Schlangen vor einem tiefblauen Himmel, die sich umeinanderwanden.

»Was ist das?«, fragte Birte.

Jan betrachtete die Rückseite der Pappe. Es war ein Plattencover, erkannte Birte nun.

»Du hast eine Platte mitgenommen?«, fragte Birte weiter, als Jan nicht antwortete.

Er blickte auf. »Es ist nur ein Dummy – der Entwurf eines Covers.« Er drehte das Cover wieder um. Birte konnte den Namen der Band lesen. »Maybe – Nr. 3« stand auf dem Umschlag. »Ich glaube nicht, dass diese Platte je erschienen ist. Maybe war in den achtziger Jahren eine ziemlich erfolgreiche Kölner Rockband, sie haben zwei Alben gemacht und sind dann in der Versenkung verschwunden. Leider steht auf der Rückseite nur der Name des Grafikers. Klaus Wohlfahrt, Bonner Straße, in Köln.«

»Wie kommt Kosslick an diesen Dummy?«

Jan lächelte. »Wenn seine Exfrau es nicht weiß, dann wird es ihr Untermieter wissen. Hanno tourt seit über dreißig Jahren durch die Stadt. Er kennt hier jeden, der mehr als drei Akkorde auf einer Gitarre spielen kann.«

18

»Hermännchen …«, sagte Therese am Telefon. »Hast du es schon gehört, Jan? Er ist heute Abend im Fernsehen – der WDR hat gefilmt, wie er über den Friesenplatz geht und dann seine Wohnung bezieht. Der Oberbürgermeister hat auch vorhin angerufen, und im Stadt-Anzeiger soll Hermännchen eine Reportage schreiben – wie es ist, auf der Straße zu leben … so etwas. Na, glaube nicht, dass er das wirklich hinkriegt.«

»Großartig«, sagte Schiller, »es lohnt sich also, von den Toten aufzuerstehen.«

»Ich habe noch nie mit dem Oberbürgermeister gesprochen«, redete Therese weiter, »ein netter Mann, sehr höflich, auch wenn er ja eigentlich aus Düsseldorf kommt.« Sie kicherte. »Aber da ist noch etwas – Hanno hat gesagt, ich soll dir ausrichten, dass es drei junge Männer waren, Zwanzigjährige, die dich überfallen haben. Der mit den roten Turnschuhen hat am härtesten zugeschlagen. Er heißt Bojan.«

»Woher kennst du Hanno?«, fragte Schiller erstaunt.

»Hanno kenne ich schon lange … da war er noch der kleine Junge aus dem Nachbarhaus. Ich habe ihn am Friesenplatz getroffen, er wollte sich aber nicht mit Hermännchen filmen lassen.« Ihre Stimme veränderte sich. »Hast du Ärger? Warum sind diese Jungs über dich hergefallen?«

»Ich kümmere mich schon darum«, erwiderte Schiller. »Sag Hanno, er soll mich anrufen.« Dann unterbrach er die Verbindung, bevor Therese nach Carla fragen konnte. Er hatte sie nicht gesprochen, immer noch nicht, und von ihr kam auch keine Nachricht, nichts, Funkstille.

Birte hielt direkt vor dem Haus, in dem Hedda Kosslick wohnte. Musik drang auf die Straße, aber diesmal war klar, dass nicht Hanno Saxophon spielte, sondern ein blutiger Anfänger.

Sie mussten ein wenig warten, bis ihnen die Tür geöffnet wurde. Eine kleine schwarzhaarige Frau stand da und lächelte sie an.

»Sie sind von der Polizei?«, fragte sie. Ihr Akzent wies sie als Französin aus.

Schiller nickte und zückte seinen Ausweis.

»Ich bin eine Freundin aus Bordeaux – Jacqueline Tabuteau«, sagte die Frau. »Es ist nicht gut, wenn Hedda zu viel allein ist.«

Hedda Kosslick saß im Wohnzimmer in ihrem Rollstuhl. »Ich hoffe, Sie haben nicht gehört, was ich da eben gemacht habe«, sagte sie. Auf dem Schoß lag ihr Saxophon. Sie trug eine weiße Bluse, die ihre rötlichen Haare zur Geltung brachte. Eine schöne zarte Frau, dachte Schiller wieder. »Jacqueline ist gekommen. Sie war mal Deutschlehrerin. Ich habe ihr was vorgespielt.«

Madame Tabuteau nahm ihr das Saxophon ab und verschwand mit einem kurzen Nicken in einem Nebenraum, vermutlich der Küche.

»Wir haben nichts gehört«, sagte Birte mit einem Lächeln, das ihre Aussage widerlegte.

»Ich hoffe, Sie haben gute Nachrichten.« Hedda Kosslick lud sie mit einer Geste ein, sich zu setzen. »Haben Sie einen Täter, einen Verdächtigen?«

Schiller blickte sich nach Hanno um, aber der Saxophonspieler schien sich verdrückt zu haben, oder er war gar nicht da gewesen und Hedda Kosslick hatte allein mit ihrer Freundin geübt. Im Wohnzimmer setzte er sich auf das rote Sofa. Nun sah der Raum bewohnter aus als bei ihrem letzten Besuch. Auf dem Tisch lagen Zeitungen, Briefe, ein französisches Buch, ein aufgeklappter Laptop, zwei benutzte Kaffeetassen, ein Smartphone.

»Nein, leider haben wir noch keinen Verdächtigen«, sagte Schiller, »wir ermitteln den Hintergrund Ihres Exmannes und haben noch ein paar Fragen. Wann genau haben Sie ihn zum ersten Mal getroffen? Wie hat er damals gelebt?«

»Habe ich Ihnen das nicht bereits erzählt?« Sie seufzte. Ihr Blick richtete sich auf den winzigen Garten. »Es war 1987. Ich war eine blutjunge, unerfahrene Krankenschwester in der Uniklinik. Paul hatte sich mit Schwindelgefühlen selbst eingeliefert, er war halb taub – er war insgesamt ziemlich am Ende. Erst habe ich gedacht, ich hätte es mit einem Junkie zu tun. Trotzdem …« Sie schaute Birte an und runzelte leicht die Stirn. »Er hat mir gleich gefallen, seine Hände, sein Mund. Liebe auf den ersten Blick war es nicht … aber so etwas Ähnliches. Tragisch, wie ein Leben verlaufen kann.

Ich sitze nun im Rollstuhl, ich habe keine Kinder, ich besitze nichts von Wert, und Paul ist tot, ermordet.«

Hedda Kosslick verstummte abrupt – eine nachdenkliche Stille wehte ihren Worten nach. Auch Schillers Gedanken drifteten kurz ab. Damals waren seine Eltern umgekommen – der Wohnungsbrand, der nie geklärt worden war, danach hatte sein Leben als Heimkind begonnen.

»Wir haben bei Paul Kosslick etwas gefunden«, sagte Schiller und zog das Plattencover unter seiner Jacke hervor. »Sagt Ihnen das etwas?«

Hedda Kosslick betrachtete das Cover, das er ihr hinhielt, sie nahm es aber nicht in die Hände.

»Gewiss«, sagte sie tonlos, »das war ja das Drama gewesen – Paul hatte geglaubt, er würde als Musiker durchstarten. Der große Claus Lemmer hatte ihn engagiert, er sollte der neue Bassist bei Maybe werden und mit der Band eine Platte aufnehmen. Aber dann ist wohl alles schiefgegangen.« Sie zögerte einen Moment. »Es war vor meiner Zeit, wir haben uns ein halbes Jahr später kennengelernt, und Paul hat eigentlich nie darüber gesprochen. Die Aufnahmen wurden nie beendet, Gisa, die Sängerin, starb bei einem Verkehrsunfall, und Paul konnte kein Musiker mehr sein, weil sein Gehör nicht mehr mitspielte. Ich bin sicher, dass er deswegen den Hörsturz erlitten hatte – weil alles den Bach runtergegangen war. Keine Platte, keine Karriere, viele Vorwürfe.«

»Wer ist dieser Claus Lemmer?«, fragte Birte.

Schiller blickte sie an. Ja, klar, sie kam aus Hamburg, sie konnte es nicht wissen. Maybe war immer eine Kölner Band gewesen.

»Claus Lemmer war der Kopf von Maybe, ein begnadeter Musiker, der Keyboarder und Komponist der Band. Er hat mit vielen bekannten Musikern zusammengearbeitet«, sagte er.

Hedda nickte. »Lemmer war der absolute Chef … wir sind ihm einmal begegnet, ein Mann mit einer riesigen Nase und langen Haaren, die er immer offen trug … Nein, meine Erinnerung ist nicht ganz richtig. Wir haben Lemmer aus der Ferne gesehen, Paul ist ihm aus dem Weg gegangen, ein klassisches Konzert in der Philharmonie … Da habe ich ihn hingeschleppt. Er ist regelrecht vor Lemmer geflohen, nur weg von ihm.« Sie legte die Hände übereinander.

»Lag es an dem Unfall der Sängerin, dass die Band auseinandergebrochen ist?«, fragte Schiller. Er erinnerte sich, dass er die erste Platte von Maybe gekauft hatte – melodiöser, elektronischer Rock, wie man ihn damals von keiner deutschen Band hören konnte.

»Ich weiß nicht mehr«, erwiderte Hedda Kosslick. »Paul hat einmal einen Streit erwähnt – dass die Sängerin einfach aus dem Studio weggelaufen ist … Ich habe irgendwann später ein Foto von ihr in der Zeitung gesehen – sie war klein und hatte kurze dunkle Haare. Sie sah wie eine Elfe aus … und wenn sie sang, klang es so, als würde sie aus einem Traum erwachen.«

Ein treffendes Bild, dachte Schiller. Diese Gisa hatte eine himmlische, glockenhelle Stimme gehabt.

»Ich bin ein wenig müde«, erklärte Hedda Kosslick. Sie blickte Schiller ernst an – die höfliche Aufforderung, nun zu gehen, schwang in ihren Worten mit.

Birte erhob sich gleich.

»Noch etwas«, sagte Schiller, während er das Plattencover wieder einsteckte. »Wo haben diese Aufnahmen damals stattgefunden – wissen Sie das?«

»In der Eifel bei Fritz Lose«, erwiderte Hedda Kosslick, ohne nachzudenken. »Von ihm hat Paul später häufiger noch gesprochen – Fritz Lose bewunderte er. Ich glaube, er ist sogar zu dessen Beerdigung gefahren, obschon er fürchten musste, dort Lemmer zu treffen. Aber ich glaube, Lemmer ist nicht gekommen.«

»Grüßen Sie Ihre französische Freundin – und Ihren Untermieter«, sagte Schiller, nachdem auch er sich erhoben hatte. »Ich würde ihn gern einmal sprechen – und am besten in einem Zustand, dass wir uns ordentlich unterhalten können.«

»Was ist, wenn dieses Mädchen recht hatte?«, fragte Birte, als sie wieder im Auto saßen. »Wenn Hergen Lose tatsächlich ermordet worden ist?«

Schiller schaute sie an. »Dann haben wir es mit einem Doppelmord zu tun. Und wir haben endlich eine richtige Spur.« Er blickte aus dem Fenster. Widdersdorf war ein verschlafener Ort, an dem sich ein Mann wie Hanno eigentlich nicht wohlfühlen konnte.

»Und dann hat das alles nichts mit Fußball zu tun. Jemand wollte uns in die Irre führen – und es ist ihm fast gelungen.«

Er rief Nele an. Jimmi Kosslick wurde nun seit sechs Stunden von der Steuerfahndung verhört, erfuhr er. Bis zum Abend würde die Befragung wohl noch dauern. Die Presse hatte auch schon Wind davon bekommen.

Claus Lemmer wohnte in Rodenkirchen, in einem alten Haus mit Blick auf den Rhein. An der Türklingel stand kein Name – nur ein Schild mit der Aufschrift: »Keine Werbung – keine Zeitung – keine Besuche«.

»Sieht nicht so aus, als würden sich hier die Rockstars von einst die Klinke in die Hand geben«, sagte Schiller, bevor er läutete.

Eine Glocke ertönte im Innern des Hauses – tief und lang anhaltend, beinahe wie in einer Kirche.

Doch nichts geschah. Schiller versuchte es noch einmal, dann öffnete er die kleine Pforte, die einmal weiß gestrichen gewesen war und dringend einen neuen Anstrich hätte gebrauchen können. Er ging auf die Haustür zu und klopfte an das schwere Holz.

Birte deutete auf den verwilderten Vorgarten. »Hier wohnt wohl niemand mehr«, sagte sie.

Schiller klopfte noch einmal, doch nun deutlich weniger überzeugt davon, dass ihm jemand öffnen würde. Wahrscheinlich hockte Lemmer irgendwo auf Mallorca oder Ibiza, ließ sich in der Sonne bräunen und vertrank seine Tantiemen, die ihm noch immer regelmäßig überwiesen wurden.

Als sie sich bereits abgewendet hatten, hörte sie eine zarte Frauenstimme aus einem Lautsprecher, der verdeckt in der Hauswand angebracht war.

»Ja?«, sagte die Stimme. »Wer ist da?«

Birte schnellte herum und beugte sich vor. »Wir möchten gern Herrn Claus Lemmer sprechen.«

Die Frauenstimme zögerte einen Moment. »Herr Lemmer empfängt keine Besucher«, sagte sie dann entschieden.

»Wir sind von der Kriminalpolizei Köln«, entgegnete Birte. Sie zog ihren Ausweis heraus und hielt ihn in die Höhe. Erst da bemerkte auch Schiller, dass über der Tür eine winzige, hochmoderne Kamera hing.

Sie mussten fünf Minuten warten, bevor die Tür geöffnet wurde. Eine blasse junge Frau mit kurzen schwarzen Haaren blickte sie fragend an. Sie war ganz in Weiß gekleidet – weißer, eng anliegender Pullover, weiße Leinenhose und Turnschuhe. Schiller räusperte sich erstaunt. Er glaubte für eine Sekunde, in einer Zeitschleife gelandet zu sein. Da stand sie vor ihm: Gisa, die schöne, elfengleiche Sängerin von Maybe. Aus dem Jungbrunnen gestiegen, wieder zum Leben erwacht.

Ja, Gisas Ebenbild hatte ihnen die Tür geöffnet.

»Bitte?«, sagte die Frau und zog ihre Augenbrauen in die Höhe. »Was möchten Sie von Herrn Lemmer?«

Birte hatte Schillers Verwirrung registriert und antwortete: »Wir ermitteln in einem Mordfall und haben ein paar Fragen.«

Die Frau musterte sie mit dunklen braunen Augen. »Könnten Sie uns die Fragen schriftlich stellen – per E-Mail? Das wäre am einfachsten.« Die Frau sprach leise, aber sie klang stahlhart, keinen Zentimeter rührte sie sich in der Tür.

»Wer sind Sie?«, fragte Schiller. »Sind Sie berechtigt, für Herrn Lemmer zu sprechen?«

Die Frau lächelte – matt und überlegen. Von einem Polizisten an der Haustür lasse ich mich nicht einschüchtern, sagte dieses Lächeln. »Gewiss kann ich für Herrn Lemmer sprechen«, sagte sie. »Ich bin seine Privatsekretärin.«

»Wir können Herrn Lemmer auch vorladen lassen«, sagte Schiller unwirsch. »Heute noch – es geht um zwei Mordfälle, keine Kleinigkeiten.«

»Bedaure«, sagte die Frau. »Herr Lemmer empfängt niemanden. Dann schicken Sie uns bitte eine Vorladung.« Sie lächelte erneut – sie hatte große, ebenmäßige Zähne, einen perfekt geschwungenen Mund, ihre braunen Augen funkelten angriffslustig.

Sind Sie auch eine Sängerin? Diese Frage kam Schiller in den Sinn. Komponiert Lemmer noch, und Sie singen seine Lieder?

»Lass gut sein, Lara«, war eine Stimme aus dem Haus zu vernehmen. »Die Herrschaften sollen eintreten.«

Ein Greis kam ins Bild, ein Hundertjähriger, der sich in einem Rollstuhl mühsam vorwärtsbewegte. Er lächelte freundlich, das heißt, das Pergament, das seinen Totenschädel überdeckte, verschob sich ein wenig. Er trug eine Trainingsjacke und eine dunkle Flanellhose, langes graues Haar fiel ihm bis auf die Schulter.

Schiller spürte ein Entsetzen, das ihn wie ein schwerer körperlicher Schmerz durchdrang, als er begriff, dass es Claus Lemmer war, der sie mit einer knöchernen Hand zu sich heranwinkte.

19

»Ja!«, rief der Mann im Rollstuhl beinahe fröhlich. »Sehen Sie, was aus einem Menschen werden kann! Ich bin zweiundsechzig Jahre alt – da ist Mick Jagger noch über die Bühne getobt. Werde ich wohl nicht mehr machen.«

Es war tatsächlich Claus Lemmer, der große Kölner Rockstar.

Jan drängte die Frau, die offenkundig Lara hieß, förmlich beiseite und stürmte auf Lemmer zu.

»Tut mir leid, dass wir Sie überfallen«, sagte er ungewohnt beflissen. »Wir müssen Ihnen leider ein paar Fragen stellen.«

Lemmer versuchte, sich aus seinem Rollstuhl aufzurichten, doch seine dünnen Arme trugen ihn nicht. Kraftlos sank er zurück und hob die Schultern.

»Prostatakrebs – Metastasen in den Knochen. Die Sanduhr ist fast durchgelaufen, aber noch mache ich Musik – jeden Tag ein paar Stunden. Geht nicht anders«, fügte er beinahe entschuldigend hinzu.

»Claus«, sagte die junge Frau streng. »Du solltest dich jetzt hinlegen. Du warst seit acht im Studio, viel zu lang …«

Lemmer winkte nun auch Birte heran. »Vorher wollen wir noch erfahren, was diese Kriminalisten von uns wollen. Es ist wegen Paul, nicht wahr? Mein Gott, Paul!« Er hob seine Hände gen Himmel wie zu einem Gebet. »Er war ein brauchbarer Bassist, aber er hatte keine Ahnung, dass eine Band eine Schlangengrube sein kann, selbst wenn sie nur aus fünf Leuten besteht.« Wieder grinste er.

Lara fuhr ihn durch eine dunkle Diele, in der ein großes Ölgemälde von ihm hing – Claus Lemmer, überlebensgroß, in einem wallenden Umhang an einem Keyboard. Ein Bild aus einer anderen Zeit.

Birte zuckte zusammen. Was musste dieser Mann denken, wenn er jeden Tag dieses Gemälde sah?

»Musik ist für die Ewigkeit«, sagte Lemmer, als hätte er Birtes Gedanken erraten. »Musik tröstet mich, deshalb muss ich auch bis zuletzt arbeiten. Geht nicht anders.«

Lara schob ihn in eine Art Büro, einen Raum mit einem aufgeräumten Schreibtisch, nur ein Laptop stand darauf und eine leere

Briefablage. Ein Sofa nahm eine Wand ein. Darüber hingen eine Goldene Schallplatte sowie ein Bild, das Lemmer mit seiner Band zeigte, wie sie auf einer riesigen, bunt illuminierten Bühne standen. Die Musiker waren alle von einem Lichtschweif umgeben, ihre Gesichter ließen sich lediglich erahnen.

»Unser größtes Konzert – Rock am Ring 1985 … über zweihunderttausend Menschen. Gigantisch.« Er ballte eine Faust und stieß sie in die Luft. »Wir waren Götter, unsterblich für ein paar Stunden. Nun ja …« Die Faust sank herab. Er wandte sich zu Lara um, die sich wie eine Krankenschwester in ihrem weißen Aufzug hinter ihn postiert hatte. »Ist lange her. Aus und vorbei.«

Jan verharrte einen Moment unschlüssig im Raum, er betrachtete die Schallplatte und das Foto, dann setzte er sich. Lara hatte Lemmer hinter den Schreibtisch gerollt. Birte nahm ebenfalls Platz. Lemmer lächelte, aber was freundlich wirken sollte, sah gruselig aus – alle Proportionen in seinem Gesicht hatten sich verändert. Seine Zähne wirkten zu groß für den eingefallenen Mund, seine Augen waren wie mit einem Schleier überzogen, faltige, rissige Haut spannte sich über seine Knochen.

»Aber«, sagte Lemmer jovial, »ich will Ihnen nicht mit meinen Geschichten die Zeit stehlen. Was wollen Sie über Paul wissen?«

Lara hatte ihm eine Hand auf die Schulter gelegt. Sie ähnelte der Sängerin von Maybe. Was war sie – seine Geliebte? Wohl kaum.

»Wann haben Sie Paul Kosslick zum letzten Mal gesehen?«, fragte Jan.

Lemmer stieß die Luft aus, er kniff die Augen zusammen. »Ich weiß nicht«, sagte er. »Das muss Jahre her sein. Zehn Jahre, zwanzig Jahre … keine Ahnung. Nachdem unsere Aufnahmen schiefgegangen waren, war Paul ja nicht mehr im Geschäft. Ich habe mal was in der Zeitung über ihn gelesen, dass er jetzt mit seinem Bruder Fußballspieler berät, aber …« Er hob die Arme. »Nee, getroffen habe ich ihn nicht mehr. War komisch, sein Gesicht in der Zeitung zu sehen.«

Jan zog das Plattencover hervor und legte es auf den Tisch. Lemmer nahm es, betrachtete es. Sein Gesicht verzog sich, ob vor Schmerz oder weil ihn der Anblick amüsierte, verrieten seine Züge nicht. Lara hatte die Stirn gerunzelt, sie öffnete den Mund, sagte jedoch nichts.

»Wo haben Sie das her?«, fragte Lemmer, nun deutlich kraftloser.

»Kosslick hatte es in seinem Büro in einem Regal stehen«, entgegnete Jan. »Die Platte ist niemals erschienen, nicht wahr? Was genau ist damals passiert?«

Lemmer wandte den Kopf zu dem Foto an der Wand. »Eine Tragödie«, sagte er, »die größte Tragödie meines Lebens. Gisa ist ums Leben gekommen, sie ist auf die Gleise gelaufen, sie hatte getrunken und etwas geraucht, Marihuana, nicht viel, aber genug, dass sie unvorsichtig wurde. Als die Aufnahmen nicht so liefen, wie ich mir das vorgestellt hatte, ist sie raus, total wütend. Sie hat geschrien, gezetert. Ja ...« Er lächelte versonnen. »So konnte sie sein, wie eine Raubkatze, kratzbürstig, fauchend.« Er verstummte abrupt und sah Jan an. »Wir haben im Studio weitergearbeitet, bis morgens um vier. Um sieben hat Fritz mich geweckt und mir gesagt, dass Gisa einen Unfall hatte.«

»Fritz Lose?«, fragte Jan. »Er war der Produzent?«

Lemmer nickte. »Er war der Beste – ein riesiges Arschloch, aber als Produzent und Toningenieur genial. Außerdem war sein Studio damals das Nonplusultra. Kann man sich heute gar nicht mehr vorstellen.« Er schwieg erneut, sein Mund bewegte sich jedoch noch, als würde er an Worten kauen, die ihm nicht mehr über die Lippen kamen.

»Reicht das nun?«, fragte Lara feindselig. »Claus muss gleich seine Medikamente nehmen – ein neues Morphiumpflaster und ...«

»Wissen Sie, dass Hergen Lose tot ist?«, fragte Birte, ohne Lara zu beachten. »Er ist vor einer Woche in einem Steinbruch ums Leben gekommen. Vorher hat er noch mit Paul Kosslick telefoniert.«

»Ja«, sagte Lemmer, »ich habe davon gehört, dass er tot ist. Lara hat es mir gesagt. Ich kannte ihn nicht gut. Er hat das Studio verkommen lassen, er war ein Großkotz, große Klappe, nichts dahinter, ganz anders als sein Vater.«

Jan erhob sich. »Es kann sein, dass wir noch einmal wiederkommen müssen.«

»Dann beeilen Sie sich bitte«, entgegnete Lemmer. Er beugte

sich leicht nach vorn, um Jan förmlich die Hand zu reichen. »Lara bringt Sie hinaus.«

Wortlos ging Lara zur Haustür. Jede ihrer Bewegungen drückte Ablehnung und eisige Kälte aus. »Es wäre schön, wenn Sie sich anmelden würden, falls Sie tatsächlich noch einmal vorbeikommen müssen«, sagte sie.

Jan nickte. »Verraten Sie mir noch etwas«, sagte er in einem übertrieben freundlichen Tonfall, als wären sie und er Vertraute. »Wer genau sind Sie? Und an was arbeitet Lemmer noch?«

Lara öffnete die Tür. »Claus remastert seine alten Aufnahmen – es soll noch vor Weihnachten eine CD-Box auf den Markt kommen, mit all seinen Kompositionen. Sein Gesamtwerk – zwölf CDs. Hoffentlich erlebt er es noch.« Sie schwieg und sah in den verwilderten Vorgarten hinaus.

»Und wer genau sind Sie?«, wiederholte Jan seine Frage.

»Ich bin Lara – mehr müssen Sie nicht wissen.«

Es war kurz nach achtzehn Uhr, als sie ins Präsidium zurückgekehrt waren. Es blieben ihr noch zwei Stunden, bis sie sich mit Hinrichs in der Pizzeria am Funkhaus traf. Von Carl Lavender hatte sie nichts mehr gehört. Sie musste das Treffen absagen. Wie sollte sie mit Hinrichs reden, wenn sie nicht wusste, wie es Pierre ging?

Jan war sich nun sicher, dass sie mehr über Lemmer und den Tod seiner Sängerin herausfinden sollten. »Es ist kein Zufall, dass Kosslick und Hergen Lose tot sind.«

»Aber Lemmer kann in seinem Zustand schlecht einen Mord begangen haben«, wandte sie ein. »Wie lange wird er noch leben, zwei Wochen, einen Monat?«

Jan setzte sich an seinen Computer. »Es gab neben ihm noch zwei andere Mitglieder in der Band.«

Nele kam herein. Sie hielt ein Stück Papier in der Hand. »Wisst ihr eigentlich, dass in sämtlichen Zeitungen über Jimmi Kosslick berichtet wird? Die Story ist größer als der Mord an seinem Bruder. Eine Zeitung spekuliert schon, dass Paul ihn ans Messer geliefert hat und deshalb sterben musste. Jimmi soll vier Millionen an Steuern hinterzogen haben. Er ist jetzt übrigens zu Hause – seine Frau hat ihn abgeholt.«

Den Zettel, den sie von einem Notizblock abgerissen hatte, legte sie Birte hin.

»Es gibt einen Unfallzeugen« stand da. »Ein Taxifahrer will einen schwarzen BMW gesehen haben. Die Kollegen ermitteln weiter. Bleib ruhig.«

Birte spürte Neles Blick. Bleib ruhig! Wie sollte das denn gehen? Hatte Hinrichs tatsächlich Pierre aufgelauert und war ihm dann gefolgt? Widerstreitende Gefühle erfüllten sie – Wut und Entsetzen und Ungläubigkeit.

Sie nickte Nele zu, die erst dann in ihr Büro zurückkehrte, als hätte sie auf dieses Zeichen gewartet.

Musik erfüllte plötzlich den Raum. Jan hatte bei YouTube ein altes Video von Maybe aufgerufen. Er hatte ihre Verwirrung nicht bemerkt. Mit einem Bleistift deutete er auf seinen Bildschirm.

»Schau sie dir an!«, sagte er. »Diese Lara, die uns vorhin die Tür geöffnet hat – sie ist Gisa wie aus dem Gesicht geschnitten.«

Die Kamera war nur auf die Sängerin gerichtet, die anderen Musiker waren bloßes Beiwerk. Ohne große Regung stand Gisa da, die Hände um ein Mikrofon gelegt und sang – ein ebenmäßiges, fahles Gesicht mit einem roten Lippenstiftmund und dunklen Augen, deren Tiefe noch durch einen schwarzen Lidschatten betont wurde.

»Lara ist Gisas Tochter«, sagte Birte. »Und Lemmer ist ihr Vater. Deshalb kümmert sie sich um ihn.« Es war nicht mehr als eine spontane Eingebung.

Jan blickte auf. »Ja«, sagte er, »du hast recht. Warum bin ich nicht selbst darauf gekommen? Gisa muss eine Tochter gehabt haben, obwohl nirgendwo davon die Rede war.«

Eine SMS ging bei ihr ein. Hinrichs, dachte sie sofort. Er wollte wissen, ob sie kommen würde.

»Pierre ist wach, er fragt nach dir«, schrieb Carl Lavender.

20

Carla antwortete nicht. Ihr Telefon war abgeschaltet. »Der Teilnehmer ist nicht erreichbar. Versuchen Sie es zu einem späteren Zeitpunkt«, sagte eine mechanische Stimme.

Er hatte wieder den richtigen Moment versäumt – so war es zuletzt häufiger gewesen. Einmal hatte Carla davon gesprochen, dass sie ihre Praxis schließen und ihre Arbeit als Kindertherapeutin eine Zeit lang aufgeben würde, und er sollte das auch tun, seine Arbeit aufgeben und sich etwas Neues suchen. »Vielleicht sind wir noch etwas anderes als eine gestresste Therapeutin und ein gestresster Polizist. Wollen wir das nicht herausfinden?«

Erst hatte er verwundert getan, dann hatte er gedacht, dass Carla sich offenbar der Midlife-Crisis mit Riesenschritten näherte. Ein Kind ... ein Kind könnte sie von alldem abbringen, aber in den letzten drei Monaten hatten sie nur einmal miteinander geschlafen.

Schiller dachte daran, Broder in der Klinik anzurufen, doch dann wandte er sich wieder seinem Computer zu. Broder hätte ihm nichts über Carla gesagt.

Maybe hatte vier ständige Mitglieder gehabt, neben Claus Lemmer und Gisa, der Sängerin, hatten Georg Lemmer an der Gitarre und Holger Brühl als Schlagzeuger zu der Stammformation gehört. Auf dem ersten Album hatte Georg Lemmer auch Bass gespielt, auf dem zweiten ein gewisser Ritchie Morgengrund, aber laut Wikipedia hatte er die Band bereits wieder verlassen, bevor die Platte herausgekommen war. Über das dritte Album und den Streit in der Band fand sich nicht viel im Internet. Ein Artikel über Gisa, die mit Nachnamen Fischer hieß, und über ihren tragischen Unfall auf dem Bahnhof in Kall. Brühl hatte im Jahr 1987 Deutschland den Rücken gekehrt und in Thailand eine Tauchschule eröffnet, und von Georg Lemmer hieß es lediglich, er habe sich nach Gisas Tod mit seinem Bruder Claus überworfen und sei für ein Jahr mit einem Boot um die Welt gesegelt. Dass Paul Kosslick auch bei Maybe mitgespielt hatte, war dem Verfasser des Wikipedia-Artikels entgangen, und von einer gemeinsamen Tochter von Claus Lemmer und Gisa war nirgends die Rede. Aber unter den Gastmusikern des ersten Albums wurde ein Name aufgeführt, der Schiller sofort ins Auge fiel: Hanno Gäb, Saxophon.

Hanno stand vor dem Bahnhof und spielte. Der Hut vor ihm war schon ordentlich gefüllt, etliche Münzen und sogar ein paar Scheine, erkannte Schiller. Als Hanno ihn bemerkte, zog er nur kurz die Augenbrauen in die Höhe, unterbrach aber sein Spiel nicht. Er spielte einen Klassiker – »Strangers in the Night«. Die meisten Passanten hasteten an ihm vorbei in den hell erleuchteten Bahnhof, nur zwei ältere Frauen waren stehen geblieben und hörten ihm zu.

Wie hatte Therese gewusst, dass er Hanno hier finden konnte? Schiller war auf dem Weg zu Jimmi Kosslick gewesen, als sie ihn anrief.

»Suchst du immer noch nach Hanno?«, hatte sie gefragt. »Dann fahr zum Bahnhof. Und was ist mit Carla? Warum sprecht ihr nicht mehr miteinander?«

So als wolle er ihn auf die Probe stellen, nickte Hanno den beiden Damen freundlich zu und begann »New York, New York« zu spielen. Es war mittlerweile recht kalt geworden, ein frischer Wind wehte über den Vorplatz, doch Hanno schien sich wohlzufühlen. Er lächelte, während er spielte, sein grauer Zopf wippte auf und ab. Er war immer noch ein großartiger Musiker. Als eine der beiden Frauen ihm eine Münze in den Hut warf, wagte er sogar ein paar Tanzschritte und kehrte Schiller den Rücken zu.

Hör endlich auf mit dem Theater!, hätte Schiller ihm am liebsten zugerufen, doch dann hätte Hanno vermutlich noch weiter sein Repertoire an Klassikern bemüht. Endlich streckte er sein Saxophon von sich, als wäre es ein Zauberwerkzeug, und verneigte sich, die beiden Damen applaudierten, und er griff nach seinem Hut.

»Schiller, du hättest ruhig auch was in den Hut tun können – oder hat dir meine Musik nicht gefallen?« Hanno warf einen kurzen Blick auf das Geld, bevor er es in die Tasche seiner grauen Lederjacke schob, den Hut setzte er sich auf.

»Könnte sein, dass ich dich erst mal frage, ob du überhaupt eine Genehmigung dafür hast, hier zu spielen«, entgegnete Schiller, dann deutete er auf eine Kaffeebar auf der anderen Seite des Platzes. »Wir müssen ein wenig plaudern – über Kosslick, Hedda und Lemmer. Wie ich höre, hast du es dir jetzt im schönen Widdersdorf gemütlich gemacht.«

Hanno winkte ab. »Hedda ist nett, und sie versteht was von Musik. Außerdem haben Leute wie du, die jeden Monat ihr Geld aufs Konto kriegen, keine Ahnung, wie es ist, wenn man keine Krankenkasse hat und keinen Pfennig Rente kriegen wird.«

Sie steuerten auf die Kaffeebar zu, die völlig leer war. Ein junger Italiener musterte sie. »Wir schließen in einer halben Stunde.«

»Ich habe Hunger!«, rief Hanno ihm zu. »Bring mir ein Baguette mit Schinken und Käse, oder wie das bei euch heißt. Und für den Herrn und mich zwei Kaffee, schwarz und ohne Zucker.« Er schaute Schiller an. »Oder hast du deine Gewohnheiten geändert? Trinkst du keinen Kaffee mehr?«

Schiller nickte. »Du weißt, dass alle Polizisten kaffeesüchtig sind. Ich habe auch nichts dagegen, dass du dich auf meine Kosten satt essen möchtest.«

»Die drei Jungen hätten dich übel zugerichtet, wenn ich nicht dazwischengegangen wäre.« Hanno legte sein Saxophon neben sich auf eine Bank. »Ich habe gleich gesehen, was die drei vorhatten – schlecht erzogene Typen, wenn du mich fragst. Der eine arbeitet in einer Pizzeria in …«

»Ich werde sie mir noch vornehmen«, unterbrach Schiller ihn. »Aber jetzt geht es um etwas anderes. Du hast bei der Band Maybe mitgespielt – auf dem ersten Album.«

Hanno stöhnte und schloss für einen Moment die Augen. »Mensch, Schiller, musst du mich daran erinnern? Das ist eine Ewigkeit her – damals dachte ich noch, ich würde der deutsche Charlie Parker werden. Und heute stehe ich vor dem Bahnhof und bin froh über ein paar Münzen wie ein x-beliebiger Straßenmusiker.«

Der Italiener brachte ihnen den Kaffee. »Bei uns gibt es kein Baguette«, sagte er vorwurfsvoll. »Bei uns heißt es Panino – Mehrzahl Panini, capito, Signore?«

Hanno lachte. »Wieder was gelernt, Junge – dann bring mir zwei Panini mit viel Schinken und Käse.«

Der Italiener zog mit mürrischer Miene ab.

»Ich muss ein paar Dinge über die Band wissen – über Lemmer und Gisa, die Sängerin«, sagte Schiller.

»Gisa war eine der besten Sängerin, die wir je in Köln hatten«, erwiderte Hanno ernst. Er nahm seine Tasse in die Hand, als müsse er sich wärmen. »Früher habe ich davon geträumt, einmal mit ihr aufzutreten, nur sie und ich – eine Stimme, ein Saxophon. Das wäre galaktisch gut geworden. Es ist tragisch, dass sie so früh ums Leben gekommen ist.«

»Weißt du etwas über ihren Tod?«

Hanno trank einen Schluck Kaffee. Zwei Männer, die Fußballtrikots trugen, standen plötzlich in der Tür, doch der Italiener wies sie ab.

»Geschlossen!«, rief er zu ihnen hinüber.

»Es gab damals ein paar Gerüchte über ihren Tod – dass sie Drogen genommen haben soll, dass es Krach in der Band gab. Weißt du …« Er blickte Schiller ernst an. »Es gibt Menschen, die nie glücklich werden können – da können sie machen, was sie wollen. Und Gisa war so ein Mensch. Sie war wunderschön, sie war klug, sie hatte eine Stimme wie ein Engel, aber überall, wohin sie ging, war eine Wolke von Traurigkeit.«

Eine Wolke von Traurigkeit? Ja, so hatte Gisa sogar auf dem Video auf YouTube ausgesehen, als würde irgendein innerer Schmerz sie festhalten.

»Wahrscheinlich war Gisa deshalb so gut, weil sie immer eine Trauer in sich hatte, die sie nicht loswurde«, fuhr Hanno fort. »Ich wusste gleich, dass Lemmer nicht mehr mit Maybe weitermachen konnte, als Gisa tot war. Sie war nicht zu ersetzen – diese Stimme, die alles getragen hat. Na …« Er grinste. »Lemmer hat dann ja den dicken Olli gefunden, diesen Karnevalssänger, dem er mehr als achtzig Lieder geschrieben hat.«

Olli Hörner war in Köln ein Star, ein Sänger, der im Karneval jeden Saal zum Kochen gebracht hatte, aber sich dann zum seriösen Entertainer gewandelt hatte. Hanno war offenbar kein Fan von ihm.

Der Italiener stellte Hanno einen Teller mit zwei Panini hin. »Per favore!«

Ohne einen Blick für ihn zu haben, machte Hanno sich gleich

über die Brote her. »Ich bin den ganzen Tag unterwegs«, sagte er, »habe heute fast hundertfünfzig Euro eingenommen. Mache ich ein-, zweimal im Monat, dass ich so durch die Stadt laufe und an guten Ecken spiele.« Er schmatzte laut. »Eine Genehmigung brauche ich dafür übrigens nicht.«

»Was ist mit Lemmers Bruder Georg und mit Brühl, dem Schlagzeuger?«, fragte Schiller. Er blickte an Hanno vorbei auf den Vorplatz. Ein Polizeiwagen war mit Blaulicht vor den Bahnhof gefahren. Zwei Uniformierte stiegen aus und gingen auf eine Gruppe Jugendlicher zu. Drei Hunde gehörten auch zu dem Trupp.

»Warum willst du das alles wissen?«, fragte Hanno. »Wegen dem toten Kosslick? Weil er bei den Aufnahmen zu Maybe 3 dabei war?«

Schiller nickte. »Der Sohn des Produzenten ist tot, abgestürzt in einem Steinbruch, und dann wurde Paul Kosslick erschossen. Vielleicht gibt es da einen Zusammenhang.«

»Hedda hat mir alles erzählt. Paul Kosslick mag ein netter Mensch gewesen sein, aber er war ein ziemlich mittelmäßiger Bassist. Es hat sich damals jeder gewundert, warum Lemmer ihn engagiert hat. Die anderen waren Supermusiker – Georg war ein richtig guter Gitarrist. Er stand klar im Schatten seines großen Bruders, aber immer wenn er an einem Song mitgeschrieben hat, wurde er richtig gut. Und Brühl war so eine Art kölscher Charlie Watts, sein Rhythmusgefühl war legendär, er spielte wie ein Uhrwerk, präzise, ohne Schnörkel, genau auf den Punkt.«

Hanno hatte das erste Brot in Rekordzeit hinuntergeschlungen. Draußen kontrollierten die beiden Beamten die Ausweise der Jugendlichen und wurden dafür offensichtlich beschimpft. Die Hunde kläfften.

»Was ist mit Lemmers Bruder und mit Brühl passiert?«, fragte Schiller. Er hatte ein Notizbuch herausgeholt und machte sich eine Notiz zu Olli Hörner.

»Georg hat, glaube ich, ein Sportgeschäft in Holweide – ihn hat das ganze Business nach einer Weile richtig angekotzt, und Brühl trommelt vor fünfzig Leuten bei irgendwelchen schrägen Jazzbands und gibt Schlagzeugunterricht an der Musikhochschule.« Hanno hatte sich seinem zweiten Panino zugewandt, in das er hineinbiss, als wäre sein Hunger noch längst nicht gestillt.

Schiller machte sich eine zweite Notiz. »Dann lebt Brühl also wieder in Köln?«

Hanno nickte kauend.

»Schließe in zehn Minuten!«, rief der Italiener zu ihnen herüber. Er hatte sehr ostentativ begonnen, an seiner Theke herumzupolieren.

Es war kurz vor halb acht.

»Brühl ist seit ein paar Jahren wieder da – er war in Thailand, hatte da eine Tauchschule, hat aber wohl auch nicht funktioniert.« Hanno nahm den letzten großen Bissen, dann tupfte er sich lächelnd den Mund ab. »Sollten wir häufiger machen«, sagte er, »dass du mich zum Essen einlädst.«

Ein Mann ging langsam über den Vorplatz, der wie Hinrichs aussah – er fiel auf, weil er kein Ziel zu haben schien, er blickte zu den Polizisten hinüber, drehte dann um und geriet drei Sekunden später wieder in Schillers Blickfeld.

»Gibt es noch jemanden, der etwas über Lemmer weiß?«, fragte Schiller, ohne den Mann, den er für Hinrichs hielt, aus den Augen zu lassen.

»Keine Ahnung«, sagte Hanno. Er trank seinen Kaffee aus. »Lemmer lebt seit Jahren sehr zurückgezogen, er hatte auch keine größeren Auftritte mehr …«

»Er ist krank«, sagte Schiller. Nun war der Mann, der wie Hinrichs aussah, in Richtung Dom verschwunden. Er hatte leicht gehinkt. »Er hat Krebs im Endstadium, aber da war dieses Mädchen bei ihm. Sie heißt Lara und ist Gisa wie aus dem Gesicht geschnitten. Hatten Lemmer und seine Sängerin ein Kind zusammen?«

Der Italiener baute sich vor ihnen auf, um abzukassieren. Schiller drückte ihm wortlos einen Zwanzig-Euro-Schein in die Hand.

»Der Musiker dankt«, sagte Hanno, während Schiller das Wechselgeld zurückerhielt. »Und weil es mir so gut gefallen hat mit dir, hier noch eine Information, die eigentlich ein weiteres Essen kosten müsste. Lemmer hat keine Kinder, weil … er steht nicht so auf Frauen, wenn du verstehst, was ich meine. Sie haben immer ein großes Gewese gemacht, Gisa und er … dass sie seine Muse ist, dass sie Seelenverwandte sind, aber in Wahrheit wollte Lemmer bloß nicht, dass die Leute mitbekamen, dass er auf Jungs steht, am liebsten Jungs von zwanzig bis fünfundzwanzig. Ist heute noch so. Frag ihn, ob er schwul ist, und er redet kein Wort mehr mit dir. Mehr kann ich dir leider nicht sagen. Wenn du Ausführlicheres wissen willst, musst du den dicken Olli fragen. Lemmer und er waren jahrelang ein heimliches Liebespaar.«

21

Pierre saß in seinem Bett, er trug keinen Verband mehr um den Kopf, schwarze Schatten lagen um seine Augen, sein Haar war abrasiert. Für einen Moment erschrak Birte. Er sah wie ein Krebskranker aus, dem nach der Chemotherapie alle Haare ausgefallen waren.

Dann lächelte Pierre und winkte sie zu sich. Sein Vater war nicht in der Nähe.

»Schön«, sagte er langsam, »schön, dass du kommst.« Er griff nach ihrer Hand.

Sie reichte sie ihm. Ein Gefühl der Erleichterung ergriff sie. Er würde gesund werden.

»Ich habe noch ein großes Pflaster, hinten auf der Wunde.« Er wandte den Kopf zur Seite, aber sie konnte das Pflaster trotzdem nicht sehen. »Die Operation ist gut verlaufen – sie haben alles gerichtet und eine kleine Metallplatte eingesetzt.«

Erwartungsvoll lächelte sie ihn an. Sie musste etwas sagen, stattdessen dachte sie an Hinrichs, mit dem sie in einer Stunde verabredet war. Schnell beugte sie sich vor und drückte Pierre einen Kuss auf die Stirn.

»Ich bin so froh«, sagte sie und verlor gleich den Faden, »der Unfall … Hast du eine Erinnerung, wie es passiert ist?«

Pierre kniff die Augen zusammen, er hatte ihre Hand nicht losgelassen. »Das hat mein Vater mich auch gefragt, aber nein, ich erinnere mich an nichts. Ich habe am Flughafen mein Auto aufgeschlossen und bin eingestiegen. Das ist meine letzte Erinnerung.«

»Niemand, der dir gefolgt ist … vom Gate aus?« Sie wusste gleich, dass es ein Fehler war, diese Frage zu stellen.

Er betrachtete sie misstrauisch. »He, was soll das, Frau Polizistin? Ich bin Strafverteidiger, kein Mitglied der Mafia.« Er versuchte, wieder zu lächeln, doch nun war auch er unsicher geworden. »Carl hat mich dasselbe gefragt. Was glaubt ihr? Dass dieser Unfall beabsichtigt gewesen war?«

Sie antwortete nicht darauf, sondern löste seine Hand von ihrer und schenkte ihm Mineralwasser in den Plastikbecher, der neben seinem Bett auf einem weißen Nachttischchen stand. Wortlos nahm er den Becher und trank.

»Ich muss gleich wieder gehen«, sagte sie, und als sie seinen forschenden Blick bemerkte, fuhr sie fort: »Unser Fall ist sehr kompliziert geworden. Ein Mädchen, das du kennst … Sandra … Sie war mit dem Sohn eines Produzenten zusammen, der in einem Steinbruch abgestürzt ist. Dieser Tod könnte mit unserem Mordfall zu tun haben.« Kurz schilderte sie ihr Gespräch und ihre Begegnung mit der jungen Frau.

Pierre sank in die Kissen zurück. Von einem Moment auf den anderen wirkte er erschöpft.

»Kennst du das?«, fragte er, die dunklen Augen zur Decke gerichtet. »Wenn Menschen dein Verhalten ganz anders deuten? Du willst freundlich sein, und sie glauben, du machst dir wirklich etwas aus ihnen?«

Sie hätte beinahe laut aufgelacht. Oh ja, wie sehr ich dich verstehe! In genau zweiundvierzig Minuten bin ich mit so einem Mann verabredet, der alles missverstanden hat.

Pierre sprach weiter, ohne sie anzusehen. »Sandra hat geglaubt, dass ich sie liebe … nein, sie wollte einen Retter finden und hat geglaubt, ich könnte ihr Retter sein. Ich bin ein paarmal in der Mittagspause mit ihr Kaffee trinken gegangen. Sie ist klug und kultiviert, sie versteht viel von Musik, und dann hat sie mir einmal Akten nach Hause gebracht.« Er zögerte. »Sie hat versucht, mich zu verführen … auf ziemlich plumpe Art. Am Abend ist sie dann noch einmal wiedergekommen, angeblich, um sich zu entschuldigen. Da habe ich gemerkt, dass sie eine Lügnerin ist, dass sie zu den Menschen gehört, denen man auf keinen Fall trauen darf. Zwei Wochen später habe ich sie entlassen.« Er seufzte. »Ich wusste, dass sie in Schwierigkeiten geraten würde, sie hatte ihr Jurastudium abgebrochen und war nicht viel mehr als eine Sekretärin, aber ich hatte keine andere Wahl.«

Birte schaute ihn an. Er ist ein guter Mensch, dachte sie plötzlich, ein Gedanke, der ihr so noch nicht gekommen war, und ich sollte ihm nun, in dieser Sekunde, von Hinrichs erzählen, aber sie wusste, dass sie es nicht fertigbringen würde.

»Bist du ihrem Freund, diesem Hergen Lose, einmal begegnet?«, fragte sie geschäftsmäßig.

Er schüttelte müde den Kopf. »Ich muss noch ein paar Tage bleiben«, sagte er. Von dem Thema Sandra hatte er augenscheinlich genug. »Dann möchte ich, dass wir einmal über uns sprechen, wie es weitergeht.«

Sie nickte. Er hatte also auch gespürt, wie distanziert sie zuletzt gewesen war.

Plötzlich stand Lavender senior in der Tür. Er musterte sie beide zufrieden. Offenbar hatte er sie schon eine Weile beobachtet.

»Das sieht ja fast wie ein normaler Krankenbesuch aus. Birte, nicht dass du Pierre überredest, gleich aufzustehen und mit dir abzuhauen.« Carl Lavender umarmte sie und reichte seinem Sohn die Hand.

»Keine Sorge«, erwiderte Birte verlegen. Dann blickte sie auf die Uhr. Sie hatte noch einunddreißig Minuten Zeit für ihr Treffen mit Hinrichs. »Ich muss leider gehen, aber ich bin morgen früh wieder da.«

Und vielleicht, dachte sie, weiß ich dann, wer den Unfall verschuldet hat.

Er ließ sie sitzen. Hinrichs kam nicht. Er hatte einen Platz am Fenster zum Wallrafplatz reserviert, doch er zeigte sich nicht. Sie wartete, fünf Minuten, zehn Minuten. Hatte er nicht gesagt, dass sie pünktlich sein sollte? Eine immer größere Unruhe erfasste sie. Plötzlich wusste sie, dass er geahnt hatte, dass sie zuerst über den Unfall sprechen wollte. Ob er etwas damit zu tun hatte.

Auf dem Weg hierher, Pierres letzten, irgendwie verwundeten Blick noch vor Augen, hatte sie sich vorgestellt, wie sie Hinrichs mit vorgehaltener Pistole zwingen würde, ihr die Wahrheit zu sagen. Ja, in ihrer Phantasie hatte sie ihm die Pistole an den Hals gesetzt und ihm zugezischt: Warst du am Flughafen? Hast du ihn von der Straße abgedrängt?

Aber das war natürlich eine lächerliche Vorstellung.

Sie trank ihr erstes Glas Weißwein aus und bestellte gleich ein zweites.

Es war zwanzig nach acht. Sie würde noch zehn Minuten warten, sagte sie sich. Ihr Zorn wurde immer größer.

Plötzlich stand ein Mann vor ihrem Tisch – er war ganz in Schwarz gekleidet, schwarze Stiefel, ein schwarzer Umhang, an dem irgendwelche Metallketten hingen. Sein Gesicht war voller grauer Falten, und sein Haar war orange gefärbt, ein uralter Punker, wie sie nun am Bahnhof herumhingen.

»Birte Jessen?«, fragte er mit krächzender, beinahe schüchterner Stimme.

Sie nickte, und er legte ihr einen braunen Umschlag auf den Tisch.

»Eine Botschaft«, krächzte er und lächelte, sodass man eine breite Zahnlücke sehen konnte. Dann drehte er sich um und ging leicht schwankend hinaus.

Erleichterung und Erstaunen erfassten sie gleichermaßen. Hinrichs würde nicht kommen, sie musste nicht mit ihm reden. Vielleicht hatte er sie nur auf die Probe stellen wollen, ob sie wirklich Wort hielt und kam.

Sie trank von ihrem zweiten Glas Weißwein, bevor sie den Umschlag öffnete.

Liebe BJ,

schön, dass Du gekommen bist. Wenn ich die Wahrheit sagen soll – ich hatte nicht damit gerechnet. Die meisten Menschen sind Lügner, sie sind zu klein, um die Wahrheit zu ertragen. Wir als Polizisten kennen das – sie lügen dabei noch ziemlich schlecht und sind einfach zu durchschauen. Zum Glück, sonst wäre unsere Arbeit viel schwerer.
Ich muss Dir etwas erklären, bevor wir uns wiedersehen. Dann wirst Du mich besser verstehen.
Ich habe Dich gleich geliebt – bei unserer ersten Begegnung. Ich liebte Dein kurzes blondes Haar, Deine Augen, Deine besondere Art, Worte zu betonen. Aber nie hätte ich gedacht, dass Du Dich für mich interessieren könntest.
Ich kann ein paar Dinge ganz gut – Motorrad fahren, Reden halten, segeln, ich kann einen Schrank zusammenbauen, und ich kann italienisch kochen –, aber ich weiß, dass ich niemanden wirklich beeindrucke, auch als Polizist bin ich nicht überragend, sonst hätte man mir auch nicht die Stelle als Pressesprecher angeboten.
Als Du in unserer einzigen Nacht neben mir lagst, habe ich mich groß gefühlt – ich war mit der schönsten Frau der Welt zusammen.

Ich habe Dich beobachtet, als Du kurz eingeschlafen warst. Deine Nasenflügel haben sich bewegt, Du hast im Schlaf gemurmelt, und da habe ich geweint. Große Tränen sind mir aus den Augen gerollt, etwas, was mir noch nie passiert ist. Eine Träne ist auf Dein Gesicht gefallen und hat Dich geweckt …
Das ist ein Geständnis … Ich habe geweint, Deinetwegen.
Ich weiß, dass Du nicht mit mir nach Paris fahren willst, aber Du musst es tun. Wir müssen eine Nacht zusammen verbringen.
Ich weiß auch, dass Du denkst, dass ich an dem Unfall Deines Freundes schuld bin, aber das ist nicht die Wahrheit. Ich habe mit dem Unfall nichts zu tun, aber es ist ein Zeichen – für Dich und mich.

Herzliche Grüße
RH

PS Ich werde den Dienst quittieren, aber davon darf niemand etwas erfahren. Schon gar nicht Schiller.

Sie legte den Brief zurück. Was war das – eine Liebeserklärung? Oder die Aussage, dass er sie so einfach nicht in Ruhe lassen würde?

Zwei Fotos befanden sich noch in dem Umschlag. Sie waren grobkörnig, vermutlich mit einem Handy aufgenommen und dann auf einem schlechten Drucker ausgedruckt, doch man konnte trotzdem gut erkennen, was sie zeigten. Auf dem einen Foto umarmte Pierre eine blonde, sehr attraktive Frau. Der Hintergrund ließ erahnen, dass es am Kölner Flughafen aufgenommen worden war. Offenbar eine Abschiedsszene.

Auf dem zweiten war ein BMW zu sehen, der sich überschlagen hatte und auf dem Dach vor einer Böschung lag.

Birte spürte, dass sich ihr Magen zusammenzog. Hinrichs war also wirklich da gewesen, er hatte Pierres Ankunft erwartet, vielleicht weil er sehen wollte, ob sie ihn abholte. Den Unfall konnte er nicht verursacht haben, und trotzdem erleichterte sie dieser Gedanke kaum.

»Scheißkerl«, flüsterte sie vor sich hin und hatte das Gefühl, dass er sie genau in diesem Moment beobachtete.

22

Es war kurz vor neun, als er vor Jimmi Kosslicks Privatadresse hielt, in einer ruhigen Straße mit hohen, mächtigen Bäumen im vornehmen Stadtteil Marienburg. Die Häuser hier waren alt, stattliche Gebäude, die Anfang des letzten Jahrhunderts erbaut worden waren, nur Kosslicks Villa stach heraus – ein kastenförmiger Neubau mit einer breiten Auffahrt und einer Dreier-Garage, vor der sein weißer Cayenne parkte.

Schiller spürte seine Müdigkeit – ein langes Bad, ein Glas Rotwein, ein Telefonat mit Carla, all das wäre nun richtiger gewesen, als mit Kosslick zu sprechen.

Bevor er auf den goldenen Klingelknopf an der Eingangspforte drücken konnte, wurde zehn Meter entfernt die Haustür bereits aufgerissen. Er hörte eine laute, weibliche Stimme.

»Du warst immer ein mieser Angeber!«, schrie eine Frau. »Hast jeden beschissen – sogar deinen eigenen Bruder.«

Nina Zimmer tauchte im hell erleuchteten Türrahmen auf. Sie stieß einen Fluch aus und hastete an Schiller vorbei. Als sie ihn sah, zögerte sie kurz. »Verhaften Sie ihn!«, zischte sie. »Dieses Bruderschwein!«

Jimmi Kosslick wollte ihr hinterhereilen, doch nach zwei Schritten blieb er stehen. Er trug einen gelben Bademantel, seine Füße waren nackt.

»Nina«, rief er, »ich hätte dich für klüger gehalten. Ich …« Er verstummte und bedeutete Schiller, dass er eintreten solle. »Tut mir leid«, sagte er dann und verzog das Gesicht. »Nina ist manchmal ein wenig … impulsiv, sie glaubt tatsächlich, dass ich …«

Er schloss die Tür hinter Schiller und wischte sich über das Gesicht.

»Nina Zimmer vermutet, dass Sie etwas mit dem Tod Ihres Bruders zu tun haben?«, fragte Schiller.

Kosslick führte ihn in eine moderne Küche, in der die Farben Schwarz und Weiß vorherrschten – ein schwarzer Tisch mit weißen Stühlen, dazu Schränke, an denen sich diese beiden Farben abwechselten, ein chromfarbener Herd und ein Kühlschrank mit einer transparenten Tür. Auf dem Boden lagen Scherben – eine zerbrochene Weinflasche, zwei Gläser, die unbenutzt aussahen, standen auf dem Tisch.

Kosslick setzte sich so kraftlos, als hätten seine Beine unter ihm nachgegeben.

»Was für ein Tag!«, hauchte er. »Zuerst die Steuerfahndung, dann die Pressemeute vor dem Haus, und jetzt taucht auch noch diese Furie auf, als ich eben in die Sauna gehen will.« Er zupfte wie zur Erklärung an seinem Bademantel, dann erhob er sich schwerfällig, trat zum Kühlschrank, nahm ein Bier heraus, öffnete die Flasche und schenkte sich in dem Weinglas ein. »Möchten Sie auch etwas?«, fragte er, doch Schiller winkte ab.

»Wie kommt Ihre Schwägerin zu diesem Verdacht?«, fragte Schiller.

»Sie ist nicht meine Schwägerin!« Kosslick trank das Bier mit einem Zug aus und schenkte sich gleich nach. »Sie denkt, dass ich denke, dass Paul mit der Steuerfahndung kooperiert und mich ans Messer geliefert hat.«

Sein Smartphone klingelte. Er nahm es hervor und stellte es ab, ohne auf das Display zu blicken.

»Und?«, fragte Schiller. »Denken Sie, dass Ihr Bruder etwas mit Ihren Steuerproblemen zu tun hat?«

Kosslick stöhnte auf und bedachte Schiller mit einem eiskalten Blick. »Natürlich nicht! Mit meinen Steuerproblemen hat einzig und allein mein Steuerberater zu tun. Dem ist das alles über den Kopf gewachsen.« Er schlug mit einer Faust auf den Tisch. »Wie kann jemand annehmen, dass ich meinem Bruder auch nur ein Haar krümmen könnte. Er ist mein Bruder – Familie! Ich habe immer auf ihn aufgepasst, habe seinen Kinderwagen durch die Gegend geschaukelt. Niemanden habe ich mehr geliebt als ihn.« Nun hatte Kosslick Tränen in den Augen, ein großer, tapsiger Bär, der sich auf seinem Stuhl hin und her wand. »Da will mich jemand fertigmachen.« Er stöhnte erneut. »Meine Frau ist auch abgehauen, zu ihrer Familie nach Frankreich. Ihr ist das alles zu viel geworden – heute Nachmittag standen hier zwanzig Journalisten vor der Tür.«

Schiller überlegte, dass er Kosslick reden lassen sollte – so aufgebracht würde er ihn nicht wieder antreffen. Doch Kosslick schwieg plötzlich, er betrachtete seine großen Hände, auf denen sich die ersten Altersflecke abzeichneten.

»Wissen Sie, was das große Glück ist?«, sagte er dann, ohne den Blick zu heben. »Nicht bei einer Frau zu liegen oder irgendwo zu sitzen und ein tolles Geschäft abzuschließen. Nein, das große Glück ist, wenn ein Ball auf Sie zufliegt, scharf geschossen, platziert, wenn Sie schon das Geraune der Zuschauer hören, weil es für alle so aussieht, als würde der Ball gleich im Netz einschlagen, doch im letzten Moment kriegen Sie noch Ihre Faust dazwischen und halten das Ding. Ja, das ist Glück. Ich werde es nie wieder erleben.« Kosslick schaute auf. »Nina ist verrückt, wenn sie glaubt, dass ich meinen eigenen Bruder umbringen könnte«, sagte er mit harter, veränderter Stimme.

»Jemand hat Ihrem Bruder aus ziemlicher Nähe eine Kugel in den Kopf geschossen«, sagte Schiller. »Und es ist noch etwas passiert: Der Sohn eines Musikproduzenten ist in einem Steinbruch zu Tode gekommen – letzten Sonntag. Sie haben uns nicht gesagt, dass Ihr Bruder früher Musiker war, dass er in einer berühmten Band mitgespielt hat.«

Kosslick goss erneut Bier in sein Weinglas und stürzte es hinunter. »Paul war kein Musiker«, sagte er dann, »er wollte einer sein, aber er war keiner. Er hat in ein paar Amateurbands an seinem Bass herumhantiert. Die haben Lieder nachgespielt, Stones, Led Zeppelin, solche Sachen. Ich habe ihnen einmal einen Auftritt besorgt, bei Fortuna auf einem Sommerfest ... Hinterher habe ich mich geschämt, weil die Band so furchtbar laut war und furchtbar schlecht.«

»Wie hat er dann dieses Engagement bei Maybe bekommen?«, fragte Schiller. »Haben Sie nachgeholfen, mit Geld?«

Kosslick lachte matt. »Mit Geld? He, das war Mitte der achtziger Jahre, da haben gute Musiker viel mehr Geld verdient als Fußballspieler. Nein, ich hatte damit nichts zu tun. Ich glaube, es war diese Sängerin ... diese schöne Schwarzhaarige ... sie mochte Paul.«

»Gisa Fischer hat Paul in ihre Band geholt?«

Kosslick hob die Arme. »Ich weiß es nicht so genau, aber ich glaube, er hat damals so eine Bemerkung gemacht. Wir haben uns zu dieser Zeit nicht so oft gesehen, ich habe mich ganz auf den Fußball konzentriert, ich war sechsundzwanzig, ich dachte an Bayern München, AC Mailand … an solche Vereine.«

»Sind Sie Gisa, der Sängerin, einmal begegnet?«, fragte Schiller.

»Nein«, erwiderte Kosslick schnell, »nie. Ich habe mal ihr Bild in der Zeitung gesehen.«

Es klingelte an der Tür, laut und anhaltend.

Kosslick zuckte zusammen. »Journalisten«, stieß er wie einen Fluch hervor. »Blutsauger … Übermorgen ist die Beerdigung von Paul. Ich weiß gar nicht, wie ich das aushalten soll – ohne meine Frau.« Er breitete seine Hände aus. »Finden Sie den Mörder«, sagte er leise. »Ich bete darum. Ja, das tue ich.«

Er wollte in seinen Dienstpassat steigen und endlich nach Hause fahren. Er hatte das Gefühl, als ob er seit vierundzwanzig Stunden auf den Beinen wäre. Außerdem regte sich sein schlechtes Gewissen. Mit jedem Tag, an dem er nicht mit Carla sprach, würde eine Verständigung schwieriger werden, und sich hinter seinem Fall zu verstecken würde auch nicht ewig funktionieren. Wie lange würde Broder noch in der Klinik bleiben? Er hatte eine schwere Schussverletzung am Kopf gehabt – vielleicht zwei Wochen, vielleicht drei. Angeblich konnte er seine linke Hand schon wieder ohne Probleme bewegen und malte jeden Tag an neuen Bildern.

Aus dem roten Mazda Cabriolet, das vor ihm parkte, stieg eine Frau und kam auf ihn zu. Er brauchte einen Moment, um auf der dunklen Straße Nina Zimmer zu erkennen. Sie trug nun ein schwarzes Cape, das sie zurückschlug, als sie seinen Wagen erreichte.

»Ich habe auf Sie gewartet«, sagte sie. »Es war bitterkalt.« Ein Vorwurf lag in ihrer Stimme, als hätten sie eine Verabredung gehabt und er hätte sie versetzt.

»Wir haben keinen einzigen Hinweis, dass Jimmi Kosslick etwas mit dem Mord an seinem Bruder zu tun hat«, entgegnete Schiller. »Und wenn Sie meine Meinung wissen wollen. Ich glaube auch nicht …«

»Können wir ein paar Schritte gehen?«, fragte Nina Zimmer. »Einmal diese öde Straße rauf und runter?«

Schiller nickte. Einen Moment lang glaubte er, Nina Zimmer wollte sich bei ihm einhaken, aber dann holte sie aus einer schwarzen, teuer aussehenden Handtasche Zigaretten und ein Feuerzeug hervor.

»Tut mir leid«, sagte sie, »aber ich habe mit dieser schrecklichen Gewohnheit wieder angefangen … Mein ganzes Leben ist zerstört, so kommt es mir vor. Ich war nie sicher, ob ich Paul geliebt habe, er war viel älter, wir haben uns oft gestritten, aber nun, wo er tot ist, weiß ich es. Ja, ich habe ihn geliebt.«

Die letzten Worte sprach sie lauter, als sollten sie auch andere hören. Sie gingen langsam die Straße hinunter. Niemand war zu sehen, aber in dieser vornehmen Gegend, in der es keine Läden, keine Restaurants gab, herrschte wohl nie viel Betrieb. Ein kalter Wind war aufgezogen, es roch nach Regen. Der Rhein konnte nicht weit sein, und wenn er nicht so erschöpft gewesen wäre, hätte er sich zu Hause noch sein Trainingszeug übergestreift und wäre losgelaufen. Eigentlich wäre es genau das Richtige gewesen: zehn, zwölf Kilometer zu laufen, um den Kopf zu entleeren, all den Ballast beiseitezuschieben.

»Worüber wollten Sie mit mir sprechen?«, fragte Schiller schließlich, weil Nina Zimmer nichts anderes tat, als neben ihm herzugehen und zu rauchen.

»Glauben Sie, dass Menschen ihren Tod vorausahnen können, dass ihnen irgendetwas das Gefühl gibt, sie wüssten, dass ihr Ende bevorsteht?«, fragte sie.

Sie duftete nach Parfüm, registrierte Schiller. Sie hatte ihre blonden Haare locker zusammengebunden.

»Ich weiß nicht«, erwiderte er vage. »Kann schon sein, dass wir es spüren. Tiere spüren es, da bin ich mir sicher. Ein Freund hatte einmal einen Hund, den er einschläfern lassen musste. Auf dem Weg zum Tierarzt hat der Hund ganz genau gewusst, was gleich mit ihm passieren würde.«

»Paul war so ganz anders in den letzten zwei Wochen.« Sie warf ihre Zigarette in den Rinnstein. »Ich mache mir Vorwürfe. Ich habe es bemerkt, aber nichts gesagt. Er war unkonzentriert, wusste nicht mehr, wann wir wo verabredet waren. Das alles passte nicht zu ihm.« Sie blieb stehen, zog leicht die Schultern hoch, weil ihr kalt war. »Ich habe gedacht, es hätte etwas mit meiner Affäre mit Mirko zu tun. Wie dumm ich war! So ein Boxer besteht nur aus

Körper. Er denkt auch über nichts anderes nach – über Training und Essen und wie er zehn Runden Boxen durchstehen kann.« Sie lachte hohl auf, dann drehte sie um, und sie gingen den Weg zurück.

Schiller schwieg. Es ist ein Trauergespräch, das ich hier führe, dachte er. Polizisten müssen auch so etwas tun.

Dann berührte sie ihn am Arm, strich mit der Hand fast zärtlich über seine Lederjacke.

»Paul hat etwas gesagt, nachts … er war irgendwie unterwegs gewesen. Er roch nach Zigarettenrauch. Er kam an meine Seite. Ich hatte schon geschlafen. Er schmiegte sich an mich. ›Nina‹, sagte er, ›ich bin kein guter Mensch. Ich habe den Tod verdient.‹« Sie verstummte abrupt und schaute Schiller an. »Das hat er gesagt, mitten in der Nacht, weil er dachte, ich würde schlafen. Am nächsten Tag hat er alles abgestritten, aber ich habe es gehört, Wort für Wort. ›Ich habe den Tod verdient.‹«

»Glauben Sie, er musste deshalb sterben, weil er einmal etwas Falsches gemacht hat?«

»Keine Ahnung.« Sie schüttelte den Kopf. »Ich weiß nicht, was ich noch denken soll. Diese Steuersache plötzlich … und dass Jimmi sich so komisch verhält … und … Entschuldigung …« Sie steuerte schneller auf ihren Wagen zu. »Mein Kopf explodiert gleich. Ich brauche dringend eine Tablette.«

Hastig schloss sie den Mazda auf und raste mit dröhnendem Motor davon.

23

Birte hatte nicht gut geschlafen, unruhig, voller Träume, in denen Hinrichs ihr auflauerte. Gegen drei Uhr hatte ihr Telefon geklingelt, das Festnetz, panisch war sie aufgesprungen und an den Apparat geeilt, weil sie dachte, es könnte etwas mit Pierre sein, doch dann hatte sich niemand gemeldet.

Warum konnte sie nicht eine unkomplizierte Beziehung zu einem Kollegen haben? Sie würden sich gelegentlich treffen, Wein trinken, ins Kino gehen … Nein, mit einem Kollegen konnte man keine unkomplizierte Beziehung haben, das war bereits ihr erster gedanklicher Fehler.

Auch Jan hatte offenbar keine erholsame Nacht verbracht. Er hielt ihr einen Kaffee hin, als er vor ihrer Tür stand, um sie abzuholen. Sie war ihm dankbar, dass er nicht nach Hinrichs fragte. Mit kurzen Worten brachte er sie auf den neuesten Stand. Claus Lemmer war schwul, er hatte keine Kinder … Eine Überraschung.

Fitschen hatte wieder eine Pressekonferenz einberufen, die sie jedoch schwänzen würden, weil es im Grunde nichts zu berichten gab. Cremer würde weiter die Liste der Fußballspieler abarbeiten, mit denen Kosslick zu tun gehabt hatte, und sie würden den nächsten Hausbesuch abstatten.

Jan parkte auf der Äußeren Kanalstraße vor einem grauen Häuserblock. »So wohnen Rockmusiker heute«, sagte er und stieg aus.

Ein Mann preschte mit einem Rennrad heran und hätte sie beinahe umgefahren, wenn sie nicht zur Seite gesprungen wären.

»Tut mir leid«, murmelte er, als sie an ihm vorbeigingen.

Das Haus war in verschiedene Apartments unterteilt, die man über eine Außentreppe und offene Gänge, die vor den Haustüren lagen, erreichen konnte. Der Lärm von der Straße war hier beinahe ohrenbetäubend laut. Jan schaute auf seinem Smartphone nach, hinter welcher Tür Holger Brühl wohnen sollte.

»Tür Nummer sieben«, sagte er, während der Rennradfahrer sich an ihnen vorbeischob.

Der Mann blieb vor der Nummer sieben stehen und klopfte an. »Holger«, rief er laut. »Holger, bist du da?«

Jan warf ihr einen fragenden Blick zu, dann zückte er seinen Ausweis. »Sie wollen zu Herrn Brühl?«, fragte er.

Der Mann wandte sich um, er war klein und schlank, er trug eine Outdoorjacke und blaue Jeans. Das Haar hatte er bis auf ein paar Stoppeln abrasiert. »Geht Sie das was an?«, entgegnete er unfreundlich.

»Vielleicht«, erwiderte Jan gleichmütig. »Wir kommen von der Kriminalpolizei und möchten auch mit ihm sprechen.«

Der Mann starrte auf Jans Ausweis. »Was wollen Sie von ihm?«

»Falsche Frage!« Jan lächelte, doch Birte konnte ihm ansehen, dass er allmählich wütend wurde. »Wer sind Sie, und was wollen Sie von ihm?«

»Ich bin Georg Lemmer«, sagte der Mann. »Ich mache mir Sorgen. Ich war gestern Abend mit Holger verabredet, aber er ist nicht gekommen. Ich habe schon ein paar Tage nichts mehr von ihm gehört.«

Sie mussten zwanzig Minuten auf den Schlüsseldienst warten.

Georg Lemmer ähnelte seinem Bruder überhaupt nicht, er war kleiner, drahtiger, er agierte weniger theatralisch, ein Mann, der es gewohnt war, im Hintergrund zu stehen. Ihre Fragen beantwortete er lakonisch. Ja, er habe ein Sportgeschäft in Holweide, er sei nicht verheiratet, manchmal spiele er in der Band eines befreundeten Musikers, aber seine Karriere als Gitarrist sei schon lange zu Ende. Seinen Bruder sehe er selten, natürlich wisse er, dass Claus schwer krank sei …

»Ihr Bruder wird sterben«, sagte Jan. »Sehr bald.«

Georg Lemmer zuckte mit den Schultern. »Sterben müssen wir alle – irgendwann. Claus hatte ein gutes Leben, er war ein erfolgreicher Musiker.« Er sagte das in einem Tonfall, als träfe das alles auf ihn nicht zu.

»Wir haben Ihren Bruder befragt«, fuhr Jan ungehalten fort, weil der jüngere Lemmer so wenig kooperativ wirkte. »Da war dieses Mädchen Lara …«

Für einen Moment glaubte Birte, eine flüchtige Irritation, ein kurzes unsicheres Flattern auf dem Gesicht von Georg Lemmer bemerkt zu haben.

»Ja, und?«, fragte er. Sein Blick glitt von Jan zu Birte. »Claus hat immer Leute um sich gehabt, die ihn bewundert haben.«

»Wer ist dieses Mädchen?«, mischte sich Birte ein, weil sie meinte, dass er eine versöhnlich gestellte Frage eher beantworten würde, doch er zögerte.

»Dieses Mädchen?«

»Sie sieht Gisa Fischer ziemlich ähnlich«, setzte Birte hinzu.

Auf der Straße rauschte mit hohem Tempo ein Lastwagen vorbei, der das ganze Gebäude zum Erzittern brachte.

»Ist sie Gisas Tochter?« Jan wurde noch ungeduldiger.

Unten fuhr der Kombi des Schlüsseldienstes vor und parkte hinter ihrem Passat. Ein junger blonder Mann mit zurückgekämmten Haaren stieg aus und grüßte zu ihnen herauf. Wenn sich Brühls Verschwinden als harmlos herausstellen würde, könnte es Ärger geben, weil sie in die Wohnung eingedrungen waren, kam es Birte in den Sinn.

»Ja«, sagte Georg Lemmer endlich. »Sie ist ihre Tochter, aber Claus ist nicht ihr Vater, wenn Sie das meinen.«

»Ach nein?« Jan hatte den Mann vom Schlüsseldienst auch bemerkt und winkte ihn heran. »Wer ist denn der Vater?«

Georg Lemmer antwortete nicht gleich. »Das hat Gisa niemandem verraten. Die Kleine ist bei ihrer Großmutter aufgewachsen, in Gummersbach. Sie …« Er verstummte, als der Blonde mit seinem Metallkoffer näher kam.

Jan zückte seinen Ausweis und unterschrieb eine Erklärung.

Der Blonde entblößte zwei große Hasenzähne, als er lächelte. »Für so ein billiges Schloss holen Sie mich? Das kriegt man doch schon vom Hingucken auf.«

Er brauchte drei Sekunden, dann hatte er die Tür geöffnet, ohne einen Kratzer zu hinterlassen. »Voilà – wünsche noch einen schönen Tag. Rechnung geht ans Präsidium.« Er tippte sich an die Stirn und verschwand wieder.

Jan schob die Tür leicht auf. »Würden Sie ein Moment warten?«, wandte er sich an Georg Lemmer. »Wir haben den Schlüsseldienst kommen lassen, weil Sie berechtigte Sorgen haben, dass Ihrem Freund etwas passiert ist. Trotzdem müssen wir zuerst nachsehen.«

Georg Lemmer nickte stumm.

Aus der Wohnung drang ihnen Stille entgegen.

Jan rief den Namen »Holger Brühl«, doch niemand antwortete.

Die Wohnung war karg eingerichtet, zwei Kartons standen im Flur, daneben ein Kleiderständer, an dem lediglich ein Hemd und ein langer dunkler Mantel hingen. Ein Motorradhelm lag auf einem Stuhl.

Hinten ihnen hatte Georg Lemmer begonnen zu telefonieren, seine dumpfe Stimme war jedoch nicht zu verstehen.

Der Boden war mit zerschlissenem Linoleum bedeckt. Rechter Hand befand sich eine schmale Küche: ein Klapptisch mit einem Stuhl und eine Küchenzeile mit Herd, Spüle und Kühlschrank. Bis auf drei Bierdosen war der Tisch leer.

Sie näherten sich einer halb offenen Tür, die ins Wohnzimmer führte.

Birte spürte die Veränderung wie einen Schlag in den Magen. Ihr wurde übel. Es war der Geruch, metallisch, ekelerregend. Jan drehte sich zu ihr um, mit ernster Miene, dann versetzte er der Tür einen leichten Stoß.

Blut, dachte Birte, es ist Blut, was wir da riechen.

Ein großer Lautsprecher geriet in ihr Blickfeld, ein schmales Regal mit CDs und Büchern, ein Fernseher, der ohne Ton eingeschaltet war, ein Zeichentrickfilm lief, dann zwei nackte Füße, gelbliche, behaarte Waden.

Birte sog die Luft ein, der Blutgeruch wurde immer heftiger.

Der Mann, der Holger Brühl gewesen sein musste, saß in einem Sessel, er trug einen blau-weißen Bademantel, der über und über mit Blut bespritzt war. Sein Kopf hing zur Seite herab – zumindest das, was von ihm übrig geblieben war. An der Wand hinter ihm war ein großer roter Fleck.

Die Pistole, mit der er sich offenbar erschossen hatte, hielt Holger Brühl noch in der Hand.

Birte spürte, wie es ihr den Kaffee, den sie eben getrunken hatte, in den Mund hinaufspülte. Eilig stürzte sie ins Bad und erbrach sich dort.

»Was ist passiert?«, hörte sie Lemmers aufgeregte Stimme. »Was ist mit Holger?«

24

Sie hatten nun drei Tote – den Sohn eines Musikproduzenten, einen Bassisten und den Schlagzeuger der Gruppe Maybe. Da war jemand eindeutig auf einem Feldzug gegen die Band, oder täuschten sie sich? Die Waffe, die Holger Brühl noch in der Hand hielt, war eine P8 von Heckler und Koch. Mit so einer Pistole war Paul Kosslick getötet worden. Doch Genaueres würde die Kriminaltechnik herausfinden.

Birte brachte Georg Lemmer zu ihrem Wagen, während Schiller die Spurensicherung anforderte. Schultke und seine Leute mussten das ganz große Geschütz auffahren. Jede kleinste Spur konnte wichtig sein. Hatte Brühl sich wirklich selbst getötet, oder war auch dieser Mord arrangiert worden?

Es dauerte über eine Stunde, bis Schultke und sein Team eingetroffen und eingewiesen waren. Auch Cremer kam mit drei Kriminalassistenten, um Nachbarn zu befragen, von denen sich merkwürdigerweise noch keiner gezeigt hatte. Selbst wenn der Verkehrslärm hier bis in den späten Abend extrem laut war, musste jemand den Schuss gehört haben.

Georg Lemmer saß rauchend neben Birte in ihrem Passat.

»Ich kenne hier ein Café in der Nähe«, sagte Schiller. »Oder möchten Sie lieber im Präsidium befragt werden?«

Lemmer hob die Hände. Es ist mir gleichgültig, sagte diese Geste. Er zitterte, als er seine Zigarette in den Rinnstein warf.

In Franks Café am Ehrenfeldgürtel, eigentlich nicht mehr als ein Kiosk mit zwei Stehtischen, gab es den besten Kaffee Kölns. Die Fahne des FC Köln wehte im Wind, sie hing nicht auf Halbmast, demnach hatte der FC am letzten Spieltag gewonnen.

Schiller bestellte dreimal den obligatorischen Apfelkuchen – etwas anderes gab es bei Frank nicht – und drei Kaffee.

»Ich glaube nicht, dass ich jetzt etwas essen kann«, sagte Birte.

»Du solltest es versuchen«, erwiderte Schiller. »Wir werden Sie noch offiziell befragen«, sagte er, an Lemmer gewandt, »aber jetzt will ich eines wissen: Wer hat einen Grund, zwei Mitglieder Ihrer Band umzubringen?«

Georg Lemmer griff wieder nach seinen Zigaretten, doch

Frank, der hinter seinem Tresen stand, rief »Rauchverbot« herüber.

Ermattet ließ Lemmer sich auf einen Hocker sinken. »Kosslick hat nicht wirklich zu uns gehört, und Holger … er hatte immer irgendwelche Probleme, seit er zurück in Köln ist. Er hat schrecklich hohe Schulden. Ich glaube, er ist deshalb aus Thailand abgehauen. Seine Tauchschule hat ganz gut funktioniert, aber dann kam der Tsunami. Er hat alles verloren und ist vor seinen Gläubigern nach Deutschland geflohen. Manchmal hat er sich Geld bei mir geliehen, fünfzig Euro, damit er sich etwas zu essen kaufen konnte. Dabei läuft mein Sportgeschäft auch nicht gerade großartig …« Er lächelte erschöpft.

Frank brachte den Kuchen und den Kaffee.

Schiller spürte, dass er Hunger hatte – auch wenn er den Anblick der Leiche noch vor Augen hatte.

Birte trank vorsichtig einen Schluck Kaffee. »Sie glauben also, dass Holger Brühl sich umgebracht hat?«

»Ich weiß es nicht«, flüsterte Georg Lemmer mit starrem Blick. »Gründe hätte es gegeben …«

»Was ist damals passiert?«, fragte Schiller. »Bei den Aufnahmen zu Maybe 3 – warum flog alles auseinander?«

»Es lag an Gisa, sie war gereizt, was sich sofort auf ihre Stimme niederschlug. Claus und Fritz Lose, unser Produzent, versuchten, ihr alles zu erklären, die neuen Songs, die Texte, die er geschrieben hatte, doch sie wollte all das nicht hören … Sie hat uns extrem genervt, und dann war sie plötzlich weg, hatte einen Gesangspart ziemlich mäßig eingesungen und war verschwunden. Erst früh am Morgen erfuhren wir von dem Unfall, dass sie eine Flasche Wein getrunken, Marihuana geraucht und auf die Gleise gelaufen war.« Georg Lemmer nahm die Tasse und stürzte den heißen Kaffee hinunter, als wäre er eine Art Medizin.

»Sie glauben, dass es ein Unfall war?«, fragte Schiller.

Lemmer antwortete nicht sofort. »Gisa … sie hatte ihre Blackouts … Alkohol und Drogen …« Er schaute Schiller an. »Wir sprechen hier vom Jahr 1986. Damals galt noch die Losung von Sex, Drugs and Rock 'n' Roll. Es war anders als heute. Heute sind Musiker Geschäftsleute, sie haben eigene Agenten und arbeiten hochprofessionell. Geht auch nicht anders, wenn man überhaupt noch Geld verdienen will. Das Internet hat vieles kaputt gemacht.«

»Gisa ist also einfach so abgehauen, weil sie wütend war, und was war mit der Band? Haben Sie weitergeprobt, ohne Sängerin?« Schiller hatte sein Notizbuch hervorgeholt und machte sich Notizen.

»Wir haben weitergearbeitet, wir hatten uns vorgenommen, einen langen Instrumentalsong einzuspielen. Das hat Gisa natürlich auch nicht gefallen«, erwiderte Lemmer. »Jeder hatte seinen Part aufzunehmen. Ich war die ganze Nacht im Studio. Wir haben drei verschiedene Gitarrenparts aufeinandergelegt. Claus und Fritz duldeten keinen Verzug – sie hatten jeden Tag durchgeplant.«

»Welche Rolle spielte Kosslick? War er auch die ganze Zeit im Studio?«

Lemmer zog wieder seine Zigaretten hervor. Eine steckte er sich kalt in den Mundwinkel.

»Kosslick hat fast gar nichts gesagt. Er hatte wohl Angst, dass ihn die Aufnahmen überforderten. Er war als Bassist okay, aber nicht mehr. Claus hatte sich einen anderen gewünscht, doch Gisa …« Er brach ab. »Es ist alles schon so lange her, und ich denke auch nicht gern daran. Mein Leben wäre anders verlaufen, wenn Gisa nicht umgekommen wäre …« Er nahm die Zigarette aus dem Mund und betrachtete sie. »Es war immer ein Machtkampf zwischen Claus und Gisa. Sie hassten und sie liebten sich. Ich glaube, sie wollte Kosslick in der Band haben, um zu zeigen, dass sie der Boss war, nicht Claus.«

»Wir wissen, dass Ihr Bruder homosexuell ist. Er kann daher wohl nicht der Vater von Gisas Tochter sein«, sagte Birte. Sie hatte ihren Kuchen nicht angerührt und war immer noch aschfahl im Gesicht. »Wer ist der Vater von Lara – wissen Sie das?«

Georg Lemmer antwortete nicht. »Es war eine andere Zeit«, sagte er dann. »Wir dachten, wir wären Götter, wir spielten am Nürburgring vor zweihunderttausend Menschen. Wir verkauften irrsinnig viele Platten. Und dann diese Katastrophe.« Er brach den Filter an seiner Zigarette ab und zupfte sie auseinander. »Es war ein Geheimnis und ist es immer noch … aber Sie werden es nun doch herausfinden. Ich musste es Gisa versprechen, und ich habe mich daran gehalten, auch wenn ich es fast nicht ausgehalten habe …« Er verstummte. Sein Blick irrte durch den Raum. »Ich bin der Vater von Lara. Sie weiß es nicht – nur ihre Großmutter war eingeweiht. Offiziell bin ich ihr Taufpate, daher habe ich mich um sie gekümmert. Es war mein Versprechen …« Nun starrte er Birte an, er hatte plötzlich Tränen in den Augen. »Hätte ich das Versprechen brechen dürfen, nachdem Gisa tot war – hätte ich es tun müssen?«

»Weiß Ihr Bruder davon?«, fragte Schiller. Er hatte als Einziger seinen Kuchen aufgegessen.

»Keine Ahnung«, erwiderte Georg Lemmer. »Vielleicht. Wir haben nie darüber geredet. Mein Bruder interessiert sich nicht für andere Menschen. Wahrscheinlich ist er deshalb ein Genie. Er ist auch der Einzige in der Band gewesen, der an Gisas Tod nicht zerbrochen ist.«

Gisas Tod – sie mussten herausfinden, was genau damals passiert war. Daran gab es für Schiller keinen Zweifel mehr. Alles rankte sich um Gisa – sie war die Muse des älteren Lemmer gewesen, vom jüngeren hatte sie ein Kind, was sie aber niemandem hatte verraten wollen. Wie passte Kosslick da hinein? Und warum all diese Todesfälle jetzt, nach so vielen Jahren?

Sie fuhren zurück zur Äußeren Kanalstraße. Georg Lemmer stieg auf sein Rennrad und machte sich ohne Gruß davon. Vier uniformierte Beamte hatten den Zugang und die Gänge zu Brühls Apartment abgesperrt. Schultkes Team war bei der Arbeit, auch Dr. Schroeter, der Rechtsmediziner, war eingetroffen.

Schiller streifte sich einen weißen Papieranzug über, Birte folgte ihm. Der tote Holger Brühl saß immer noch in seinem Sessel. Schroeter lief um ihn herum und sprach in ein Diktiergerät hinein.

Schultke winkte sie zu sich. »Jemand hat in der Küche ordentlich geputzt«, sagte er, »ein wenig zu ordentlich, wenn ihr mich fragt, und dann haben wir das hier gefunden.« Er lief mit ihnen in die Küche voraus. Zwei leere Wodkaflaschen standen auf dem Tisch.

»Brühl hatte finanzielle Sorgen«, erklärte Birte. »Da kann es schon sein, dass er sich hier und da einen kräftigen Schluck gegönnt hat.«

»Mag sein«, erwiderte Schultke, »aber an dieser Flasche ist etwas ganz Besonderes: Man findet nicht einen einzigen Fingerabdruck auf ihr. Seltsam, nicht wahr?«

»Du meinst, dass jemand in der Wohnung gewesen ist, der alles geputzt hat?«, fragte Birte.

Durch ein schmales Fenster konnte Schiller auf den Gang vor dem Apartment und auf die Straße sehen. Ein alter schwarzer Mercedes mit Heckflossen hatte auf der anderen Straßenseite angehalten. Der Fahrer, ein Mann mit langen blonden Haaren, die er zurückgekämmt hatte, blickte herüber. Er sagte etwas zu seinem Beifahrer, den Schiller nicht sehen konnte. Hinter ihm saß ein Mädchen mit kurzen schwarzen Haaren. Schiller zog sein Smartphone hervor und machte in der Sekunde ein Foto, als der Fahrer Gas gab und davonraste.

»Ich glaube, dass hier einige Dinge nicht stimmen«, sagte Schultke. »Im Schlafzimmer liegt ein Stapel Reisekataloge, als hätte Holger Brühl geplant zu verreisen. An der Wand hängt ein Arbeitsplan, allein im November hätte er zehn Auftritte haben sollen.«

»Was ist, wenn mit dieser P8, die Brühl noch in der Hand hält, auch Kosslick umgebracht worden ist?«, fragte Schiller. Er betrachtete das Foto und vergrößerte es. Ja, im Fond hatte eindeutig Lara gesessen. Es hatte sich also schon herumgesprochen, was mit Brühl passiert war.

»Wir werden es herausfinden«, sagte Schultke, »und für den Rest seid ihr dann zuständig.«

25

»Was ist eigentlich mit Hinrichs?«, fragte Jan sie im Wagen. »Hat er sich wieder bei dir gemeldet?«

Birte antwortete nicht gleich. In ihrem Magen rumorte es immer noch. Sie hatte Carl Lavender eine kurze SMS geschrieben, dass sie erst am späten Nachmittag ins Krankenhaus fahren könne.

»Nein«, log sie, »nichts mehr. Funkstille!«

»Erst schießt er Löcher in Wände, und dann stellt er sich tot?« Jan blickte sie skeptisch an. »Meinst du, er kriegt mit, dass du mächtig im Stress bist, und lässt dich in Ruhe?«

Sie zuckte mit den Achseln. Sie wollte nicht über Hinrichs sprechen. In der Nacht hatte sie zum ersten Mal seit langer Zeit wieder sechs Stunden am Stück geschlafen. Doch die kurze Erholung war schon wieder zum Teufel. Sie konnte sich nicht daran gewöhnen, Leichen anschauen zu müssen. Vor allem machte es ihr Schwierigkeiten, wenn sie nicht darauf gefasst war.

Fitschen war auch noch zum Tatort gekommen. Er hatte auf der Straße eine improvisierte Pressekonferenz abhalten müssen, weil er von mehreren Reportern bedrängt worden war. Im Präsidium war nun die Hölle los – ein zweiter Toter innerhalb von vier Tagen.

Nur Jan schien die Ruhe selbst zu sein. Er hatte es sogar fertiggebracht, während Fitschen seine inhaltsleeren Statements abgab, mit Therese zu telefonieren.

»Sollte sich Brühl selbst getötet haben – vielleicht weil er Kosslick umgebracht und nun ein schlechtes Gewissen bekommen hat, wäre unser Fall geklärt«, sagte Birte.

»Ja«, erwiderte Jan, »aber wo ist das Motiv? Kosslick und Brühl waren Randfiguren in der Band. Warum sollte der Schlagzeuger den Aushilfsbassisten erschießen – und dann nach so langer Zeit? Das alles ergibt bisher keinen Sinn.«

Jan fuhr offenbar nicht ins Präsidium.

»Hat nicht jede Band einen Manager, jemanden, der alles für sie organisiert?«, fragte Birte. »Von so einer Person war bisher gar nicht die Rede.«

»Stimmt«, erwiderte Jan. »Wir wissen noch viel zu wenig über die Band. Und wie passt Hergen Lose da hinein? Er kann bei den

Aufnahmen keine Rolle gespielt haben, er war damals ein kleines Kind von vielleicht vier, fünf Jahren.«

Jan fuhr zu Claus Lemmer, er parkte direkt vor dem Haus und blickte Birte an. »Wir waren beim letzten Mal zu freundlich«, sagte er, als er ausstieg. »Diesen Fehler machen wir nicht noch einmal.«

»Meinst du, er weiß schon, was mit seinem Schlagzeuger passiert ist?«, fragte Birte.

Jan hielt ihr sein Smartphone hin. Ein alter Mercedes war darauf zu sehen.

»Ich gehe jede Wette ein, dass hinten im Fond die schöne Lara sitzt. Ich habe es vom Küchenfenster in Brühls Apartment aufgenommen.« Er deutete die Straße hinunter. »Da hinten steht übrigens das gute Schmuckstück – ein Mercedes 190. Ein echter Oldtimer, sicher mehr als vierzig Jahre alt. Wahrscheinlich sitzen sie da und halten Kriegsrat.«

Er schob die Pforte auf und eilte zur Tür.

Es dauerte ein paar Sekunden, bevor Lara ihnen öffnete.

»Na«, sagte Jan in einem spöttischen Tonfall. »Ist Ihre kleine Ausfahrt schon beendet?«

Lara verzog das Gesicht. Sie ließ sich nicht einschüchtern. »Wollten Sie sich nicht anmelden?«, fragte sie kühl.

»Nein«, erwiderte Jan, »wollten wir nicht.«

Er ging an ihr vorbei in den dunklen Flur, in dem das Ölgemälde von Claus Lemmer hing, das Birte nun noch übertriebener und monumentaler vorkam. Ein König mit Umhang an seinem Instrument.

Jan hatte sich wieder umgewandt. »Wie heißen Sie eigentlich?«, fragte er mit harter Stimme. »Fischer wie Ihre Mutter? Haben Sie gedacht, Sie könnten uns für dumm verkaufen?«

»Ich muss niemandem meinen Namen sagen.« Lara zeigte keine Regung. »Nicht einmal einem unfreundlichen Polizisten.«

»Wo darf man die Herrschaften treffen?«, fragte Jan und schaute sich um.

Stimmen waren zu hören gewesen, die aber mittlerweile verstummt waren.

Lara Fischer deutete vor sich auf eine Tür und ging dann voraus.

Sie saßen in einer weitläufigen Wohnküche an einem langen

Holztisch, Tassen mit Kaffee vor sich. Claus Lemmer, sein Bruder Georg und der Blonde, der den alten Mercedes gesteuert hatte.

»Schön, dass wir Sie alle hier so vereint treffen«, erklärte Jan. »Die Nachricht vom Tod Ihres Freundes hat sich ja schon herumgesprochen.« Er schaute Georg Lemmer an.

Claus Lemmer erhob sich mühevoll. Er hatte nicht in einem Rollstuhl gesessen. »Wir sind alle traurig und besorgt«, sagte er leise, dann lud er sie mit einer Geste ein, an dem Holztisch Platz zu nehmen. »Was hat das alles zu bedeuten?«

Jan zog es vor, sich nicht zu setzen. Er ging zu einem Tisch, der vor einem Fenster stand, und lehnte sich dagegen.

»Und wer sind Sie?«, fragte er den etwas dicklichen Mann mit blonden Strähnen, der neben Claus Lemmer saß.

Der Blonde räusperte sich, dann schaute er Claus Lemmer an, als müsse er sich die Erlaubnis holen, antworten zu dürfen. »Mein Name ist Ralf Oliver Hörner«, erklärte er förmlich und so, als sei er überrascht, dass man ihn nicht kannte.

Der Sänger, mit dem Claus Lemmer liiert gewesen war, fiel Birte ein. Jan hatte ihn kurz erwähnt.

»Waren Sie auch damals bei den Aufnahmen dabei?«, fragte Birte.

Der Blonde schüttelte den Kopf. »Ich war … Claus und ich haben uns erst später kennengelernt. Wir …« Er verstummte.

»Wir stehen unter Schock«, sagte Claus Lemmer. Er war wieder auf seinen Stuhl gesunken. »Können Sie das nicht verstehen?«

Lara hatte sich ebenfalls nicht hingesetzt. Mit unbewegter Miene hörte sie zu. Ein Telefon klingelte. Georg Lemmer nahm sein Smartphone heraus und stellte es ab.

»Überlegen Sie, wer als Nächstes von Ihnen dran sein könnte? Dass da jemand herumläuft, der es auf Ihre Band abgesehen hat?« Jan war zum Ende des Tisches gegangen und beugte sich vor. »Unsere Geduld ist allmählich zu Ende. Was ist damals bei diesen Aufnahmen passiert, dass nun zwei Leute Ihrer Band tot sind?«

»Nichts«, erwiderte Georg Lemmer. Er klang überaus aggressiv. »Wir haben eine Platte aufgenommen, die dann niemals erschienen ist, und es hat das Unglück mit Gisa gegeben. Sie hat zu viel getrunken und zu viel Marihuana geraucht. Ein Unglück! Sonst ist nichts passiert.«

»Ich glaube, dass Sie alle lügen«, sagte Jan. Er sah jeden am Tisch an, dann fiel sein Blick auf Lara, als wäre sie das schwächste Glied in der Kette. »Aber es wird Ihnen nichts nützen«, fuhr er fort. Birte hatte ihn selten so aufgebracht gesehen. »Wir werden die Wahrheit herausfinden.«

An der Tür klingelte es. Der tiefe Klang der Glocke hallte durch das Haus. Lara zögerte, dann wandte sie sich um.

Einen Moment später kehrte sie zurück. Ein Mann stand neben ihr – er trug eine zerschlissene gelbliche Jeansjacke und hatte einen langen grauen Zopf. Jan zog kurz die Augenbrauen in die Höhe, doch er sagte nichts, sondern gab Birte ein Zeichen, dass sie nun gehen würden.

Jan fuhr mit dem Passat ein Stück die Straße hinunter und parkte da wieder ein.

»Ich habe Hanno gebeten vorbeizukommen«, sagte er. »Hat diesmal sofort geklappt.«

»Der Alte war Hanno?« Birte konnte sich vage erinnern, den Saxophonspieler vor etlichen Monaten schon einmal gesehen zu haben.

»Hanno hat schon früher dann und wann als Informant gearbeitet. Jetzt könnte er uns wirklich nützlich sein.«

»Und was tun wir hier?«, fragte Birte.

»Wir warten ab«, sagte Jan. »Mal sehen, wer als Erstes das Haus verlässt und was er so macht. Schade, dass es in dieser toten Ecke nirgendwo eine Kaffeebude gibt.«

Eine Weile schwiegen sie. Jan hatte den Kopf zurückgelegt und die Augen geschlossen. Er wirkte müde und unzufrieden. Birte überlegte, ob es möglich war, Pierre anzurufen, aber nein, wenn er immer noch auf der Intensivstation lag, würde sie ihn nicht an einen Apparat bekommen.

»Ich weiß, dass du an Pierre denkst«, sagte Jan plötzlich und öffnete die Augen wieder. »Glaubst du, Hinrichs steckt dahinter – dass er diesen grässlichen Unfall verschuldet hat?«

»Nein.« Birte sah, dass Georg Lemmer aus dem Haus kam, er stieg auf sein Rennrad und fuhr davon. »Hinrichs hat mit dem Unfall nichts zu tun. Da bin ich ganz sicher.«

Jan blickte Georg Lemmer nach. »Ihm lassen wir noch ein wenig Zeit, bevor wir ihn uns vornehmen.«

Als Nächster kam Hanno heraus. Er wandte sich sofort nach links und schlenderte in Richtung Hauptstraße.

Jan stöhnte auf. »Na, viel wird Hanno in dieser kurzen Zeit nicht herausgefunden haben.«

Fünf Minuten später fuhr ein Taxi vor. Lara und Claus Lemmer erschienen vor dem Haus. Lemmer trug einen langen schwarzen Mantel und stützte sich auf einen Rollator. Er wirkte angestrengt, aber als der Taxifahrer aus dem Wagen sprang, um ihm zu helfen, winkte er unwirsch ab. Lara verstaute einen Metallkasten hinten im Kofferraum, während Lemmer mühsam in den Fond stieg. Den Rollator schob Lara ins Haus zurück. Hörner, der Sänger, hatte sich nicht blicken lassen.

»Wohin fährt Lemmer allein?«, fragte sich Jan. »Will er verreisen? Mit einem Gepäckstück?« Doch da kehrte Lara zurück und setzte sich vorn auf den Beifahrersitz. Sie hatte nur eine schwarze Handtasche dabei.

»Schauen wir uns an, was die beiden so vorhaben.« Jan startete den Motor. Es gelang ihm, dem Taxi in einigem Abstand zu folgen. Der Wagen fuhr aus Rodenkirchen hinaus in Richtung Stadtzentrum. Zum Glück herrschte dichter Verkehr, sodass sie eine Zeit lang unentdeckt bleiben würden.

»Wir brauchen einen Plan«, sagte Jan. »Die Band ist der Schlüssel. Am liebsten wäre mir, wir könnten alle vier ein paar Tage lang beschatten – die beiden Lemmers, Lara und diesen dicken Blonden.«

»Du meinst, sie stecken unter einer Decke?«, fragte Birte.

»Ich möchte wissen, was sie tun. Entweder hat der Täter auch sie im Visier oder …« Er verstummte, als ihr Telefon klingelte.

Eine unterdrückte Nummer.

»Wann können wir uns sehen?«, fragte Hinrichs, doch sie sagte lediglich: »Ich melde mich später«, und unterbrach die Verbindung.

Jan blickte sie ernst an. »Er lässt dich also nicht in Ruhe.«

»Nein«, sagte sie. »Tut er nicht. Gestern ist er zu unserer Verabredung nicht gekommen, sondern hat mir einen Brief überbringen lassen.«

»Wir müssen ihn fertigmachen.« Jan hatte das Taxi für ein paar

Momente aus den Augen verloren. Sie fuhren nun auf der Aachener Straße aus der Stadt hinaus. »Oder wir müssen ihm klarmachen, dass er wieder etwas Vernünftiges tun soll.«

Etwa achtzig Meter vor ihnen hielt das Taxi an einer Ampel.

Birte sagte nichts, aber allein Hinrichs' Stimme zu hören, hatte das Rumoren in ihrem Magen zurückkehren lassen.

Als das Taxi rechts abbog, hatten sie nur noch einen Wagen zwischen sich.

»Verdammt«, sagte Jan, »wo wollen die hin?«

Wenig später wussten sie es. Jan war vor vielen Jahren einmal selbst in dem Gebäude gewesen, das damals eine Pilgerstätte für Musiker gewesen war. Claus Lemmer stattete seiner Plattenfirma einen Besuch ab, die einst am Maarweg ihre Studios und Büros gehabt hatte. Nun war nur noch eine Nebenstelle übrig geblieben. Fast die gesamte Belegschaft war irgendwann nach Berlin gezogen.

Sie beobachteten, wie Lara den Metallkoffer auslud und wie Lemmer sich aufrichtete und versuchte, mit hoch erhobenem Kopf in das Bürogebäude zu gehen. Er bewegte sich ungelenk, wie jemand, der lange das Bett gehütet hatte, aber immerhin sah er nicht mehr wie ein Sterbender aus.

»Er will seine CD-Box auf den Markt bringen – unbedingt«, sagte Jan mit ernster Stimme, »da ist es ihm egal, dass man seinen Schlagzeuger ermordet hat.«

26

Er fand Hanno im Café am Bauturmtheater. Der Saxophonspieler saß mit Therese und Hermännchen da und trank Bier. Die drei waren erkennbar ausgelassener Stimmung. Vor dem Café verstaute ein Filmteam sein Equipment in einen VW-Bus. Anscheinend hatten sie Hermännchen gefilmt, denn eine Frau mit hochgesteckten roten Haaren, die zu den Filmleuten gehörte, verabschiedete sich mit einer Umarmung von ihm.

Schiller ging erst zur Theke und bestellte sich einen Milchkaffee. Seine Stimmung war am Nullpunkt. Sie hatten nichts, keinen Zeugen für einen Mord an Holger Brühl. Das Apartment, das neben seiner Wohnung lag, war leer; das andere gehörte einem Ehepaar, das die meiste Zeit auf Mallorca verbrachte. Niemand hatte den Schuss gehört. Einen Abschiedsbrief hatten sie auch nicht gefunden. Brühl hatte zwischen Sperrmüll gehaust, das einzig Wertvolle in der Wohnung war seine Musikanlage gewesen und eine beachtliche Sammlung von alten Schallplatten.

Während Birte zu Pierre gefahren war, hatten sie Cremer zur Obduktion zum Melatengürtel ins Rechtsmedizinische Institut geschickt. Er zumindest war froh, sich nicht mehr um Fußballspieler kümmern zu müssen.

Am meisten ärgerte Schiller jedoch, dass es Fitschen nach einer Besprechung mit Dr. Soder, dem Oberstaatsanwalt, abgelehnt hatte, die beiden Lemmer-Brüder sowie Lara und Olli Hörner beschatten zu lassen. »Wissen Sie, wie viele Leute wir dafür bräuchten?«, hatte er Schiller hörbar genervt gefragt. »Werten Sie erst einmal die Spuren vom Tatort aus.«

Therese winkte Schiller zu ihrem Tisch. Er war immer noch erstaunt, wie gut sie sich erholt hatte. Immerhin ein Lichtblick.

Als wollte Hanno ihn noch ein wenig ärgern, stand er plötzlich auf und postierte sich mitten im Café, während Schiller sich näherte, und spielte ein Lied – wieder »Strangers in the Night«, als wäre das nun eine Art Losung geworden.

»Du siehst schlecht aus«, raunte ihm Therese zu. »Ich wette, du isst nicht genug. Wie geht es Carla? Habt ihr gesprochen?«

Er winkte ab und trank seinen Kaffee.

Nachdem er tatsächlich noch mit seinem Hut herumgegangen war, kehrte Hanno endlich an ihren Tisch zurück. Er blickte Schiller ernst an.

»Ich mache so etwas nicht gern, bin schließlich kein Spion«, sagte er, »Leute aushorchen, und es ist auch nichts dabei herausgekommen. Lemmer denkt nur an seine CD-Box, er klang ziemlich euphorisch, obwohl er wirklich schlimm aussieht, so fahl und eingefallen. Ich glaube, er kann nichts mehr essen. Sein Magen nimmt nichts mehr auf.«

»Machen sich die vier keine Sorgen, dass ein weiterer Mord geschehen könnte?«, fragte Schiller.

Therese hatte Hermännchen ein Zeichen gegeben, sich zu entfernen, weil hier nun vertrauliche Dinge besprochen wurden. Gehorsam stand er auf und ging zur Theke.

»Nur Georg war sehr schweigsam, ihm setzt das Ganze zu, aber dann hat Lemmer ihm erzählt, dass sie mindestens fünfzigtausend CD-Boxen verkaufen wollen und richtig Geld in ihre Kasse kommen würde, und der dicke Olli hat eine Liste mit Interviewfragen herausgeholt. Eigentlich wollte Lemmer niemanden treffen, doch nun denken sie darüber nach, ein Zimmer im Hyatt zu mieten, nur für Interviews. Ich werde auch noch ein paar Tantiemen bekommen, wenn es gut läuft.«

Das Ganze war ein Fehlschlag, aber was hatte er auch erwartet? Dass Hanno ihnen einen Verdächtigen präsentieren würde?

»Hatte die Band eigentlich keinen Manager?«, fragte Schiller. »Haben sie damals alles selbst gemacht?«

»Sie hatten Bo Nelles – so hieß der wirklich, aber Bo ist vor sechs Jahren gestorben, zu viel Alkohol, zu viel Zigaretten.« Hanno trank sein Bier aus. »Schlimm, was mit Holger passiert ist. Und was wird nun aus Agnes werden?«

Schiller blickte auf. »Wer ist Agnes?«

Hanno erhob sich. »Ich muss weiter, habe noch einen Termin. Agnes ist Holgers Mutter, sie ist wohl über neunzig und lebt im Rosenpark in Zollstock.« Er schaute Therese an. »Weiß gar nicht, was du an dem Jungen findest.« Er lächelte. »Wo er auftaucht, gibt es Ärger. Das ist wie ein kölsches Grundgesetz.«

Wie brachte man einer alten Frau bei, dass ihr Sohn tot war – dass er sich möglicherweise erschossen hatte?

Agnes Brühl bewohnte ein eigenes Apartment im achten Stock eines grauen Betonklotzes. Eine elegante Frau mit silberfarbenen Haaren öffnete ihm. Sie hielt ein Taschentuch in der Hand und tupfte an ihren Augen herum.

»Ich weiß es schon«, sagte sie leise, nachdem Schiller sich kurz vorgestellt hatte. »Eine Schwester war hier. Jemand hat sie angerufen ... Georg, ein Freund von Holger.«

Georg Lemmer hatte offenbar keine Zeit verstreichen lassen und nicht nur seine alte Band informiert.

Schiller zeigte ihr seinen Ausweis. »Mein Beileid«, sagte er. »Wir wissen noch nicht, wie Ihr Sohn genau ums Leben gekommen ist. Das werden wir aber bald herausfinden.«

Sie ging in ihr überheiztes Apartment und setzte sich an einen Tisch. Der Raum war voller Bücher, an allen Wänden standen Regale, selbst unter dem Fenster.

Auf dem Tisch lag aufgeschlagen ein Kreuzworträtsel. Sie faltete es ein wenig verlegen beiseite. »Gehirntraining«, sagte sie. »Mache ich jeden Tag – ich habe furchtbare Angst vor Demenz. Margot, meine beste Freundin, kennt ihren eigenen Namen nicht mehr. Schrecklich!« Sie hob die Hände gen Himmel, wie zu einem Gebet, dann tupfte sie sich wieder die Augen ab.

»Georg war ein guter Junge, aber er hatte nie Glück. Irgendetwas war immer falsch in seinem Leben.« Nun begann sie, leise zu weinen.

Schiller berührte sie sanft am Arm. »Wann haben Sie Ihren Sohn zuletzt gesehen?«, fragte er.

»Er hätte auf seinen Vater hören sollen. Edgar wollte, dass er einen richtigen Beruf erlernte. ›Geh zur Sparkasse‹, hat er zu ihm gesagt. ›Musik kannst du in deiner Freizeit machen.‹ Aber Georg hat natürlich damals nicht auf ihn gehört. Nun sind sie beide tot.«

Eine Standuhr tickte laut.

Schiller versuchte es erneut. »Hat Ihr Sohn Sie häufiger besucht? Worüber haben Sie sich unterhalten?«

»Oh, er kommt nicht oft, aber kürzlich war er da ... mit seinem Motorrad.« Sie lächelte und wischte sich die Tränen von den

Wangen. »Er war auf dem Weg in die Eifel ... zu einem Freund. Er war freundlich und gut gelaunt, so kannte ich ihn gar nicht. Meistens kam er ja nur, wenn er Geld brauchte, aber diesmal wollte er nichts.«

»Wissen Sie noch, wann er Sie genau besucht hat?«

Agnes Brühl erhob sich. »Oh ja. Ich habe es aufgeschrieben ... in meinen Kalender.« Überraschend flink ging sie in eine winzige offene Küche hinüber.

Schiller folgte ihr. Am Kühlschrank hing ein Kalender, in den sie mit krakeliger Schrift ihre Termine eingetragen hatte. »Friseur« konnte er entziffern. »Frieda Geburtstag« und »Friedhof«. Am vorletzten Sonntag hatte sie »Georg« eingetragen, sogar mit einem Ausrufungszeichen. Das war der Tag gewesen, an dem Hergen Lose im Steinbruch abgestürzt war.

Schiller nahm sein Notizheft heraus und trug das Datum ein. Konnte das ein Zufall sein? Wohl kaum.

Agnes Brühl öffnete den Kühlschrank und nahm eine Mineralwasserflasche heraus. »Ich habe Ihnen gar nichts angeboten«, sagte sie und holte auch zwei Gläser.

Sie gingen zurück zum Tisch.

»Nun bin ich ganz allein – ich bin fast neunzig, stellen Sie sich das vor.« Sie trank vorsichtig aus ihrem Glas. »Hätte nie gedacht, dass ich so alt werde. Hoffentlich werde ich nicht hundert. Kinder sollten nicht vor ihren Müttern sterben.« Wieder begann sie zu schluchzen.

Schiller wartete einen Moment ab. »Kennen Sie Freunde Ihres Sohnes?«, fragte er dann. »Wen hat er so getroffen?«

Die Frau schaute ihn erstaunt an. »Ich weiß nicht, wen er getroffen hat«, sagte sie beinahe entrüstet. »Aber ich weiß eines genau: Er hätte heiraten sollen, ihm hat immer die richtige Frau gefehlt. Mit einer guten Frau an seiner Seite wäre all das nicht passiert. Aber er hat ja immer dieser einen nachgetrauert – dieser schrecklichen Sängerin, die sich umgebracht hat.«

»Sie sprechen von Gisa Fischer?«

»Ja«, erwiderte Agnes Brühl. Zwei große Tränen liefen über ihre Wange. »Ja, so hat sie wohl geheißen.«

»In drei Tagen«, sagte Carla, »komme ich nach Hause. Ich möchte, dass du dir freinimmst, dass wir einen ganzen Tag für uns haben, in die Eifel fahren oder sonst wohin, um zu reden. Verstehst du?«

Er presste das Smartphone an sein Ohr, es schien in seiner Hand zu glühen, und er spürte, wie sein Herz schneller schlug.

»Ja«, sagte er, »ich verstehe. Worüber willst du reden?« Seine Stimme zitterte. Er hatte einen Fehler gemacht, dachte er, nein, viele Fehler. Was war er? Ein unachtsamer Polizist, der sich wieder in seinen Fall verbohrt hatte, statt sich um seine Frau zu kümmern. Carla war seine Frau, auch wenn sie nicht verheiratet waren, auch wenn sie kein Kind hatten …

»Ach, Jan«, sagte Carla. Es klang müde und resigniert. »Das sage ich dir, wenn wir uns sehen.«

»Nein«, stieß er hervor. »Sag mir jetzt etwas. Ich muss es wissen.«

»Ich habe nachgedacht – viel nachgedacht. Ich werde eine Auszeit nehmen und für eine Weile verreisen, und dann werde ich mir eine eigene Wohnung mieten, vielleicht in einer anderen Stadt. Mehr kann ich nicht sagen. – Bis in drei Tagen.«

Sie legte auf, ohne ihm die Gelegenheit zu einer Erwiderung zu geben. Er starrte aus dem Fenster. Die Seniorenresidenz, in der Agnes Brühl wohnte, war ein graues trostloses Gebäude. Wie konnte man hier die letzten Jahre seines Lebens verbringen? Eben hatte er noch gedacht, er sei in seinem Fall weitergekommen, und nun?

»Ach, Jan.« So hatte Carla noch nie geklungen, nicht einmal in ihren größten Krisen.

Plötzlich dachte er an einen Kollegen, der sich vor zwei Monaten in dem Parkhaus hinter dem Präsidium erschossen hatte – er hatte sich die Pistole in den Mund geschoben und abgedrückt. Seine Frau hatte die Scheidung eingereicht.

Drei Tage hatte er – Zeit genug, um sich etwas einfallen zu lassen. Wie konnte er sie halten? Sie hatten schon so viel gemeinsam durchgestanden und hatten immer wieder zueinandergefunden. Er liebte ihren Duft, ihr langes schwarzes Haar, in dem da und dort schon ein grauer Schimmer lag, er liebte, wie sie ihn manchmal spöttisch ansah, wenn er wieder Kölnisch Wasser benutzt hatte, eine Unart, die er von seinem Vater übernommen hatte und sich nicht abgewöhnen konnte.

Nele meldete sich.

»Wo bist du?«, fragte sie ernst.

»Unterwegs«, antwortete er unfreundlich.

Sie zögerte einen Moment, wohl erstaunt über seine barsche Antwort. »Bert ist von der Obduktion zurück«, sagte sie. Ungewöhnlich, dass sie Cremer beim Vornamen nannte. »Brühl war volltrunken, als er starb. Er hatte fast zwei Promille Alkohol im Blut. Und noch etwas ...« Sie holte tief Luft. »Es sieht so aus, als hätte er sich mit der Waffe erschossen, mit der Paul Kosslick getötet worden ist. Ein letzter Test der Ballistik steht aber noch aus.«

»Hat er sich wirklich selbst erschossen?«, fragte Schiller.

»Er hatte Schmauchspuren an den Händen. Mehr konnte Schroeter uns nicht sagen.«

»Danke«, sagte Schiller und unterbrach die Verbindung.

Hatte Brühl einen Rivalen umgebracht, der ihm vor sechsundzwanzig Jahren die Frau ausgespannt hatte, die auch er liebte? Offensichtlich hatte Gisa Fischer jedem Mann den Kopf verdreht – jedem, außer Claus Lemmer, mit dem sie in der Öffentlichkeit aufgetreten war, als wären sie ein Paar. Aber das alles ergab keinen Sinn. Warum sollte man nach so langer Zeit seinen Nebenbuhler töten?

Er versuchte, Birte zu erreichen, doch sie ging nicht an ihr Smartphone. Auch sie hatte im Moment reichlich Ärger. Er sollte Hinrichs fertigmachen, ihm eine letzte Drohung zukommen lassen. Wenn er sich Birte noch einmal auf fünfzig Meter näherte, würde er, Schiller, ihm persönlich den Arm brechen oder Schlimmeres mit ihm anstellen. Oder wie sollte man Hinrichs zur Vernunft bringen? Doch, dachte er dann, vielleicht gab es noch einen anderen Weg, Hinrichs wieder in der Realität ankommen zu lassen. Er wählte dessen Mobilnummer, die er immer noch eingespeichert hatte, ohne allerdings zu wissen, ob Hinrichs dieses Telefon überhaupt noch benutzte.

Es klingelte, einmal, zweimal. Immerhin, den Anschluss gab es offenkundig noch.

Dann erklang ein unsicheres »Ja?«.

»Hinrichs«, sagte Schiller, »du bist ein echtes Arschloch, damit das mal gesagt ist. Aber du bist auch noch etwas anderes: ein Polizist. Hast du dein altes Motorrad noch?«

27

Pierre saß auf der Bettkante, als sie hereinkam. Er trug wieder einen Kopfverband, aber war eine Wunderheilung passiert? Nicht nur, dass man ihn auf ein normales Zimmer verlegt hatte – er schien nun aufstehen zu können.

Er lächelte, als er sie sah, und breitete die Arme aus. Sie umarmten sich vorsichtig.

»Es geht viel besser«, sagte er. »Ich muss nur sehr vorsichtig sein. Aufstehen soll ich eigentlich nicht allein, aber ... Sie haben heute meine Reaktionsfähigkeit getestet. Ich habe Glück gehabt. Alles in Ordnung.« Kraftlos sank er wieder in die Kissen zurück. »Na, war doch ein wenig viel.«

Birte stellte die Flasche Orangensaft ab, die sie unten im Foyer gekauft hatte. Dann stand sie da und zupfte an dem Bettzeug herum. »Ich habe mich im Präsidium nicht abgemeldet«, sagte sie. »Wir haben einen neuen Toten in unserem Fall.«

Pierre stöhnte auf. Er fixierte sie. Die Schatten unter seinen Augen waren nicht verschwunden. Sein Gesicht wirkte, als hätte sich durch den Unfall etwas verschoben, als lägen die Augen ein wenig tiefer in ihren Höhlen.

»Ich muss dir etwas sagen.« Er flüsterte beinahe. »Vor ein paar Minuten war eine Frau da ... Es ist nicht ganz einfach ... Ich habe ... in Luxemburg jemanden kennengelernt. Wir sind uns nicht sicher, ob es etwas Ernstes ist, aber wir beide ... Nun, du und ich, wir wussten doch gleich, dass es nicht eine Ewigkeit währt.«

Sie nickte stumm. Eine Ewigkeit währt? War das nicht zum Lachen? Sie kannten sich ein paar Wochen, nicht länger.

»Gut, dass du es mir sagst«, erwiderte sie genauso leise, dann brachte sie die Kraft auf und zog den einzigen Stuhl heran, der im Raum stand. Er hatte sie also doch belogen, und Hinrichs hatte mit seinen Verdächtigungen, die ihr so haltlos vorgekommen waren, recht gehabt.

Als sie sich setzte, dachte sie: Da hat sie, die andere Frau, eben noch gesessen, aber Eifersucht würde sie sich nicht gestatten.

»Ich wollte nur, dass du es weißt«, sagte Pierre.

Sie nickte wieder, dann redete sie von ihrem Fall, sprach ein paar Minuten darüber, als würde Pierre sich wirklich noch dafür interessieren.

Sie küsste ihn auf die Wange, als sie ging.

Das konnte auch nur ihr passieren, dachte sie draußen auf dem Gang. Dass ihre kurze Affäre in einem Krankenhaus zu Ende ging, an dem Ort, den sie um alles in der Welt am meisten hasste.

Martin, flüsterte sie stumm, womit habe ich das verdient? Ein Kerl wie Pierre betrügt mich, und ein anderer, der die Qualitäten eines gefährlichen Stalkers hat, lauert mir auf.

Sie wollte nicht nach Hause fahren – in die Wohnung, die ausgerechnet Pierre gehörte. Er war ihr Vermieter, großer Gott! Sollte einem nicht die Vernunft verbieten, sich mit einem Kollegen oder seinem Vermieter einzulassen?

Sie sah sich nach einem Taxi vor der Klinik um. Als sie winkte, rollte eines heran. Ein alter dicker Mann saß am Steuer. Es war halb sieben. Dunkelheit hatte sich herabgesenkt.

»Ich möchte zu einem richtig guten Restaurant«, sagte sie dem Fahrer, nachdem sie hinten eingestiegen war. »Etwas Besonderes.«

Er schaute sie an. »Ich fahre Sie zum KölnTurm«, sagte er. »Ist nicht ganz billig, aber oben im dreißigsten Stockwerk haben Sie eine wunderbare Aussicht.«

Ein Restaurant mit Aussicht – sie nickte. Vielleicht war das nun genau das Richtige.

Immer wieder blickte der Fahrer sie im Spiegel an, lauerte offenbar darauf, ein Gespräch zu beginnen. Anders als in Hamburg konnte man in Köln jederzeit in ein Gespräch verwickelt werden, aber sie wich dem Blick aus. Sie wollte mit niemandem sprechen. Pierre hatte sie abserviert. Sollte sie ausziehen – sich eine andere Wohnung nehmen?

Vor dem MediaPark ließ der Fahrer sie aussteigen.

»Alles Gute«, rief er ihr hinterher, nachdem sie bezahlt hatte.

Es klang mitfühlend. Sie musste ihr Telefon ausstellen, zumindest für eine Weile.

Das Licht des KölnTurms spiegelte sich in dem kleinen See davor. Diese Glaskonstruktion passte so gar nicht zu Köln, sie sah zu elegant aus, zu großstädtisch, gehörte viel eher nach München oder Hamburg.

Den Schlag, der sie traf, hatte sie nicht kommen sehen. Es riss sie von den Füßen, sie stürzte aufs Pflaster, konnte einen harten Aufprall noch eben mit den Händen abfedern. Hatte sie eine Kugel getroffen? Diesem Gedanken folgte ein zweiter: Hinrichs hatte ihr aufgelauert und sie umgerissen.

Dann hörte sie eine aufgebrachte Stimme.

»Können Sie nicht aufpassen, verdammt?«

Ein Mann war ebenfalls zu Boden gegangen. Er stand mühsam auf, ein filigranes Rennrad unter sich. Er hatte lange schwarze Haare, trug eine orangefarbene Jacke und eine eng anliegende schwarze Hose.

Während sie sich aufrappelte, erfüllte sie Zorn. Was für ein beschissener Tag! Und nun wurde sie auch noch von einem Radfahrer, der ohne Licht unterwegs war, umgefahren.

»Sind Sie verrückt geworden?«, herrschte sie den langhaarigen Typen an. »Sie rasen hier lang, fahren mich über den Haufen und machen mich dann auch noch an!« Fast hätte sie noch ihren Ausweis hervorgeholt, um ihren Worten Nachdruck zu verleihen.

Der Mann grinste. »Ist doch nichts passiert«, sagte er und breitete in einer Geste der Unschuld die Arme aus. »Außerdem habe ich ›Vorsicht‹ gerufen. Sie haben geträumt!«

Sie schaute sich ihre Jeans an – ein großes Loch prangte vor ihrem rechten Knie. Dass sie ein Loch in ihrer Hose hatte, war ihr zuletzt als zehnjähriges Mädchen passiert.

»Sie spinnen!«, erwiderte sie und deutete auf das Loch. »Außerdem haben Sie meine Hose ruiniert.«

Er blickte auf eine Uhr an seinem rechten Handgelenk. »Also gut«, sagte er in einem Tonfall, als wolle er noch einmal Gnade vor Recht ergehen lassen, »wir klären das. Ich lade dich zu einem Glas Wein ein. Ins Kandinsky.« Er deutete auf ein Café auf der anderen Seite des kleinen Sees.

Er hieß Max Strenger, zumindest nannte er sich so. Er war Fahrradkurier, fünfunddreißig Jahre alt und wohnte am Ubierring.

»Oben unter dem Dach – wenn ich aus meinem Klofenster gucke und mir den Hals verrenke, kann ich den Rhein sehen.«

Max bestellte Rotwein, er schien sich damit auszukennen. Natürlich duzte er sie weiter.

»Und du?«, fragte er. »Was machst du, wenn du nicht verträumt durch die Gegend läufst?«

Sie trank erst einen Schluck, bevor sie antwortete. »Ich bin eigentlich Musikerin«, sagte sie dann. »Aber im Moment baue ich Geigen. Das habe ich von meinem Vater gelernt.«

»Wow«, sagte er. »Ein geiler Job – Geigen bauen.« Sie sah das Funkeln in seinen dunkelblauen Augen, er war echt beeindruckt. Er hob sein Glas, um anzustoßen. »Sorry«, fuhr er fort, »dann verstehe ich dich. Hast gerade was in deinem Kopf komponiert und auf nichts weiter geachtet. Zum Glück ist deinen Händen nichts passiert.« Er stellte sein Glas ab und griff ungeniert nach ihrer rechten Hand. Er drehte sie um, betrachtete ihre Handinnenfläche, als könnte er darin lesen. »Hast schöne Hände«, sagte er dann.

Sie musste lachen. Es gefiel ihr, noch ein paar Lügen anzufügen. Über ihre Lieblingsmusik, dass ihr Vater als Kind mit ihr um die Welt gereist sei, ihre Mutter sei früh verstorben.

Was tue ich da?, dachte sie zwischendurch. Ich erschaffe mir eben ein neues Leben. Ich bin keine enttäuschte, müde Polizistin mehr, sondern eine Künstlerin. Aber da sie Max nie wiedersehen würde, war es wohl gleichgültig.

Als sie sich erheben wollte, um zu gehen, bestellte er den nächsten Wein.

»Ich arbeite nur vorübergehend als Fahrradkurier«, sagte er dann und machte ein wichtiges Gesicht. »Ich schreibe seit vier Jahren an einem Roman – so wie James Joyce. Sagt dir der Name James Joyce etwas?«

Sie nickte.

»Es geht um einen einzigen Tag – ich beschreibe den 3. März 2009. Von morgens früh bis spät in der Nacht, dabei verfolge ich sechs Personen.« Er schaute ihr in die Augen, als müsse sie nun einen Test bestehen. »Ich denke, du weißt, was der 3. März 2009 für ein Tag war.«

»Ein Dienstag«, erwiderte sie, »der Tag, an dem das Kölner Stadtarchiv eingestürzt ist.«

Er lehnte sich zurück und applaudierte kurz. »Alle Achtung – das wissen nicht mehr so viele in dieser Stadt. Wollen auch einige nicht mehr dran erinnert werden. Ja, das ist mein Tag. Sechshundert

Seiten habe ich schon geschrieben. Alle sechs Personen, die ich beschreibe, haben mit dem Archiv zu tun. Eine Person kommt in dem Haus neben dem Archiv zu Tode, eine andere, eine Geschichtsstudentin, hat im Lesesaal gesessen und kann sich im letzten Moment retten, eine Figur gehört zu den Rettern der Feuerwehr, die vierte Hauptperson in meinem Roman ist der Bürgermeister, die fünfte ist eine Journalistin, die nach den Gründen für den Einsturz forscht – und die sechste ...« Er schnalzte mit der Zunge. »Da habe ich mir etwas Besonderes ausgedacht. Die sechste Figur ist Johann Jakob Peter Fuchs. Er sieht die ganze Katastrophe von oben, aus dem Himmel, wenn du so willst. Er hat das Archiv begründet, im Jahr 1815. Kannst du dir das vorstellen?«

Sie prosteten sich wieder zu. Was für ein Spinner!, dachte sie, aber irgendwie machte es ihr Spaß, Max zuzuhören. Zwischendurch, während er ihr seinen Roman erklärte, griff er wieder nach ihrer Hand, hielt sie ein wenig zu lange und lachte laut und ausgelassen.

Nach dem zweiten Glas Rotwein breitete sich eine wohlige Wärme in ihr aus. Es gelang ihr, diesen Tag zu vergessen. Als sie auf ihr Smartphone blickte, sah sie, dass sechs Gespräche eingegangen waren.

»Wartet jemand auf dich?«, fragte Max, überaus neugierig. »Mann, Kind und Kegel?« Er lachte wieder völlig sorglos.

Sie schüttelte den Kopf.

»Na, dann kannst du mir ja vielleicht doch deinen Namen verraten. Hast du nämlich bisher nicht.«

»Lena«, sagte sie, »Lena Wollmüller.« Wie kam ihr dieser Name in den Sinn? Sie wusste es nicht.

Max hob wieder sein Glas. Seine Augen leuchteten. »Lena, wo wolltest du eigentlich hin, als du vor mein Fahrrad gelaufen bist?«

Sie lachte ihn an und drohte ihm spielerisch mit dem Finger. »Ich bin nicht vor dein Fahrrad gelaufen – du hast mich über den Haufen gefahren.«

»Du hättest besser doch die Polizei geholt«, sagte er und lachte wieder.

Sie schaute auf ihr Display. Carl Lavender hatte sie angerufen, dann Nele und viermal Jan. Sie schaltete den Ton wieder ein. Jan würde sich Sorgen machen.

»Also«, setzte Max erneut an, »wo wolltest du hin? In die Mediaklinik zur Schönheits-OP?«

»Genau«, sagte sie, »aber nun habe ich meinen Termin verpasst, und wer weiß, wann ich einen neuen bekomme.«

»He«, sagte er und senkte scheinbar beschämt den Kopf. »Das war natürlich ein Scherz. Für eine langweilige Geigenbauerin siehst du ziemlich gut aus. Erst habe ich gedacht, dein Haar ist gefärbt, so blond kann man doch gar nicht sein, aber jetzt ...«

Ihr Smartphone klingelte.

Max zog die Augenbrauen in die Höhe. »Ein Notfall«, sagte er. »Da ist jemandem die Geige runtergefallen, und jetzt musst du kommen und sie reparieren.«

»Ja, so ähnlich«, erwiderte sie und stand auf, um, mit dem Telefon am Ohr, ein paar Schritte zur Tür zu gehen.

»Wo bist du?«, fragte Jan ungehalten. »Ich versuche seit einer Ewigkeit, dich zu erreichen. Kannst du in einer halben Stunde bei Frank im Café sein?«

»Wieso?«, fragte sie unwillig.

»Komm einfach«, sagte Jan. »Wir haben einen Plan.« Dann legte er auf.

Sie wandte sich wieder um. Max lehnte seelenruhig in seinem Sessel und winkte zu ihr herüber.

»Ich muss gehen«, sagte sie.

Er hob die Hände. »He«, sagte er, »ich muss den Schaden an deiner Hose ja meiner Versicherung melden. Kriege ich deine Handynummer?«

Birte zögerte und überlegte, ihm irgendeine Phantasienummer zu geben, doch dann nannte sie ihre richtige Nummer.

Erst im Taxi, das sie vor dem Cinedom gefunden hatte, begriff sie, wie viel Spaß ihr diese Begegnung mit Max gemacht hatte – endlich jemand, der nicht bei der Polizei war, der nichts von ihr wusste, ein normaler, na ja, ein fast normaler Mensch, dem sie ein paar Lügen zu viel aufgetischt hatte.

Die SMS traf bereits ein, als das Taxi angefahren war.

»Pass auf dich auf! Max.« Dazu ein Smiley.

Sie musste wieder lächeln.

Als sie vor Franks Café am Ehrenfeldgürtel ausstieg, holte sie die Wirklichkeit wieder ein. Es war ein Schock, ein Schmerz – schlimmer als beim Sturz auf das Pflaster.

Jan drehte nun offenbar völlig durch.

Sie spürte, wie ihr Herz lospolterte und wie sie wütend wurde, sodass es ihr beinahe den Hals zuschnürte.

Jan stand da am Stehtisch, neben sich Matthias Brasch, seinen alten Freund aus den Tagen, als er noch Kriminalassistent gewesen war. Brasch hatte sich als Hauptkommissar ein paar Fehltritte geleistet und schlug sich nun als Privatdetektiv durch. Die dritte Gestalt war ein abgerissen aussehender Mann mit strähnigen Haaren, die ihm immer wieder ins Gesicht fielen.

Eigentlich hatte Jan ihm die Fresse polieren oder ihm einen Arm brechen wollen, doch da stand er und unterhielt sich angeregt mit Rainer Hinrichs, krankgemeldeter Polizist, ehemaliger Pressesprecher und aktiver Stalker.

28

Er sah das Entsetzen in Birtes Augen sofort. Sie ging, als könnte der Boden unter ihren Füßen jeden Moment einbrechen.

»Hallo«, sagte sie leise. Hinrichs schenkte sie keinen Blick.

Schiller hatte sich entschieden, ihr Zeit zu geben, sich auf die ungewöhnliche Situation einzustellen. »Ich habe eben meinen Plan erklärt«, sagte er, eine Spur zu beflissen, wie er selbst fand. »Wir müssen mal wieder etwas unkonventioneller vorgehen.« Er lächelte Birte an. »Deshalb habe ich Brasch und … Rainer gebeten, uns bei unserer nächsten Aktion zu unterstützen.« Er schaffte es tatsächlich, Hinrichs beim Vornamen zu nennen.

Birte nickte stumm. Frank brachte ihr einen Kaffee und begrüßte sie mit einem Wangenkuss, was er noch nie getan hatte. Reglos ließ sie diese Begrüßung über sich ergehen.

»Fitschen hat uns keine Leute für eine Observation genehmigt. Daher müssen wir das selbst machen. Morgen früh um sieben Uhr startet die Aktion. Rainer übernimmt Georg Lemmer. Brasch kümmert sich um den dicken Olli, und wir beide behalten Claus Lemmer und Lara im Auge. Sollte bei Lemmer nicht so schwer sein. Ich will wissen, was sie den ganzen Tag tun, mit wem sie sich treffen, einfach alles. Bert arbeitet in der Zeit offiziell an unserem Fall weiter und hält uns Fitschen vom Leib. Vierundzwanzig Stunden lang sollten wir das durchhalten. Dann sehen wir weiter.«

»Ich bin dabei«, sagte Brasch. »Hört sich mal nach richtiger Ermittlungsarbeit an.« Er nahm das DIN-A4-Blatt, das Schiller mit einem kopierten Foto und den Kontaktdaten von Olli Hörner vorbereitet hatte.

Hinrichs hatte noch kein Wort gesagt. Die eisige Stimmung, die von Birte ausging, war förmlich mit Händen zu greifen. Er starrte auf das Blatt Papier vor sich. »Ich bin eigentlich noch krankgeschrieben«, sagte er kaum hörbar. »Weiß gar nicht, ob ich das darf. Außerdem …« Er deutete auf seinen Oberschenkel. »… ich habe da eine Verletzung …« Er schaute Schiller verlegen an.

Birte wollte etwas entgegnen, doch Schiller kam ihr zuvor. »Egal«, sagte er. »Du tust nichts anderes, als Georg Lemmer aus sicherer Entfernung zu beobachten. Daran ist nichts illegal oder gefährlich. Nennen wir es einen kleinen Freundschaftsdienst.«

»Also gut.« Hinrichs nahm das Papier und machte Anstalten zu gehen. Keinen Blick hatte er mit Birte gewechselt. Er wirkte schüchtern und verlegen.

»Vergiss nicht – ab sieben Uhr geht es los«, sagte Schiller aufmunternd. »Alle zwei Stunden rufe ich dich an.«

Nachdem auch Brasch gegangen war, sagte für ein paar Momente keiner von ihnen beiden ein Wort. Birte stand da und starrte vor sich hin. Sie atmete ein und aus, wie bei einer Yoga-Übung, die besonders viel Konzentration erforderte, dann, mit einem stahlharten Blick auf ihn, brach es aus ihr heraus.

»Bist du eigentlich vollkommen übergeschnappt!«, schrie sie. Die Tasse vor ihr fiel krachend zu Boden. »Ich komme hier nichts ahnend herein, und da steht Hinrichs. Du plauderst mit ihm, grinst ihn an. Verdammt, der Scheißkerl hat mich mit einer Knarre bedroht!«

Schiller versuchte, sie besänftigend am Arm zu berühren, doch sie schüttelte ihn ab.

»Was fällt dir überhaupt ein, einen gemeingefährlichen Stalker wie Hinrichs für unseren Fall zu engagieren! Das ist irre, völlig irre! Für so was fliegt man eigentlich raus. Dann kannst du dich von Brasch anstellen lassen und untreue Ehefrauen beschatten!«

Sie wollte sich abwenden, um zu gehen, doch Schiller hielt sie fest.

»Immerhin hast du dich mit diesem Irren treffen wollen«, sagte er ruhig. »Und ich tue etwas ziemlich Vernünftiges. Ich teste, ob Hinrichs eine simple Observation hinkriegt. Wenn nicht …«

Birte riss sich von ihm los. »Ach, lass mich in Ruhe. Löse deinen verdammten Fall allein!«

Dann war sie aus der Tür und verschwand auf der dunklen Straße.

»Sie ist besonders hübsch, wenn sie sich aufregt«, sagte Frank und lachte.

Drei Tage blieben ihm. Was sollte er tun? Die Wohnung aufräumen? Blumen besorgen? Oder guten Wein? Sollte er etwas für Carla kochen, wie er es früher manchmal getan hatte?

Bei all ihren Schwierigkeiten in den letzten Jahren – so ein Ultimatum hatte sie ihm noch nie gestellt.

Vielleicht sollte er ihr einen langen Brief schreiben.

Sie wollte, dass er seinen Beruf aufgab – so wie sie ihren aufgeben würde, um ein paar andere Dinge in ihrem Leben zu finden. Nannte man das Midlife-Crisis?

Schiller ging zu seinem Wagen. Er hatte beschlossen, Birte nicht hinterherzulaufen. Sie sollte sich an den Gedanken gewöhnen, dass sie morgen für einen Tag mit Hinrichs zusammenarbeiten würde – falls er denn wirklich auftauchte. Möglicherweise jedoch würde Hinrichs die Gelegenheit nutzen, noch heute mit ihr Kontakt aufzunehmen.

Er startete den Passat. Er hatte drei Tage Zeit. Noch musste er sich über Carla keine Gedanken machen.

Die Autobahn war um diese Zeit frei, sodass er in einer halben Stunde in der Eifel war.

Er hatte sich nicht angekündigt, doch schon als er in die schmale Straße einbog, sah er, dass das Haus erleuchtet war.

Sandra Blum öffnete ihm. Sie schaute ihn mit glasigen Augen an. Sie hatte getrunken – das war sofort zu erkennen.

»Herr Polizist«, sagte sie und wedelte mit der rechten Hand. »Was für eine Überraschung! Wollen Sie mir zum Geburtstag gratulieren? Kommen Sie deshalb?«

»Ich habe ein paar Fragen, die keinen Aufschub dulden«, sagte er.

Im Haus lief laute Musik. Eine Frau sang. War das Gisa Fischer? Hörte Sandra sich ein Stück von Maybe an? Nein, es war wohl eine andere Band – die Musik klang eher nach gepflegtem Jazz.

Der alte Hund, dessen Namen ihm nicht einfiel, kam auf ihn zu, schnüffelte an seinem Hosenbein und wandte sich gelangweilt wieder ab.

Sandra Blum führte ihn in den Wohnraum mit den zwei Cordsofas. Die Musik verstummte. Offenbar hatte sie die Anlage per Fernbedienung hinter seinem Rücken ausgeschaltet.

»Sind Sie allein?«, fragte Schiller. »An Ihrem Geburtstag?«

Sie zuckte mit den Schultern. Sie trug eine Art Kimono und war barfuß. Auf dem Tisch stand eine halb leere Flasche Wein. »Egal«, sagte sie. »Ich wollte sowieso niemanden sehen. Meine Eltern … Ach, sie können alle nichts für mich tun.« Sie kniff die Lippen zusammen und verstummte.

Auf dem zweiten Sofa lag ein riesiges Stofftier – ein weißer Wal mit einer großen schwarzen Rückenflosse. Sandra nahm das Tier und umarmte es.

»Das ist heute Morgen mit der Post gekommen. Mein Geburtstagsgeschenk … von Hergen. Er wusste, dass ich Wale liebe. Einmal bin ich vor der Küste vor Vancouver auf Whale-Watching-Tour gegangen. Wir haben fünf Wale vom Boot aus entdeckt – an einem einzigen Tag.« Ihre Augen funkelten. »Ich habe noch nie so erhabene Tiere gesehen.«

»Hergen hat Ihnen dieses Stofftier geschenkt?«, fragte Schiller.

Sandra lächelte wie ein alt gewordenes Kind. »Er hat es bestellt. Heute Morgen wurde mit der Post der Wal geliefert. In einem großen Paket.«

Das Geschenk von einem Mann, der sich angeblich umgebracht haben sollte.

»Ich glaube mittlerweile auch, dass Ihr Freund in dem Steinbruch getötet worden ist«, sagte Schiller. »Mit wem hat er sich zuletzt getroffen? Was hatte er für Pläne?«

Sandra Blum streichelte den Wal. Ihre Augen waren vom Alkohol gerötet. »Er muss für Keiko eine Menge Geld ausgegeben haben, aber so war Hergen zuletzt. Er war sicher, dass er an Geld kommen würde, an eine Menge Geld. Er wollte das Studio modernisieren, er hat von einer neuen Band gesprochen, davon …« Sie blickte von dem Stofftier auf. »Ich bin heute zweiunddreißig geworden«, fuhr sie leiser fort. »Was für ein trostloser Geburtstag! Wer hat Hergen in den Steinbruch gestoßen?«

»Mit wem hat er sich zuletzt getroffen?«, wiederholte Schiller. »Sie müssen doch etwas wissen!«

Sie zuckte wieder mit den Achseln. »Ich weiß nichts. Hergen hat daraus ein Geheimnis gemacht. Ich weiß nur, dass es um eine Band ging.«

»Hieß die Band Maybe? Hat er sich mit Mitgliedern dieser Band treffen wollen? Sagt Ihnen der Name Holger Brühl etwas?«

Sie senkte den Kopf und drückte ihr Gesicht auf das Stofftier.

»Nein … ich weiß nicht … tut mir leid«, flüsterte sie. Dann hob sie den Kopf wieder. »Hunderttausend Euro, davon hat Hergen gesprochen, dass wir bald hunderttausend Euro haben würden. Jetzt weiß ich nicht einmal, wie ich dieses Tier bezahlen soll. In dem Paket lag eine Rechung – über hundertneunundneunzig Euro.«

Er wusste, dass sie gleich anfangen würde zu weinen – aus Trauer und Selbstmitleid.

»Hat Ihr Freund einen Kalender geführt? Haben Sie sein Handy irgendwo?«

Sie schaute ihn an, als müsse sie sich seine Worte einzeln übersetzen. Er hatte Nele noch nicht den Auftrag gegeben, sich um die Telefonverbindungen von Hergen Lose zu kümmern, fiel ihm ein.

»Sein Telefon war nicht da«, sagte sie. »Er muss es im Steinbruch verloren haben, und einen Kalender … Ja, er hat sich manchmal etwas aufgeschrieben.« Sie stand auf und verließ den Raum. Nach einer Minute kehrte sie zurück. Sie hielt ein kleines grünes Notizbuch in der Hand und reichte es ihm. Während er es durchblätterte, schenkte sie sich den Rest Wein ein und trank das Glas halb aus.

Hergen Lose hatte an einigen wenigen Tagen Einträge gemacht, die meistens nur aus Initialen bestanden. Die Seite für den Sonntag, an dem er gestorben war, war leer geblieben.

»Ich muss das Büchlein mitnehmen«, sagte Schiller.

Sandra Blum nickte. Sie hatte sich den Stoffwal wieder auf den Schoß gelegt.

»Was ist mit seinem Computer?«, fragte er. »Könnten da irgendwelche Einträge sein, die uns weiterhelfen?«

»Mit dem Computer hat er meistens Musik gemacht – oder er hat im Internet gesurft. Damit hat er sich oft nächtelang die Zeit vertrieben. Leider weiß ich das Passwort nicht.«

»Wo ist der Computer?«

»Unten im Studio.« Sie schwankte leicht, als sie aufstand. Plötzlich dachte er, dass sie ihn anlog, dass sie gar nicht Geburtstag hatte, sondern eine große selbstgefällige Show abzog. Er nahm sich vor, ihr Geburtsdatum zu überprüfen.

Sie gingen beide in den Flur und eine breite Steintreppe hinunter. Es begann muffig zu riechen, nach feuchtem alten Teppichboden.

Dann betraten sie das Studio: einen Raum mit einem riesigen

Mischpult, in das zwei kleinere Bildschirme eingelassen waren. Hinter einer Glasscheibe standen ein paar Hocker und ein Schlagzeug, das im Dunkeln lediglich zu erahnen war. Die Wände waren mit Holz verkleidet. Seit dreißig, vierzig Jahren mochte sich hier nichts verändert haben.

Sandra Blum deutete auf einen Schreibtisch hinter ihnen. Zeitungen lagen da, Kataloge auf einem Laptop. »Hier hat Hergen oft gesessen und Musik gehört.«

Regale, in denen sich Kisten und alte Tonbänder stapelten, bedeckten die hintere Wand.

»Ich hätte mir das alles etwas imposanter vorgestellt«, sagte Schiller.

Sandra Blum machte eine Handbewegung. »Hinten ist noch ein Probenraum«, sagte sie. »Der ist größer, aber Hergen hat da nur noch alte Instrumente aufbewahrt.«

Ein einziges gerahmtes Foto hing an der Wand, es zeigte einen bärtigen Mann mit langen blonden Haaren, der mit einer Zigarette zwischen Zeige- und Ringfinger an einem Mischpult saß und voller Konzentration aufblickte: Fritz Lose, der geniale Produzent.

»Den Schatten seines Vaters ist Hergen nie losgeworden«, sagte Sandra Blum. Sie nahm den Laptop. »Können wir wieder hinaufgehen? Ich bekomme hier Platzangst.«

Schiller nickte. Hunderttausend Euro hätten vermutlich nicht gereicht, um diesem Studio wieder Leben einzuhauchen.

Sandra Blum atmete auf, als sie oben angekommen waren. Sie kippte den Rest Wein aus ihrem Glas hinunter und schaltete den Computer an, doch am Passwort scheiterte sie. Sie gab Hergens Namen ein, dann den seines Vaters, dann den Ortsnamen, doch nichts geschah. Kein Zugang.

»Ich werde den Laptop von unseren Spezialisten untersuchen lassen«, sagte Schiller.

Sie sah ihn an. »Ich denke oft an seinen letzten Tag. Er wollte nur kurz etwas abholen, von einem Freund, hat er gesagt. Es war neun Uhr. Ich habe nichts gefragt. Erst als er aus der Tür war, habe ich gewusst, dass etwas nichts stimmte. Abends hat er Luna immer mitgenommen, aber nicht an diesem Tag. Wie ist er gestorben? Was hat er zuletzt gedacht?«

Sie schaute ihn an. Ihr langes dünnes Haar fiel ihr auf die Schultern, sie sah krank aus, bleich, wie jemand, der lange nicht mehr an der Sonne gewesen war.

Er konnte ihr keine Antwort geben.

Wieder schien sie sich an dem Stofftier festhalten zu müssen.

»Sie können gern bleiben«, sagte sie plötzlich mit hellerer Stimme. »Über Nacht. Wir haben ein Gästezimmer. Ich bin heute nicht gern allein. Es ist mein Geburtstag.«

Ihr verzweifelter und zugleich sehnsüchtiger Blick brachte ihn dazu, sich hastig zu erheben.

»Tut mir leid«, log er. »Ich muss zurück. Meine Frau erwartet mich.« Für einen Moment glaubte er selbst an diese Lüge.

Nur der alte Hund begleitete ihn zur Tür. Als er draußen war, meinte er einen Schrei zu hören, aber vielleicht hatte Sandra Blum auch die Musik wieder angestellt.

Dreißig Kilometer vor Köln erfasste ihn die Müdigkeit. Er fuhr auf einen Rastplatz, der vollkommen leer war, schaltete den Motor ab und klappte seinen Sitz zurück.

Es gab solche Momente, in denen er seinen Vater vermisste – den Motorradpolizisten, der ihm seine große starke Hand auf die Schulter legte und ihn stolz ansah. Seltsam, an seine Mutter dachte er viel seltener – sie war klein und schmal gewesen und hatte sich immer so bewegt, als wolle sie besonders wenige Geräusche verursachen.

Er war nun über vierzig, er hätte längst selbst Vater sein sollen. Carla und er hatten sich nie dazu entschließen können. Vielleicht hatten sie zu oft und zu lange darüber nachgedacht – und dann war immer etwas in die Quere gekommen, ein neuer Fall für ihn, ein besonders schwieriger Patient für sie.

Er spürte, wie ihm die Augen zufielen. Er griff nach seiner Lederjacke und zog sie über sich. Es würde gleich kalt im Auto werden. Etwas an diesem Fall hatte er übersehen. Warum drei Todesfälle? Nun waren aus der Band nur noch die beiden Lemmer-Brüder am Leben – und Claus würde auch bald sterben. Dann war George Lemmer das letzte lebende Mitglied der Band.

Es war ein Uhr dreißig, als er aufschreckte, weil sein Smartphone klingelte.

Carla, dachte er, sie wollte ihn nun doch sprechen.

Er vernahm Atemzüge, jemand zog an einer Zigarette.

»Hinrichs«, sagte er, »was soll das? Willst du reden oder nicht?«

Der Jemand räusperte sich. »Tut mir leid, dass ich störe«, sagte die Stimme heiser, krächzend. »Keine gute Idee, Sie anzurufen, ich weiß, aber mein letzter Song ist eben fertig geworden – ein Klavierstück. Ich habe es allein aufgenommen, habe alle weggeschickt. Der Abgesang. ›All things have come to an end‹. So heißt der Song. Pam … pam … padam.« Claus Lemmer begann, einen Rhythmus zu summen.

Schiller war wieder hellwach. Er spürte die Kälte im Auto. Draußen war es stockdunkel. Nicht einmal von der Autobahn drang ein Licht herüber.

»Wollen Sie etwas gestehen?«, fragte er.

Lemmer lachte, dann musste er husten. »Nein«, sagte er dann, »ich sterbe. Das muss ich mir eingestehen. In spätestens zwei Wochen werde ich tot sein. Was ist das Totsein? Können Sie mir das sagen? Sie sind Polizist – Mordkommission. Sie haben mehr mit Toten zu tun als alle Pfaffen und die meisten Ärzte. Was geschieht mit den Toten? Schwirren sie noch eine Weile umher – ihre Seele, ihr Geist, was auch immer? Wie es in diesem tibetischen Totenbuch steht. Ich hätte gern noch eine Antwort.«

Schiller schwieg. Er hörte, wie Lemmer rauchte.

»Ich habe keine Antwort«, sagte er, als Lemmer keine Anstalten machte, noch etwas zu sagen.

»Ich war dabei, als mein Vater starb – vor achtzehn Jahren«, fuhr Lemmer dann doch fort. »Ich habe seine Hand gehalten. Ich habe die Sekunden zwischen seinen Atemzügen gezählt. Es war irgendwie eine Aufgabe, fast wie Mathematik. Als er tot war, war es ganz ruhig – Totenstille. Dahin gehen die Toten, nicht wahr? In die Stille. Da ist keine Musik mehr.«

»Vielleicht«, sagte Schiller.

»Ich habe Angst«, sagte Lemmer. »Darum habe ich Sie angerufen. Polizisten sind furchtlos, oder haben Sie auch Angst vor dem Sterben?«

»Sie werden nicht allein sein«, erwiderte Schiller. »Jemand wird auch Ihre Hand halten. Lara wird bei Ihnen sein, wenn es so weit ist – oder Ihr Bruder oder Hörner, Ihr bester Freund ...« Er versuchte, das Thema zu wechseln. Wenn er etwas über die beiden Morde herausfinden konnte, dann jetzt.

Lemmer lachte, als hätte er ihn durchschaut. »Wissen Sie, dass für mich immer nur meine Musik wichtig war, nichts sonst? Jeder hat eine Aufgabe auf der Welt, meine war, Musik zu machen, und das habe ich getan.«

»Und was war mit Gisa – hatte sie ihre Aufgabe schon erfüllt, als sie so früh starb?«

»Ja«, sagte Lemmer. »Ich habe es lange anders gesehen, aber nun bin ich endlich versöhnt. Hören Sie sich meine CDs an! In einer Woche kommt die Box heraus – zwölf CDs. Dann werden alle wieder begreifen, wie göttlich Gisa war – eine Abgesandte des Himmels. Für sie war das Leben ohnehin nur ein Traum, ein Traum voller wunderschöner Klänge.« Er inhalierte wieder. Dann sagte er: »Es hat mir gutgetan, mit Ihnen zu plaudern.«

Im nächsten Moment hatte er aufgelegt.

29

Ihre Wut verrauchte nicht. Sie legte Bach auf, das Violinkonzert No. 2, Adagio, gespielt von Gidon Kremer. Eigentlich wirkte das immer, doch nun konnte sie sich nicht auf die Musik konzentrieren.

Jan hatte wieder einmal ohne jede Rücksicht das getan, was er sich ausgedacht hatte. Wie, verdammt, sollte sie mit Hinrichs zusammenarbeiten? Und was versprach Jan sich davon? Er konnte doch nicht im Ernst glauben, dass sie einen Stalker wie Hinrichs kontrollieren konnten.

Sie öffnete eine Flasche Wein, dann wanderten ihre Gedanken zu Pierre. Es gehörte eine Menge dazu, solch einen Auftritt in einem Krankenhaus hinzulegen. »Du und ich, wir wussten doch gleich, dass es nicht eine Ewigkeit währt.« Am liebsten hätte sie ihn angerufen, nun, mitten in der Nacht, und ihm ein paar Beschimpfungen an den Kopf geworfen. Stattdessen schaltete sie ihren Laptop ein.

Zu Max Strenger fanden sich im Internet überraschend viele Einträge. Er war tatsächlich fünfunddreißig und stammte aus einem Dorf im Hunsrück. Die meisten Artikel bezogen sich auf seine Karriere als Triathlet. Er hatte einmal am Ironman-Wettbewerb auf Hawaii teilgenommen und war Siebzehnter geworden. Dann jedoch, mit Anfang dreißig, war er beim Training auf dem Rad von einem Lastwagen gestreift und schwer verletzt worden. Der Fahrer des Unfallwagens war geflohen, ihm hatte man den linken Fuß amputieren müssen.

Birte spürte, wie sie erschrak. Von seiner Behinderung hatte sie nichts bemerkt, im Gegenteil, er war ihr als äußerst sportlich vorgekommen. Vor zwei Jahren hatte Max einen Band mit Gedichten veröffentlicht. »Endlich ankommen« hieß das Buch. Auf dem Umschlag war ein sandiger Weg zu sehen, der in einen Wald hineinführte.

Auch Fotos gab es im Netz von ihm. Auf einem Sportlerball hielt er – mit kurzen lockigen Haaren – eine wunderschöne blonde Frau im Arm, die routiniert lächelnd in die Kamera blickte. Barbara Uhl wurde als eine erfolgreiche Schauspielerin bezeichnet, die in einer Fernsehserie mitspielte, die Birte nicht kannte. Die Aufnahme stammte aus der Zeit vor seinem Unfall.

Verdammt, warum hatte sie ihn angelogen? Ich heiße Lena Wollmüller und bin Geigenbauerin. Wenn er diesen Namen bei Google eingab, würde er schnell merken, dass sie ihm nur Lügen erzählt hatte. Sie wurde paranoid – diese Geschichte mit Hinrichs musste aufhören.

Die SMS traf um kurz vor sieben ein.

»Sitze in einem Überwachungswagen vor Lemmers Haus. Bring Kaffee und Croissants mit, wenn du kommst!«

Jan hatte wirklich Nerven – manchmal war sie immer noch erstaunt, wie dreist und unverschämt er sein konnte.

»Was soll der Unsinn?«, schrieb sie zurück. »Glaubst du, jemand kommt, um Lemmer zu ermorden?«

»Nein, glaube ich nicht«, schrieb er zurück. »Zu dem Croissant hätte ich gern noch ein Baguette mit Käse.«

Ein weißer Ford Transit mit der Aufschrift einer Autovermietung parkte tatsächlich schräg gegenüber von Lemmers Haus. Jan öffnete sofort, nachdem sie an die hintere Tür geklopft hatte.

Er grinste, als sie ihm den Kaffee und das Croissant reichte.

»Hast du das Baguette vergessen?«, fragte er. »Wo hast du deinen Alfa geparkt?«

»Keine Sorge«, erwiderte sie unfreundlich. »Der steht in der Querstraße.«

»Gut.« Er nickte, während er von seinem Croissant abbiss. »Hinrichs ist tatsächlich mit dem Motorrad zu Georg Lemmer gefahren, und Brasch steht in der Mainzer Straße. Da wohnt der dicke Olli Hörner. Wir wissen aber nicht, ob er zu Hause ist.«

»Du ziehst diese sinnlose Aktion wirklich durch.« Birte setzte sich auf einen zweiten Hocker, der vor einem schmalen Tisch stand, der in die Seitenwand eingelassen war. Ansonsten war der Wagen karg eingerichtet, kein Elektro-Equipment, keine Außenkameras. Durch ein verspiegeltes Fenster in der Seitentür hatten sie den Zugang zu Lemmers Haus im Blick. Die Lampe über seiner Haustür brannte und warf ein mattes Licht auf den Weg davor.

»Das …« Jan breitete lächelnd die Arme aus, »… ist gute alte Polizeiarbeit. Hat mich eine ziemliche Überredungskunst gekostet, den Wagen zu kriegen.«

Im nächsten Augenblick ging bei ihr eine SMS ein. »Wann kaufen wir eine neue Hose?«, schrieb Max.

Sie lächelte.

»Was ist mit Pierre?« Jan schaute sie forschend an.

»Nichts. Es ist nichts mehr.« Sollte sie Max antworten? Nein, besser wartete sie noch ein wenig.

Jan verzog das Gesicht, ohne etwas zu entgegnen, und trank den Kaffee aus. Dann klingelte sein Telefon.

Sie konnte hören, dass Hinrichs am Apparat war. Er sprach aufgeregt. Sie verstand nicht, was er sagte.

»Gut, Rainer. Bleib dran und melde dich wieder.« Jan hatte sein Notizbuch aufgeklappt und schrieb die Uhrzeit auf, dahinter den Namen »Georg Lemmer«. Als er die Verbindung unterbrochen hatte, sagte er: »Lemmer ist mit dem Fahrrad zu Brühl gefahren. Er hat Blumen vor dessen Haustür gelegt. Seltsam, nicht wahr?«

»Er trauert um einen Freund. Was ist daran so seltsam?«

Jan zuckte mit den Schultern. Draußen wurde es allmählich hell. Es war kurz nach acht. Man konnte durch das Geäst der Bäume nicht sehen, ob bei Claus Lemmer im Haus schon irgendwo Licht brannte.

»Ich weiß immer noch nicht, was du dir davon versprichst«, sagte sie. »Wir werden hier hocken und unsere Zeit vergeuden.«

»Kann schon sein«, erwiderte Jan, »aber dann haben wir wenigstens Hinrichs das Gefühl gegeben, etwas Nützliches zu tun.«

Birte schnaubte. Das war kompletter Unfug.

Plötzlich hielt sie inne. Vorn durch die ebenfalls verspiegelte Scheibe konnte sie erkennen, dass ein schwarzer Wagen in die Straße fuhr, ein Leichenwagen, der genau vor Lemmers Haus abbremste. Birte wechselte einen Blick mit Jan.

Zwei Männer in grauen Uniformen stiegen aus. Sie trugen Mützen und weiße Handschuhe. Einen Moment schauten sie sich ratlos um, dann öffneten sie die hintere Tür und begannen, einen Sarg auszuladen.

»Was hat das zu bedeuten?«, fragte Birte. »Ist Lemmer heute Nacht gestorben?«

»Keine Ahnung«, erwiderte Jan erstaunt. »Ich bin seit kurz vor sieben hier. In der Nacht, gegen ein Uhr, hat Lemmer mich noch angerufen – einfach so. Da hat er nicht geklungen, als würde er in den nächsten Stunden den Löffel abgeben.«

Dann sahen sie, wie die Tür geöffnet wurde. Lara trat aus dem Haus – und hinter ihr kam in einem Trainingsanzug und mit kleinen, mühevollen Schritten, aber ohne Rollator Claus Lemmer. Er blickte zu ihrem Überwachungswagen herüber, als wüsste er, dass sie da hockten.

»Er hat wirklich Humor«, sagte Jan. »Er lässt sich seinen Sarg ins Haus liefern, um ihn zu begutachten.«

Mit einer einladenden Geste bat Lemmer die beiden Männer vom Beerdigungsinstitut herein. Der Sarg war aus einem hellen Holz, an der Längsseite waren Noten aufgemalt sowie eine rötliche untergehende Sonne.

Nur Lara machte die ganze Zeit ein düsteres Gesicht.

Die Tür schloss sich. Nach zehn Minuten kehrten die Männer ohne Sarg zurück.

»Hast du so etwas schon mal gehört, dass sich ein Todkranker den Sarg ins Haus liefern lässt?«, fragte Birte.

»Lemmer hat offenbar gern alles unter Kontrolle«, sagte Jan. »Sogar seinen Tod.«

Brasch meldete sich. Olli Hörner hatte das Haus verlassen und war zu einem Arzt in die Severinstraße gegangen. Er hatte elend ausgesehen.

Hinrichs schien seinen Überwachungsjob auch ziemlich ernst zu nehmen. Georg Lemmer war mit seinem Rennrad weiter zu Brühls Mutter in die Seniorenresidenz gefahren.

»Sie kommen nicht damit klar, dass Brühl tot ist«, sagte Jan, »und wenn wir sie unter Druck setzen und in die Enge treiben …«

»Was passiert dann?«, fragte Birte. »Was passiert, wenn wir sie in die Enge treiben?«

Jan blickte nach vorn auf die Straße. Ein Taxi rollte heran, ein alter beigefarbener Mercedes, so langsam, als wüsste der Fahrer nicht genau, wo er hinwollte. Ein Scheinwerfer des Wagens war kaputt, die ganze linke Seite sah aus, als hätte das Taxi eben noch eine Mauer gestreift.

»Kein Kölner Kennzeichen«, sagte Jan. »Was macht ein Taxi aus Düren hier?«

Es war mittlerweile fast halb zehn. Birte hatte genug davon, in diesem Metallkasten zu sitzen und auf die Straße oder zu Lemmers Haus zu starren.

»He, da kommt ein hübscher Überraschungsbesuch.« Jan piff leise und machte mit seinem Smartphone ein Foto.

Sandra Blum stieg aus dem Taxi und ging auf Lemmers Haus zu. Sie trug ein Kleid, darüber eine cremefarbene Jacke. In der Hand hielt sie eine schmale schwarze Ledertasche. Sie hatte die Schultern hochgezogen, weil sie fror, und näherte sich dem Eingang so zögerlich, dass man ihr ansehen konnte, wie unwohl sie sich fühlte.

»Was macht Loses Freundin hier?«, fragte Birte.

Jan drehte sich zu ihr um. »Siehst du – ist doch ganz interessant zu sehen, wer hier so ein und aus geht.« Er machte sich wieder eine Notiz, während Lara die Tür für Sandra Blum öffnete.

Es war genau neun Uhr achtundzwanzig.

»Ich war gestern Abend bei ihr, um sie noch einmal zu befragen und Loses Computer mitzunehmen. Da hat sie noch so getan, als würde sie Lemmer und die Band Maybe nicht kennen.«

»Was hast du mit dem Computer gemacht?«

»Manchmal sind meine Einfälle gar nicht so dumm, nicht wahr?« Jan lächelte sie an. »Nele soll den Laptop an Schultkes Leute weitergeben. Ich hoffe, sie können schnell das Passwort knacken.«

Plötzlich klang so laut Musik aus dem Haus, dass sie es sogar in ihrem Wagen hören konnten. Eine Art Hymne, ein lauter Synthesizer, dann eine Frauenstimme – Gisa Fischer sang, aber nach etwa dreißig Sekunden ebbte die Lautstärke wieder ab.

»Lemmer führt ihr seine Anlage vor«, sagte er. »Ich wette, Sandra Blum ist zum ersten Mal in diesem Haus. Sie hat behauptet, dass sie gestern Geburtstag hatte.« Er nahm sein Smartphone hervor und drückte eine Nummer.

»Nele«, sagte er, »kannst du etwas für mich überprüfen? Das Geburtsdatum von Sandra Blum?«

Schlagartig wurde er ernst. Birte beobachtete, wie sich sein Gesicht verdüsterte. Er sagte zweimal »Ja, verstehe« und starrte konzentriert vor sich hin. »Gut«, sagte er missmutig, »soll Fitschen sich ruhig aufregen.«

Als er die Verbindung unterbrochen hatte, stöhnte er auf.

»Fitschen hat herausgefunden, dass wir hier in diesem alten Überwachungswagen sitzen. Er ist stinksauer, und er meint, dass unser Fall gelöst ist. Schultke ist sich zu fast hundert Prozent sicher, dass Brühl sich erschossen hat. Mit der Waffe, mit der auch Kosslick getötet wurde. Die Schmauchspuren an der Hand, der Winkel, in dem die Kugel in seinen Schädel eintrat, die Blutspuren am Boden und an der Wand – alles lässt nur einen Schluss zu. Selbstmord.«

»Und Fitschen glaubt, dass Brühl vorher Kosslick ermordet hat?«

»Brühl hatte die Tatwaffe in seinem Besitz.« Jan wischte sich müde über die Augen. Er blickte zum Eingang von Lemmers Haus. Sandra Blum war noch nicht wieder aufgetaucht. »Für sechzehn Uhr hat Fitschen eine Pressekonferenz angekündigt. Da wird es einen ordentlichen Auftrieb geben.«

»Und welches Motiv soll Brühl gehabt haben?«, fragte Birte.

»Fitschen kann einen Täter präsentieren – der Rest ist ihm offenbar gleichgültig.«

Sie schwiegen für einige Momente. Eigentlich sollten wir erleichtert sein, dachte Birte, wir haben einen Mörder, der sich nach seiner Tat selbst gerichtet hat. Aber genau wie Jan war sie nicht erleichtert. Wo war das Motiv? Brühl und Kosslick hatten sich Jahre, vielleicht Jahrzehnte nicht gesehen – warum jetzt dieser Mord?

»Wir sollten immerhin noch herausfinden, warum Sandra Blum aus der Eifel hierhergefahren ist«, sagte sie.

Jan nickte. »Folge ihr, wenn sie das Haus verlässt.«

Brasch meldete, dass Hörner mit einem Taxi zu seiner Wohnung zurückgefahren war, obschon sie nur wenige hundert Meter entfernt lag. Er schien tatsächlich krank zu sein.

Birte konnte hören, wie Brasch sich am Telefon beschwerte. Er hatte sich das Ganze aufregender vorgestellt.

»Du kannst nach Hause fahren«, sagte Jan. »Die Aktion wird abgebrochen. Brühl hat sich selbst getötet. Wir haben keinen Fall mehr.«

Um zehn Uhr zweiunddreißig verließ Sandra Blum das Haus. In der geöffneten Tür umarmte Lara sie erstaunlich freundlich. Lemmer zeigte sich nicht. Sichtlich erleichtert ging Sandra Blum die wenigen Meter zur Straße. Der Besuch hatte ihre Laune offenkundig gehoben, sie machte einen zufriedenen Eindruck, als sie sich kurz orientierte und sich nach links, zur Hauptstraße, wandte.

»Lass sie nicht aus den Augen«, sagte Jan. Seine Stimmung war am Nullpunkt.

Birte folgte Sandra Blum auf der anderen Straßenseite. Sie überlegte, in ihr Auto zu steigen, doch als sie sah, dass Loses Freundin keine Anstalten machte, sich ein Taxi zu rufen, sondern auf den Rhein zusteuerte, entschied sie sich anders.

Ein kalter Wind wehte am Fluss. Es sah nach Regen aus, dichte Wolken ballten sich ein paar Kilometer entfernt über dem Dom und der Hohenzollernbrücke. Nur wenige Spaziergänger waren unterwegs. Sandra Blum schien das Wetter jedoch nichts auszumachen. Sie schlenderte in Richtung Rodenkirchener Brücke, dann weiter zum Rheinauhafen. Einmal breitete sie die Arme aus, wie ein Kind, das glaubte, der Wind würde es davontragen.

Birte dachte kurz daran, Jan Bescheid zu geben, dass sie zurückkehren würde. Sandra Blum hegte keinerlei Absichten – sie würde nichts Besonderes tun, niemanden treffen.

Außerdem war ihr Fall ja gelöst.

Nein, dachte sie, das war er nicht. Wieso hatte Brühl das Südstadion ausgesucht, um Kosslick zu töten – und wie hätte ein einzelner Mann ihn dahin transportieren können?

Ihr Smartphone klingelte. Eine unbekannte Nummer. Sie nahm das Gespräch nicht an.

Sandra Blum hatte den Rheinauhafen erreicht und betrat das erste Café, das bereits geöffnet hatte, ganz wie eine Touristin, die beschlossen hatte, sich trotz des schlechten Wetters einen angenehmen Tag zu bereiten.

Birte lehnte sich an das Geländer der Promenade und rief Jan an.

»Eben ist ein Filmteam vorgefahren«, sagte er. »Lemmer gibt tatsächlich noch ein Interview. Wo ist Sandra?«

»Sie sitzt in einem Café«, erwiderte Birte. »Hat eben bei einem Kellner bestellt und glotzt auf den Fluss.«

»Geh zu ihr«, sagte Jan. »Und frag sie, was sie bei Lemmer gemacht hat. Spielt jetzt ohnehin keine Rolle mehr, ob er erfährt, dass wir sein Haus beobachten. Ich räume gleich das Feld hier.« Er legte auf.

Zwei Schiffe schoben sich so nah aneinander vorbei, dass man vom Ufer fürchten musste, es würde zu einer Kollision kommen.

Eine SMS von Pierre traf ein. »Sorry«, schrieb er, »ich war gestern vielleicht ein wenig zu ehrlich. Liebe Grüße P.«

Jetzt bildete er sich auch noch etwas auf seine Ehrlichkeit ein.

Du bist ein Scheißkerl – nichts weiter, wollte sie ihm zurückschreiben, dann bemerkte sie aus den Augenwinkeln, dass Sandra Blum es sich an einem Tisch am Fenster bequem gemacht hatte. Vor sich hatte sie einen großen weißen Umschlag gelegt, der offensichtlich zugeklebt war und den sie behutsam zu öffnen versuchte.

Fotos, dachte Birte, Lemmer hatte ihr Fotos übergeben.

Sie ging um das Gebäude herum und betrat das Café von der Rückseite.

Sandra Blum schaute entsetzt auf, als Birte sich vor ihren Tisch postierte. Ihr Mund formte ein stummes »Oh«, dann schlug sie die Augen nieder.

»Na, so ein Zufall, Frau Blum«, erklärte Birte heuchlerisch freundlich, »dass wir uns hier treffen.«

»Ja«, stammelte Sandra Blum. »Ein schöner … Zufall.« Sie versuchte, den Umschlag hastig wieder in ihre Ledertasche zu stopfen, die neben ihr auf einem Stuhl stand, doch dabei riss das Papier auf. Ein paar druckfrische Fünfhundert-Euro-Scheine segelten zu Boden.

»Was ist passiert?«, fragte Birte. »Haben Sie im Lotto gewonnen?«

30

Fitschen hatte ihm den dienstlichen Befehl erteilt, die ungenehmigte Beschattung zu beenden. Der Fall sei gelöst, an der Pressekonferenz am Nachmittag müsse er nicht teilnehmen, Bert Cremer werde sich mit auf das Podium setzen. Über weitere Konsequenzen wegen der Ermittlungsarbeit müsse man noch sprechen.

Das klang verdächtig nach einem Verweis und einem Eintrag in die Personalakte.

Schiller warf einen letzten Blick zu Lemmers Haus und startete den Motor. Das Filmteam hatte sich in der schmalen Straße breitgemacht – ein Transporter für das Equipment und zwei Kombis standen wichtig herum.

Hinrichs hatte er eine kurze SMS geschrieben, dass er Georg Lemmer nicht länger observieren müsse. Er hatte aber keine Antwort erhalten.

Das ganze Unternehmen war ein Desaster geworden – und Fitschen würde sich für etwas feiern lassen, was nicht sein konnte. Brühl hatte kein Motiv für einen Mord.

Der Überwachungswagen war fast dreißig Jahre alt. Der Motor lief unrund, man musste Zwischengas geben, um überhaupt schalten zu können. Er fuhr die Rheinuferstraße entlang, bog dann jedoch nicht über die Deutzer Brücke nach Kalk zum Präsidium ab, sondern fuhr weiter, Richtung Norden. Sollten sie ihren Erfolg allein feiern.

Therese stand in ihrem babyblauen Wollmantel vor ihrem Bungalow in Seeberg, als er vorfuhr.

»Ich stehe hier seit fast zehn Minuten«, sagte sie, »und weiß nicht mehr, warum. Was wollte ich?« Sie kicherte. »Das ist Demenz an der frischen Luft.«

»Wolltest du zum Friedhof – zu Goldmanns Grab?«, fragte er.

»Vielleicht.« Sie musterte ihn ernst durch ihre dicken Brillengläser. »Ich bin dreiundachtzig Jahre alt – ich darf ein wenig vergesslich werden, oder nicht?« Sie deutete auf den Überwachungswagen. »Hast du ein paar Minuten Zeit? Wenn du schon so ein tolles

Auto dabeihast, könnten wir für Hermännchen ein paar Sachen einkaufen.«

Kaum etwas hasste Schiller mehr, als durch ein Möbelhaus zu laufen. Mit Carla konnte so etwas Stunden dauern – Therese war da anders unterwegs. Nach einer guten Stunde hatte sie Vorhänge, einen Spiegel, Geschirr, Gläser und einen Duschvorhang für Hermännchen zusammengetragen. Sie bezahlte mit ihrer Kreditkarte. Er hatte gar nicht gewusst, dass sie eine besaß.

»Nun müssen wir es ihm bloß noch vorbeibringen«, erklärte sie lächelnd. »Dann kann Hermännchen am nächsten Wochenende seine Einweihungsparty geben – ich glaube, alle Leute aus dem Veedel wollen vorbeikommen.«

Im Radio wurde bereits verkündet, dass man den Mörder von Paul Kosslick gefasst hatte.

Als Nele und Birte anriefen, ging er nicht an den Apparat.

Vermutlich hatte Carla doch recht – sie sollten etwas anderes tun, nicht mehr nur Polizist oder Therapeutin sein. Er hatte immer noch keine Ahnung, wie er ihr begegnen sollte. Was sollte er sagen? Ja, lass uns auf eine Weltreise gehen – mindestens ein halbes Jahr lang? Oder lass uns einen Pilgerweg wandern, muss ja nicht unbedingt der Weg nach Santiago de Compostela sein?

Er verbot es sich, zu der Pressekonferenz ins Präsidium zu fahren. Um kurz nach siebzehn Uhr stand er wieder vor Lemmers Haus. Das Filmteam war mittlerweile abgezogen. Was würden Lemmer und Lara tun, nun, da sie wissen mussten, dass der Fall gelöst war und Brühl als Mörder galt?

Vor dem Haus war alles ruhig. Über der Eingangstür brannte bereits eine Lampe. Ein Rennrad, das verraten würde, dass Georg Lemmer da war, konnte er nirgends entdecken.

Birte hatte noch dreimal angerufen – dann hatte sie ihm eine wütende SMS geschickt. Sie war im Präsidium und hatte auch an der Pressekonferenz teilgenommen. Die Frage, ob Brühl allein gehandelt habe, hatte Fitschen lapidar beantwortet: »Soweit wir bisher wissen – ja.«

Als er sie anrief, war sie immer noch wütend. »Wo bist du?«, fragte sie. »Bist du beleidigt, weil wir mal nicht nach deinen Regeln gespielt haben?«

»Ich war müde«, log er, »musste ein wenig schlafen.«

»Fitschen hat gefragt, wann du den Überwachungswagen zurückbringst.«

»Morgen«, erwiderte er, »gleich gegen acht.«

»Lemmer hat Sandra Blum übrigens zwanzigtausend Euro geschenkt, damit sie die nächste Zeit ohne ihren Freund zurechtkommt. Ein noble Geste, nicht wahr?«

»Sehr nobel.« Plötzlich fiel ihm ein, dass Birte möglicherweise hören konnte, dass er gar nicht zu Hause auf seinem Sofa saß, sondern in einem schlecht isolierten Überwachungswagen. »Wir sehen uns dann morgen«, sagte er und unterbrach die Verbindung.

Zwanzigtausend Euro aus reiner Mitmenschlichkeit! War Lemmer so ein Verhalten zuzutrauen? Schiller wusste es nicht.

Auf der Straße wurde es allmählich dunkel. Nichts von Bedeutung geschah. Zwei Spaziergänger kamen mit ihren Hunden vorbei. Ein BMW bog in die Einfahrt vor Lemmers Haus. Eine groß gewachsene Frau, die ein Kopftuch trug, blickte herüber und verschwand dann in der Garage.

Schiller spürte, wie ihm die Augen zufielen. Es war sinnlos, was er hier tat, und ja, er mochte es nicht, wenn nicht nach seinen Regeln gespielt wurde, wenn seine Intuition ihm etwas anderes sagte.

Spätestens vor Gericht würde Fitschen mit seiner Argumentation auffliegen, aber nein, Brühl war tot, zu einer Verhandlung würde es gar nicht kommen.

Die Gedanken in seinem Kopf verwirrten sich. Er hörte Carlas Stimme, wie sie »Ach, Jan« sagte, müde, abgekämpft nach so vielen Jahren mit ihm.

Dann sah er seinen Vater vor dem Spiegel stehen – er rasierte sich nass, voller Sorgfalt. Im Bad roch es bereits nach Kölnisch Wasser, obschon er es noch gar nicht benutzt hatte. Seine Mutter hörte in der Küche Musik – klassische Musik, Mozart, nein, er wusste es nicht, er verstand zu wenig von klassischer Musik.

Im Halbtraum fiel ihm ein, dass er seine Mutter eigentlich nie gekannt hatte – sie war immer da gewesen, aber er hatte seinen Vater bewundert, die Lederkluft, die Dienstwaffe, das wuchtige Polizeimotorrad. Wer war eigentlich seine Mutter gewesen? Eine schüchterne Frau, die offenbar einen Liebhaber gehabt hatte, denn sonst hätte sie seinen Vater wohl nicht verlassen wollen. Dann war der Wohnungsbrand passiert – und beide waren umgekommen. Mitunter, in tiefster Nacht, hatte ihn die Vermutung umgetrieben, dass der eine den anderen umgebracht hatte – vielleicht hatte seine Mutter geahnt, dass sie es nicht schaffen würde, seinen Vater wirklich zu verlassen, und sie hatte den elektrischen Ofen manipuliert.

Unfug, das waren die Gedanken eines Vierzehnjährigen, der nicht verstanden hatte, warum er von einem Tag auf den anderen in einem Kinderheim gelandet war.

Jemand klopfte.

Schiller schreckte auf. Er war tatsächlich im Sitzen eingeschlafen.

Ein lauteres Pochen hinten an der Tür des Überwachungswagens.

Man hatte ihn entdeckt, Lemmer oder Lara, oder aber Birte war vorbeigekommen, weil sie bei ihrem Telefonat etwas bemerkt hatte.

Er spähte durch die Scheibe in der Tür.

Rainer Hinrichs stand da, er beugte sich vor, eine Haarsträhne fiel ihm ins Gesicht, als er versuchte, durch das verspiegelte Fenster etwas zu entdecken.

»Ich wusste, dass du hier bist«, sagte Hinrichs, »dass du nicht so schnell aufgibst.« Er hob leicht verlegen zwei Flaschen Bier in die Höhe. »Dachte, wir trinken etwas – mexikanisches Bier.«

»Komm rein«, sagte Schiller und nahm ihm das Bier ab. »Oder willst du die ganze Straße einladen.«

Hinrichs schloss die Tür leise hinter sich.

Er setzte sich auf den zweiten Hocker. Wortlos reichte er Schiller eine Flasche.

Sie stießen an und tranken.

Schiller war kein Biertrinker, aber dieses Corona war kalt und schmeckte erstaunlich gut.

»Ich wollte mich bedanken«, sagte Hinrichs leise. Er blickte auf seine Flasche, als würde er zu ihr sprechen. Nur eine Leselampe spendete ein wenig Licht. Draußen war die Dämmerung hereingebrochen. »Dafür, dass du mich angerufen hast ... dass ich mitmachen sollte bei dieser Aktion ...« Er verstummte und trank wieder.

Schiller behielt den Eingang zu Lemmers Haus im Auge. Er verspürte wenig Neigung, sich nun Hinrichs Klage oder Selbstanklage anzuhören, aber vermutlich ließ es sich nicht vermeiden.

»Ist schon in Ordnung.«

Hinrichs hob die Arme, sein Blick irrte umher. »Nein, nein«, sagte er, »das ist keine Kleinigkeit, weiß ich genau … ich meine, ich habe mit einer Pistole herumgefuchtelt, habe in die Wand geschossen. Total … bescheuert … Na, du hast es mir ja gezeigt. Die Sache mit dem Schraubenzieher … Hat ganz schön geblutet.« Er zuckte mit den Achseln. »Ach, vergessen wir es!« Wieder setzte er die Flasche an und trank. Dann lehnte er sich zurück, schlug ein-, zweimal mit dem Kopf gegen die mit dünnem Holz ausgekleidete Innenseite des Wagens.

»Etwas in meinem Kopf ist kaputt – ich weiß das, aber ich kann nichts dagegen unternehmen. Birte … sie hat etwas in mir ausgelöst – eine Sehnsucht, ein Verlangen …« Er richtete sich auf. »Kennst du Sehnsucht, Jan?«, fragte er. »Richtige Sehnsucht, die sich in einen hineinbrennt wie Salzsäure.«

»Ja«, entgegnete Schiller. »Ich weiß, was du meinst.« Am liebsten hätte er jedoch einfach gesagt: Lass Birte endlich in Frieden und mach wieder deinen normalen Job.

»Ich habe nur einmal in meinem Leben richtig geliebt«, redete Hinrichs weiter. »Aber diese Frau hat mich verlassen … nach Amerika … an einem Tag war sie noch da, am nächsten war sie weg. Und als Birte kam … irgendwie hat etwas in meinem Kopf klick gemacht, und ich dachte, es könnte eine neue Liebe geben, und als sie dann schwanger war, nach nur einer Nacht, das war doch ein Zeichen … das musste doch ein Zeichen sein, oder nicht?«

»Nein«, sagte Schiller, »nichts muss ein Zeichen sein. Die Menschen wollen an Zeichen glauben, deshalb sehen sie welche.« Plötzlich dachte er an Carla und hatte Sehnsucht nach ihr. Sie hätte mit Hinrichs reden sollen, nicht er, sie hätte ihn vielleicht wieder zur Vernunft gebracht.

»Ich weiß, dass ich Birte in Ruhe lassen soll … ich weiß es genau, aber da ist etwas anderes … eine Gewissheit, dass sie mich lieben würde, wenn sie mich nur ein wenig besser kennen würde.«

»Willst du deshalb mit ihr nach Paris fahren? Schlag dir das aus dem Kopf!«

»Davon weißt du?«, fragte Hinrichs, und nun klang er beleidigt. Er trank sein Bier aus und starrte weiter die Flasche an.

»Sieh der Realität ins Auge«, sagte Schiller. »Das wäre das Beste.«

Als er die Worte ausgesprochen hatte, kamen sie ihm hohl und dumm vor. Was redete er da? Er kam doch selbst mit seinem Leben nicht zurecht. Er hatte keine Ahnung, wie er Carla zurückgewinnen sollte – und ob er sich das überhaupt wünschte, wenn er ehrlich zu ihr und sich war.

Hinrichs schwieg und starrte in seine leere Flasche, als müsse er da eine Botschaft finden. In der halben Dunkelheit wirkte er noch erschöpfter. Der Aufenthalt in der Klinik hatte ihn kein bisschen weitergebracht, im Gegenteil, er war nun ein Nervenbündel, jemand, der so unruhig war, dass er sich nicht lange an einem Ort aufhalten konnte.

»Manchmal denke ich, ich sollte sterben – in diesem Leben wird das mit mir und dem Glück nichts mehr.«

Schiller antwortete nichts darauf. Ein Auto fuhr in die Straße, wendete und kehrte auf die Hauptstraße zurück.

»Birte hat es nicht verdient, dass du sie quälst«, sagte er vor sich hin, »und das tust du schon ziemlich lange.« Er trank nun auch sein Bier aus.

Hinrichs nickte, ohne etwas zu sagen.

Plötzlich griff er in seine Jackentasche und zog eine Pistole hervor. Er hielt sie Schiller entgegen. »Nimm – bitte, damit ich keinen Unfug mehr damit machen kann.«

Schiller blickte auf die Waffe. Langsam streckte er seine Hand aus. Die Pistole war gesichert, erkannte er.

»Du musst dein Leben ändern«, sagte er. »Wir alle müssen das.«

Einen Moment lang wusste er nicht, was er mit der Waffe anfangen sollte. »Weiß jemand, dass du an deine Dienstwaffe gekommen bist?«, fragte er.

Hinrichs schüttelte den Kopf. »Ich glaube nicht.«

Die meisten Kollegen ließen ihre Dienstwaffen im Präsidium. Wer sie mit nach Hause nehmen wollte, musste sie dort in einem Stahlschrank aufbewahren.

»Ich will wieder vernünftig werden«, sagte Hinrichs. Es klang wie ein Schwur. »Meinst du, ich schaffe das?«

»Klar.« Schiller blickte zu Lemmers Haus. Er hätte nun gern noch ein Bier getrunken und dann noch eines … Morgen um acht Uhr musste dieser alte Überwachungswagen wieder auf dem Hof stehen.

»Hast du von diesem Obdachlosen aus dem Friesenviertel gehört?«, fragte er. »Er war schon tot – haben die Leute wenigstens geglaubt –, und dann ist er wieder von den Toten auferstanden. Das ist so etwas wie ein kölsches Wunder.«

Hinrichs schnaufte, oder vielleicht hatte er auch gelacht. »Ich bin an der Fröbelstraße aufgewachsen, bestes Ehrenfeld, da war oft die Polizei. Ich fand immer beeindruckend, wie sie da aufliefen, die meisten hatten schwarze Handschuhe an, wenn sie Ärger befürchteten, und gingen ganz aufrecht, so, als könnte niemand ihnen etwas anhaben. Damals habe ich mir geschworen, dass ich auch so werden wollte – stark und selbstsicher und unbesiegbar. Dann aber wollte ich Schauspieler werden … wollte Menschen mit meinem Spiel glücklich machen. Ich dachte, wenn sie glücklich werden, werde ich es auch. Hat leider nicht funktioniert.«

Schiller blickte auf sein Smartphone. Nele hatte ihm einen Link geschickt. Jimmi Kosslick hatte eine Presseerklärung herausgegeben, in der er seinen toten Bruder beschuldigte, für die meisten Geschäfte verantwortlich gewesen zu sein, für die sie keine Steuern bezahlt hatten.

Was für ein Dreckskerl! Aber damit würde er nicht durchkommen.

»Ich sollte jetzt gehen«, sagte Hinrichs, »nach Hause. Ich könnte Birte einen Brief schreiben, mich entschuldigen … irgend so etwas … dass ich nichts mehr von ihr will …« Er blickte Schiller fragend an, ohne sich jedoch von der Stelle zu rühren.

Auf einmal erlosch an Lemmers Tür das Licht, und ein paar Momente später tauchte ein Schatten am Eingang auf.

Lara verließ das Haus. Nun trug sie eine schwarze Kluft, eine Mütze, die ihr Haar bedeckte, eine Lederjacke und eine dunkle Hose. Über der Schulter hing eine Segeltuchtasche.

Es war kurz nach halb zehn.

Warum hatte sie das Licht ausgeschaltet, als sie das Haus verließ? Sie sah aus wie eine Einbrecherin, die sich gerade auf ihre nächtliche Tour macht.

Fast im Laufschritt bewegte sie sich auf einen schwarzen Cross Polo zu, der am Morgen schon in der Straße gestanden hatte.

»Hast du noch Zeit für eine kleine Spritztour?«, fragte Schiller. Er wartete Hinrichs' Antwort gar nicht erst ab, sondern kletterte in das Führerhaus und klemmte sich hinter das Steuer.

Der Motor röhrte auf – viel zu laut und auffällig, doch Lara war mit ihrem Polo bereits bis an die Einbiegung zur Hauptstraße gefahren.

Es würde nicht einfach werden, ihr unentdeckt zu folgen.

Hinrichs war auf den Beifahrersitz geklettert. Er steckte sich eine Zigarette an, was Schiller unter gewöhnlichen Umständen nicht gestattet hätte.

Lara fuhr Richtung Dom. Es herrschte wenig Verkehr. Schiller ließ ihr etwa zweihundert Meter Vorsprung, ein Risiko, wenn eine Ampel schnell auf Rot umsprang, aber eigentlich erhoffte er sich nicht viel von dieser Beschattung.

»Ich weiß, dass Birtes Freund sie betrügt«, sagte Hinrichs. »Dieser Pierre lässt nichts anbrennen, ein charakterloser Schönling ... Mit dem wird sie niemals glücklich.«

»Es wäre gut, wenn du begreifen würdest, dass dich das nichts angeht«, erwiderte Schiller unfreundlich. »Du hast nichts für sie zu regeln.« Er war nun kurz davor, die Geduld zu verlieren. Hinrichs mitzunehmen war offenkundig keine gute Idee gewesen.

Lara fuhr konsequent fünfzig, als wolle sie vermeiden aufzufallen. Sie passierten den Bahnhof, unterquerten die Zoobrücke. Als sie im letzten Moment auf die Mülheimer Brücke abbog, hätte Schiller sie beinahe verpasst.

Nur ein roter BMW mit Düsseldorfer Kennzeichen war noch zwischen ihrem Polo und dem Überwachungswagen.

Für einen Moment kam ihm der Gedanke, dass sie genau wusste, dass er hinter ihr fuhr. Hatte sie ihn nur ablenken wollen, damit niemand mehr sah, wen Claus Lemmer als Besucher empfing?

Hinrichs warf seine Zigarette aus dem Fenster. »Macht die Kleine eine Stadtrundfahrt – erst an allen Sehenswürdigkeiten vorbei und nun ab ins schöne Mülheim? Auf der Keupstraße soll es ja den besten Döner geben.«

Schiller antwortete nicht. Selbst wenn Hinrichs versuchte, sich zusammenzureißen, wurde er mit der Zeit zu einer Nervensäge.

Lara fuhr nach Mülheim hinein, um den Wiener Platz herum und hielt sich auf der Frankfurter Straße stadtauswärts.

»Wird wohl nichts mit einem schönen Döner«, sagte Hinrichs. Er lachte auf und verstummte sofort wieder.

Das Ganze ist ein Trick. Sie haben genau gewusst, dass ich vor der Tür stand, dachte Schiller erneut.

Unvermittelt, ohne den Blinker zu setzen, bog Lara ab. Glücksburger Straße, las Schiller, während er ihr in angemessenem Abstand folgte. Er kannte sich in Köln bestens aus, aber in dieser schmalen Einbahnstraße war er noch nie gewesen.

Die Bremslichter des Polo leuchteten auf. Lara parkte ein.

Schiller stellte den Motor ab und schaltete die Scheinwerfer aus. Er blieb auf der Straße stehen, einen Parkplatz würde er hier für seinen Wagen nicht finden. Wenn Lara einmal den Kopf umwandte, würde sie ihn entdecken.

Doch nichts geschah. Weder stieg sie aus, noch fuhr sie weiter.

Hinrichs machte Anstalten, sich noch eine Zigarette anzustecken.

»Jetzt nicht!«, zischte Schiller ihm zu.

Was tat Lara da? Telefonierte sie, oder würde sie gleich mit einem spöttischen Lächeln auf sie zukommen und zeigen, dass sie es geschafft hatte, ihn zum Narren zu halten.

Es dauerte zwanzig Minuten, bis sie ausstieg.

Dann ging sie die Straße hinunter. Der Himmel war bewölkt, nur gelegentlich brach ein halber Mond durch.

Schiller stieg aus, Hinrichs folgte ihm. In einigen Fenstern brannte Licht, aber auf der Straße war niemand. Von einer Bahnlinie, die in einiger Entfernung lag, drang ein Rauschen zu ihnen herüber, wenn ein Zug vorbeifuhr.

Lara wandte sich nach links und verschwand aus ihrem Blickfeld. Sie war nun schneller gegangen. Ihre Tasche hatte sie sich über die Schulter gehängt.

Als sie in die Straße bogen, beobachteten sie, dass Lara einen schmalen Weg hinaufgegangen war, der ein Stück von der Straße wegführte. An einem gemauerten Pfeiler blieb sie stehen, blickte sich rasch um und kletterte flink und elegant über eine Hecke.

»Das ist ein Friedhof«, sagte Hinrichs. »Sie ist eben über die Hecke auf den Friedhof geklettert.«

Als sie an der Stelle ankamen, war Lara bereits in der Dunkelheit verschwunden. Ein paar Meter weiter erhob sich ein mächtiges, von zwei Ziegelpfeilern eingefasstes Metalltor, das um diese Zeit natürlich abgeschlossen war. Hinter der Hecke befand sich ein Maschendrahtzaun, aber ein echtes Hindernis bildeten weder Hecke noch Zaun.

Schiller hievte sich als Erster hoch, dann folgte Hinrichs. Er fluchte, als er von der Hecke gesprungen war.

»Verdammt, ich glaube, die Wunde an meinem Oberschenkel ist wieder aufgebrochen.«

Schiller blickte ihn an. »Bleib hier und warte auf mich!«

Doch Hinrichs winkte ab. »Ich will wissen, warum eine Frau nachts auf einen Friedhof geht.«

31

Warum nur hatte sie sich Lena Wollmüller genannt?

Max hatte ihr noch zwei Kurznachrichten geschickt.

»Du bist so schweigsam, liebe Lena. Dachte, du wärest nur aufs Knie gefallen.«

Dann, eine Stunde später:

»Ah, verstehe, du hast noch eine Zweithose und brauchst gar keine neue.«

Was sollte sie ihm sagen? Sie war auf einer geheimen Mission unterwegs gewesen, daher hatte sie ihren Tarnnamen angegeben. Ja, sie arbeitete gelegentlich als verdeckte Ermittlerin und musste sich schützen.

Lächerlich. Er würde ihr nicht glauben – zu bereitwillig war sie mit ihm in das Restaurant gegangen.

Also antwortete sie zunächst einmal gar nicht.

Sie saß während der Pressekonferenz in der ersten Reihe und beobachtete, wie routiniert Fitschen ihre Ermittlungsergebnisse vortrug. Nur Cremer schien sich auf dem Podium unwohl zu fühlen. Sie zeigten Fotos der Tatwaffe und eine Skizze beider Tatorte. Schultke erläuterte umständlich, wie sie zu dem Schluss gekommen waren, dass Brühl sich selbst getötet hatte. Näheres zum Motiv und zu der Verbindung zwischen Brühl und Kosslick sei noch nicht zu Ende ermittelt worden. Eine schöne vage Formulierung.

Auch wenn sie es nicht wollte – sie musste Jan recht geben, der Fall war längst nicht geklärt, aber die Journalisten interessierte viel mehr, was Jimmi Kosslick behauptet hatte – dass sein toter Bruder der Steuerhinterzieher gewesen sei, nicht er. Gab es Verbindungen zwischen Jimmi Kosslick und Brühl? War Brühl vielleicht der Auftragsmörder für den älteren Kosslick? Hatte die Polizei Hinweise darauf? Auf diese Fragen hatte Fitschen jedoch nicht geantwortet.

Um kurz nach neunzehn Uhr hatte Birte das Präsidium verlassen. Vorher hatte sie noch Jan angerufen, der so tat, als würde er beleidigt zu Hause auf dem Sofa liegen. Nele hatte alle Unterlagen zu Brühls Kontodaten und Telefonverbindungen zusammengetragen. Er hatte fast achtzigtausend Euro Schulden – eine Verbindung zu Kosslick fand sich nirgends.

Als sie das Treppenhaus hinaufstieg, fiel ihr die Katze ein. Pierre, der Dreckskerl, war noch im Krankenhaus, wahrscheinlich hatte keiner nach dem Tier gesehen. Milly musste völlig ausgehungert sein.

Sie steckte den Schlüssel ins Schloss und öffnete Pierres Wohnungstür. Sie spürte sofort, dass etwas anders war – Milly stürmte nicht heran, wie sonst, wenn sie lange allein geblieben war, und ein süßlicher Duft wehte ihr entgegen.

Sie rief den Namen der Katze, dann eilte eine Frau aus der Küche. Sie war schlank, recht groß und sehr blond. Birte sah ihre nackten Füße, den orangefarbenen Nagellack.

»Oh, hallo«, sagte die Frau und streckte ihre Hand aus. »Ich bin Helen. Du hast mich überrascht.«

»Ich wollte nach der Katze sehen.« Birte merkte, dass sie stammelte, während sie die knochige Hand der Frau ergriff.

»Pierre hat mir von dir erzählt«, sagte die Frau. »Du bist die Nachbarin, nicht wahr? Die Frau von unten.«

»Ja«, sagte Birte. »Ich bin die Frau von unten. Schön, dass Sie sich um Milly kümmern, solange Pierre nicht da ist.«

Die Frau lächelte. Sie trug ein eng anliegendes schwarzes Kleid, das in seiner Schlichtheit teuer aussah. Als sie sich bewegte, traten Muskeln an ihrem Hals hervor – sie war Sportlerin, eindeutig.

»Pierre wird übermorgen entlassen – er muss sich noch eine ganze Weile schonen, aber die Ärzte sagen, dass er wieder ganz gesund wird.«

»Grüßen Sie ihn«, erwiderte Birte und trat den Rückzug an.

Milly war nun auch aus der Küche aufgetaucht, sie schleckte sich genüsslich um das Maul, weil sie wohl eben gefüttert worden war, und schickte ihr einen schrillen Abschiedsruf hinterher.

Ich bin die Frau von unten!

Birte war so wütend, dass sie am liebsten etwas zerschlagen hätte – ein paar Gläser oder besser noch einen Spiegel.

Das war sie nun für ihn – die Nachbarin, die Frau von unten.

Sie würde ausziehen, sich irgendwo ein billiges Zimmer nehmen, bevor sie vielleicht ganz aus Köln verschwand …

Vor Wut traten ihr Tränen in die Augen.

Als eine weitere SMS eintraf, konnte sie die Nachricht kaum lesen.

»Vielleicht rufst du mich einfach an – bei Gelegenheit«, schrieb Max. Unterzeichnet hatte er mit »ein einfacher Fahrradkurier«.

Aber das war er eben nicht – er hatte sich ebenfalls verstellt, jedoch anders als sie, er war ein Künstler, jemand, der ein Schicksal gemeistert hatte.

Sie schenkte sich ein Glas Rotwein ein. Zwei Gläser würde sie trinken, dann würde sie ihn anrufen.

Zuerst würde sie ein paar Dinge klarstellen – dass sie sich einen Scherz mit ihm erlaubt hatte, dass sie sonst nicht so war, aber als Polizistin mit schlechten Erfahrungen …

Sie probte einen Text, der ihr selbst nicht gefiel. Was sollte das heißen – mit schlechten Erfahrungen?

Hinrichs – er hatte sie seit zwei Tagen nicht mehr belästigt. Vielleicht ging Jans Taktik doch auf.

Sie nahm ihr Smartphone und rief Max an. Hallo, sagte sie stumm vor sich hin, hier ist die Frau mit der kaputten Hose, aber ich heiße gar nicht Lena, sondern Birte Jessen. Tut mir leid. Ich komme eigentlich aus dem schönen Hamburg und bin Hauptkommissarin bei der Kölner Polizei, habe mich hierher verirrt …

Seine Mailbox sprang an. Freundlich nannte er seinen Namen und dass er gern zurückrufen werde, wenn man ihm eine Nachricht hinterlasse.

Birte unterbrach die Verbindung. Sie trank noch einen Schluck Wein. Dann ging sie zu der Glasvitrine, in der sie die letzte Geige aufbewahrte, die Martin je gebaut hatte. Sie nahm sie heraus und strich über das Holz.

»Ich mache ein paar Dinge falsch, ganz klar«, sagte sie leise vor sich hin.

Im nächsten Moment klingelte ihr Smartphone laut und dringend.

Max rief zurück. Nun musste sie Farbe bekennen.

»Birte«, keuchte Jan atemlos, »kannst du kommen? Wir stecken in Schwierigkeiten!«

32

Hinrichs hinkte, als sie sich auf dem Hauptweg vorwärtsbewegten. Von Lara war nichts zu hören oder zu sehen. Hinrichs leuchtete vor sich auf ein paar Gräber, er hatte eine winzige Taschenlampe an seinem Schlüsselbund.

Wieder fuhr in der Nähe ein Zug vorbei. Nun war das Rauschen und Rattern noch deutlicher zu vernehmen.

Der Friedhof konnte nicht groß sein, aber groß genug, um jemanden bei Dunkelheit nicht zu finden.

Was trieb Lara dazu, nachts über einen Friedhofszaun zu steigen?

Schiller blieb stehen und lauschte, dann kam ihm ein Gedanke. Er zog sein Smartphone hervor und gab »Gisa Fischer« bei Google ein. Es dauerte ein paar Sekunden, bis sich die Verbindung aufgebaut hatte. Der Wikipedia-Eintrag war fast vier Seiten lang, doch was er suchte, fand er sofort: Gisa Fischer, die eigentlich Gisela geheißen hatte, war am 27. Mai 1986 in Kall in der Eifel gestorben, bestattet worden war sie neben ihrem Vater, auf dem katholischen Friedhof in Köln-Mülheim.

Hinrichs war stehen geblieben und strich über seinen Oberschenkel, während Schiller langsam weiterging. Etwa vierzig Meter vor ihnen erhob sich die Friedhofskapelle, ein altes, weiß verputztes Gemäuer. Schiller überlegte, Laras Namen zu rufen und sie so aufzuscheuchen, aber dann würde er nicht herausfinden, was sie um diese Zeit am Grab ihrer Mutter vorgehabt hatte.

Fledermäuse kreisten in der Luft, und plötzlich hörte er ein Stück weiter ein Geräusch, ein Scharren und Kratzen, als würde ein Tier in der Erde graben.

Er ging zwei Meter in den nächsten Gang hinein, Hinrichs war plötzlich hinter ihm.

Das Kratzen wurde lauter, einen Moment später sahen sie Lara im fahlen Mondlicht. Sie kauerte vor einem grauen Grabstein, auf dem »Gisa« stand, und hob mit einer Handschaufel ein Loch aus. Neben sich hatte sie die Segeltuchtasche abgestellt.

Als sie sich zu ihrer Tasche umwenden wollte, um etwas herauszunehmen, verharrte sie unvermittelt – wie ein furchtsames Reh, das Witterung aufgenommen hatte.

Schiller wagte nicht zu atmen, als könnte es ihn unsichtbar machen, wenn er kein Geräusch von sich gab. Zwei Büsche warfen einen dichten Schatten. Er hoffte, dass Lara sie nicht sehen konnte. Im nächsten Augenblick machte Hinrichs einen schnellen, etwas zu hastigen Schritt nach vorn.

Lara sprang auf, griff nach ihrer Tasche und versuchte zu fliehen. Sie war schnell auf den Beinen, doch Schiller schaffte es, sie an ihrer Jacke zu packen. Er schleuderte sie herum, sie geriet ins Taumeln, dann war auch Hinrichs neben ihm. Lara keuchte auf. Die Tasche hatte sie sich über die linke Schulter gestreift. Mit der rechten Hand griff sie in ihre Jackentasche und holte aus, wie eine Schwimmerin, die einen kräftigen Zug machen wollte. Nein, sie schlug Hinrichs vor die Brust. Er stöhnte auf, dumpf und überrascht, dann geriet er ins Stolpern, verlor an Kraft und taumelte zu Boden.

»Was?«, schrie Schiller. »Was hast du gemacht?« Er wusste gleich, dass etwas Ungeheures geschehen war.

Lara war es gelungen, sich loszureißen. Sie gewann ein, zwei Meter Vorsprung. Schiller sah, dass sie ein Messer in der Hand hatte. Er sprang nach vorn, mit aller Kraft, die er aufbringen konnte. Er streifte sie an der Schulter, sie geriet aus dem Rhythmus, ruderte mit den Armen und stürzte über die Marmoreinfassung eines Grabes. Als er sich auf ihre Hand mit dem Messer warf, schrie sie auf.

»Kriminalpolizei Köln!«, stieß er hervor. »Lara Fischer – Sie sind festgenommen.« Er zog die Pistole, die Hinrichs ihm gegeben hatte, und drückte sie ihr an die Schläfe.

Ermattet sank sie unter ihm zusammen. Sie stöhnte und schluchzte, während er sein Smartphone hervorholte.

Mit der linken Hand wählte er, die rechte hielt noch immer die Pistole.

»Ich drücke ab, wenn du dich bewegst«, zischte er ihr ins Ohr. Er konnte hören, wie sich die Verbindung langsam aufbaute.

Lara begann zu wimmern, als wäre sie verwundet, aber wahrscheinlich war sie nur wütend, weil man sie gefasst hatte. Das Messer musste sie noch in der Hand halten, aber so, dass sie es nicht bewegen konnte. Er drückte sie mit seinem kompletten Gewicht zu Boden.

Aus den Augenwinkeln sah er, wie Hinrichs versuchte, auf die

Beine zu kommen, aber er war zu kraftlos, um sich aufzurichten. Seine Füße fanden keinen Halt. Er stöhnte und sank wieder zu Boden.

Nicht, wollte er ihm zuschreien, bleib liegen, verdammt!

Dann hatte er den Notruf in der Leitung.

»Mülheim – katholischer Friedhof«, stieß er hervor. »Wir brauchen einen Krankenwagen und drei Polizeistreifen. Dringend!«

Dieser eine Moment ließ ihn erfrieren, als würde Eis in ihm aufbrechen – der Moment, als Lara ausholte und Hinrichs ein Messer, das sie in ihrer Jacke bei sich getragen hatte, in die Brust stieß. Schiller brauchte zwei starke Kaffee, die jemand vom Mülheimer Bahnhof geholt hatte, bis er wieder einen anderen Gedanken fassen konnte.

Drei Minuten hatte es gedauert, bis der erste Einsatzwagen eingetroffen war – eine Streife vom Wiener Platz. So lange hatte er Laras Gesicht immer tiefer und tiefer in die schwarze Erde eines Grabes gedrückt und wirklich überlegt, ob er ihr eine Kugel in den Kopf schießen sollte.

Sie hatte Hinrichs unterhalb des Herzens getroffen – ein Stück höher, und er wäre auf der Stelle gestorben.

Irgendwann tauchte auch Birte auf. Sie umarmten sich stumm.

»Lara Fischer hockt draußen in einem Einsatzwagen und weint vor sich hin«, sagte sie, nachdem sie sich von ihm gelöst hatte. »Was hat das alles zu bedeuten? Warum sticht sie auf Hinrichs ein?«

Er breitete hilflos die Arme aus. »Sie war am Grab ihrer Mutter, hat ein Loch ausgehoben, um etwas zu verstecken.«

Sie gingen den Weg zurück. Der erste Scheinwerfer war aufgestellt worden. Roland Grauer, einer aus Schultkes Team, war bereits eingetroffen. Er nickte wortlos, mit düsterer Miene. Hinrichs war nicht beliebt, aber dass es ihn so schlimm erwischt hatte, machte alle betroffen.

»Warum war Hinrichs eigentlich hier?«, fragte Birte.

Schiller antwortete nicht. Die Segeltuchtasche lag noch auf dem Grab, dort, wo er sich auf Lara gestürzt hatte. Er streifte sich Latexhandschuhe über. Der Reißverschluss der Tasche war offen. So viel Zeit hatte Lara Fischer bei ihrer Flucht nicht gehabt, sie zu schließen. Schwarze Handschuhe befanden sich darin, eine Taschenlampe und eine Metallbox. Er nahm sie heraus und stellte sie auf den Weg genau in den Strahl des Scheinwerfers. Ein Schlüssel steckte im Schloss. Langsam drehte er ihn herum und schob den Deckel hoch.

Ein altmodisches Tonband lag in dem Kasten – auf einer grauen Metallspule.

Birte schaute Schiller fragend an.

Er nahm das Band heraus. Er kannte solche Bänder, hatte sie in den Studios früher manchmal gesehen.

»Darum ging es. Das war das Geheimnis. Ein Masterband von Maybe – sie hat es ihrer Mutter heimlich ins Grab legen wollen.«

»Deshalb schleicht sie sich nachts auf einen Friedhof und stößt Hinrichs ein Messer in die Brust?«

Schiller spürte, wie ihm langsam wieder wärmer wurde. Sie kamen ihrem Ziel näher. Lara Fischer war so unvorsichtig gewesen, ihr Geheimnis zu offenbaren.

»Wir kennen jemanden«, sagte er, »der ganz sicher ein Gerät hat, auf dem wir dieses Band abspielen können.«

33

Sie konnte förmlich sehen, wie Jan sich sammelte, wie er wieder zu Kräften kam.

Lara Fischer saß stumm mit gesenktem Kopf in einem Polizeiwagen. Als Jan sie ansprach, reagierte sie nicht.

»Wir brauchen sie«, sagte er zu Birte. »Nun klopfen wir Lemmer weich.«

Obwohl sie wussten, dass Fitschen es gewiss untersagt hätte, nahmen sie Lara Fischer mit. Jan setzte sich hinten in den Alfa neben sie.

Die ganze Zeit sprachen sie kein Wort.

»Es tut mir leid … ich wollte das nicht«, sagte Lara einmal kläglich leise, doch Jan ging nicht darauf ein. Er hatte ihr Handschellen angelegt.

Die Lampe vor Lemmers Tür brannte. Es war weit nach Mitternacht, doch ihnen wurde sofort geöffnet. Olli Hörner stand an der Tür – mit panischem Blick. Dann tauchte Georg Lemmer auf.

»Gut, dass die Herren auch da sind«, erklärte Jan, während er Lara Fischer am Arm hineinführte. »Ich schlage vor, wir gehen gleich ins Studio. Es gibt doch ein Studio in diesem Haus?«

Hörner wollte etwas sagen, doch Jan brachte ihn mit einer Geste zum Schweigen.

Einen Moment später schob sich Claus Lemmer mit einem Rollator in den Flur. Er trug einen Trainingsanzug, sein langes Haar hing strähnig herab. Er sah elend aus, aber nicht so, als wäre er soeben aus dem Schlaf gerissen worden.

»Lara!«, rief er voller Sorge. »Was ist passiert?«

Lara Fischer hob kaum den Kopf.

»Eine ganze Menge«, entgegnete Jan, »aber darüber sprechen wir jetzt nicht.« Er schaute Lemmer an und hob das Band in die Höhe. »Ich würde mir gern etwas anhören – ich glaube, das könnte sehr interessant werden.«

Lara Fischer schluchzte plötzlich auf, sie hatte den Kopf wieder gesenkt. Schämte sie sich – fühlte sie sich schuldig, weil sie nun etwas verraten hatte?

»Zuerst muss ich wissen, was passiert ist!«, sagte Claus Lemmer.

Seine Stimme klang krächzend, er musste sich auf seinen Rollator stützen. Seine Augen glitten von Lara zu Jan und zurück. Birte hatte den Eindruck, dass er genau wusste, was Lara vorgehabt hatte.

»Nein«, sagte Jan. »Sie erfahren hier gar nichts. Haben Sie ein Gerät, auf dem wir dieses Band abspielen können, oder nicht?«

Claus Lemmer nickte. Er atmete schwer. Sein Blick flackerte, eine Angst stand da, die nicht ihm selbst galt, seinem eigenen erbarmungswürdigen Zustand, sondern eindeutig Lara.

Georg Lemmer wollte etwas sagen, er begann mit: »Ich will ja nicht unhöflich sein«, doch Jan unterbrach ihn sofort.

»Sie scheinen sich ja aus einem guten Grund um diese späte Stunde hier versammelt zu haben, also können Sie alle gern mithören, was es mit diesem Band auf sich hat – wenn Sie es nicht schon längst wissen.«

Das Studio lag im Keller. Eine breite Treppe führte hinunter. Claus Lemmer hatte sich einen Treppenlift einbauen lassen, um den Weg bewerkstelligen zu können. Den meisten Platz nahmen ein schwarzer Klavierflügel, ein Keyboard und ein Schlagzeug ein. Claus Lemmer ging mit Hilfe seines Bruders zu einem Mischpult und ließ sich in einen Ledersessel sinken, der davorstand. Jan reichte ihm das Band. Rechts vom Mischpult befanden sich ein schmaler Tisch und ein Sofa, auf das sich Lara, Hörner und Georg Lemmer setzten.

Jan hatte sich einen Hocker gegriffen und platzierte sich neben Claus Lemmer.

Birte blieb an der Tür stehen.

»Los geht's«, sagte Jan und nickte Claus Lemmer zu, nachdem der mit zitternden Händen das Band in ein altertümlich aussehendes Gerät eingelegt hatte.

»Wir wissen alle nicht, was das soll«, sagte Claus Lemmer. »Und warum haben Sie Lara Handschellen angelegt, als wäre sie eine Verbrecherin? Wir verlangen Aufklärung …«

»Sie ist eine Verbrecherin«, erwiderte Jan mit schneidender Stimme. »Und wir sind es, die Aufklärung verlangen. Starten Sie das Band!«

Georg Lemmer hatte den Arm um Lara, seine heimliche Tochter, gelegt. Sie drückte den Kopf an seine Schulter und hatte die Augen geschlossen. Ihr Gesicht war feucht von Tränen. Hörner saß vollkommen aufrecht da, mit reglosem bleichen Gesicht. Seine Hände hatte er im Schoß gefaltet, als würde er auf ein Urteil warten.

Eine Männerstimme erklang, die einen eindeutig rheinisch gefärbten Tonfall hatte.

»Mensch, Paul«, sagte die Stimme, »bleib locker. Wir fangen noch mal an. Warum bist du so nervös? Brauchst du einen Joint, oder was? Versaue uns nicht die Aufnahmen. Das Intro ist von dir. Spiel es genauso, wie du es gestern gemacht hast. Pampadam … padam.« Die Stimme gab einen Rhythmus vor.

»Scheiße«, sagte eine andere Stimme, die Paul Kosslick gehören musste. »Ich kriege es nicht hin … ich habe weiche Knie … Wenn ich schon sehe, wie Claus hier einen auf Boss macht … Ich könnte kotzen …« Ein paar Bassklänge waren zu hören, aber selbst für jemanden wie Birte, die sich mit diesem Instrument nicht auskannte, war sofort klar, dass da ein Musiker am Werk war, der nicht zu den Meistern seines Faches gehörte.

»Hör zu«, sagte die rheinisch klingende Stimme – vermutlich war es Fritz Lose. »Ich mache dir einen Vorschlag. Ich gehe jetzt zu den Jungs hinten in den Probenraum und lasse dich mal ein paar Minuten allein, und du spielst das Intro so wie gestern. Locker, ganz für dich und mit dem richtigen Feeling. Okay?«

»Okay«, erwiderte Paul Kosslick unsicher.

Dann war zu hören, wie er an seinem Bass zupfte. Plötzlich klang es besser, fast wie eine Melodie.

Birte blickte in die Runde. Die Anspannung hatte sich nicht gelöst. Sie alle kennen dieses Band, dachte sie, und sie wissen genau, warum Lara es bei ihrer Mutter vergraben wollte. Sie wollten es aus dem Haus haben, wollten nicht mehr daran erinnert werden.

Kosslick spielte, vielleicht drei Minuten lang, er begann, brach ab, fluchte leise.

Dann klappte eine Tür.

Fritz Lose kehrte zurück – nein, eine Frau sprach, schrill, atemlos.

Gisa Fischer.

»Du hältst uns auf«, sagte sie. »Was soll die Scheiße?« Man konnte hören, dass sie an einer Zigarette zog. »Was ist?«, fragte sie gereizt und angriffslustig. Diese Stimme gehörte keiner sanften, schönen Elfe.

»Ich dachte, du wolltest es Claus sagen«, erwiderte Kosslick unsicher. »Dass wir zusammen sind, dass wir nach den Aufnahmen zwei Wochen nach Korsika fahren. Ich habe mich darauf verlassen.«

Gisa Fischer lachte auf – es klang falsch und zu hoch. »He, wir sind eine Band. Die Aufnahmen sind das Wichtigste, kapiert? Und irgendwie läuft es gerade gar nicht rund. Auch mit uns nicht.«

»Was soll das heißen?« Kosslick spielte noch einen dunklen Ton, dann war zu hören, dass er das Instrument abstellte.

»Ich weiß nicht«, sagte Gisa Fischer. »Mir gefällt es nicht, wie du mich immer anstarrst. Du kontrollierst mich. Ist dir das nicht selbst schon mal aufgefallen?«

»Nein«, sagte Paul Kosslick. »Tue ich nicht. Wir beide ...«

»Scheiß drauf!«, unterbrach ihn Gisa. »Ich habe mich geirrt – ich bin Sängerin. Ich will ganz nach oben – ich dachte, du kriegst das hin, mit mir, mit der Band, überhaupt ...« Sie zog wieder an ihrer Zigarette. »Am besten packst du deine Sachen, heute noch. Claus ist schon ganz nervös, weil du deine Parts nicht pünktlich ablieferst.«

»Du willst mich rausschmeißen!«, rief Paul entsetzt und erstaunt zugleich.

»Claus zahlt dir ein Ausfallhonorar – er ist großzügig.«

»Gisa«, sagte Paul. Nun klang er flehend. »Du und ich ... wir ... Was soll das alles bedeuten?«

»Nichts«, sagte sie. »Es bedeutet nichts mehr. Pack deine Sachen.« Die letzten Worte zischte sie.

Lara Fischer zuckte zusammen, nun hatte sie auch einen Arm um Georg Lemmers Schulter gelegt. Konnte es sein, dass sie längst wusste, dass er ihr Vater war?

Hörner starrte weiter vor sich hin, mit schockgeweiteten Augen, und Claus Lemmer hatte sein Gesicht in den Händen vergraben. Er atmete kurz und abgehackt, eine Zigarette brannte in dem Aschenbecher neben ihm.

»So geht es nicht«, entgegnete Kosslick trotzig. »Du kannst mich nicht vor die Tür setzen. Ich bin krank, verstehst du? Krank – und du bist es auch bald.«

»Lass das!« Es klang, als hätte er sich Gisa Fischer genähert, und sie hatte ihn abgewiesen.

Eine paar Sekunden geschah gar nichts.

Jemand bewegte sich, Schritte, dann ein tiefes Einatmen, ob von Gisa oder Kosslick, konnte man nicht sagen.

»Ich habe mich angesteckt«, sagte er plötzlich leise, aber nun nicht mehr flehend oder unsicher. Eine Stimme, die ein Bekenntnis abgab. »Ich weiß es erst seit ein paar Tagen …« Er zögerte. »Ich wollte es dir sagen … Vielleicht bin ich deshalb so unkonzentriert. Tut mir leid.«

Wieder ein Atemzug, der aber diesmal eindeutig nach Gisa klang.

Lara Fischer hatte ihr Gesicht abgewandt, während Georg Lemmer nun ganz erstarrt war.

»Aids«, fuhr Paul Kosslick fort. »Es hat mich erwischt – diese Scheißkrankheit, die einen umbringt. Wahrscheinlich hast du es jetzt auch … Ich habe es nicht gewusst, als wir … Tut mir leid, aber …«

»Was?«, schrie Gisa, nun aus ihrer kurzzeitigen Starre erwacht. »Was redest du da? Du lügst, du willst mir Angst machen …«

»Nein«, sagte Paul Kosslick, nun völlig ruhig. »Ich will dir keine Angst machen, leider … Ich kann dir den Arztbericht zeigen. Ich habe Aids, kein Zweifel, es war ein Mädchen von der Straße, habe erst hinterher begriffen, dass sie an der Nadel hing … Ich war betrunken, als wir … Scheiße …«

»Genug!« Lara Fischer sprang plötzlich auf und stürzte zum Mischpult. »Ich kann das nicht mehr hören … Er hat sie umgebracht … diese Scheißlüge! Er ist schuld, dass sie sich vor einen Zug gestürzt hat.«

War das möglich? Eine erwachsene Frau, die eine Lüge glaubte und sich deswegen umbrachte? Hatte Gisa Fischer tatsächlich angenommen, dass sie sich angesteckt hatte? Als man sie gefunden hatte, war sie betrunken gewesen und hatte Marihuana geraucht. Noch etwas anderes musste an diesem Abend passiert sein. Als sie mit Kosslick gesprochen hatte, war sie nicht betrunken gewesen.

Claus Lemmer hatte das Band abgestellt. Lara schluchzte wieder.

Georg Lemmer war auch aufgesprungen, aber nun stand er da, die Hände erhoben, und wusste nicht, was er tun sollte.

»Musste Paul Kosslick deshalb sterben? Haben Sie ihn wegen dieses Bandes umgebracht?«, fragte Jan. »Weil Gisa Fischer diese Lüge geglaubt hat?«

Georg Lemmer setzte sich wieder. Sein älterer Bruder strich Lara Fischer über das Haar, die nun vor ihm hockte, ihren Kopf auf seinem Schoß.

»Sie haben Gisa nicht gekannt«, sagte er leise. »Man konnte sie schnell verunsichern – sie war mal impulsiv, dann wieder ganz schwach. Diese Nachricht hat sie umgeworfen. Todkrank. Damals war Aids ein Todesurteil. Wir sprechen vom Jahr 1986.« Er verzog das Gesicht, als hätte er plötzlich Schmerzen, und verstummte.

»Wer hat Paul Kosslick erschossen?«, fragte Jan. »Wer hat ihm die Pistole an den Kopf gehalten?« Er schaute einen nach dem anderen an.

Niemand sagte ein Wort.

»Ich«, sagte Claus Lemmer dann. »Ich habe ihn erschossen. Ich habe das Band entdeckt, als ich sämtliche alten Aufnahmen für meine CD-Box durchgegangen bin – und ich habe beschlossen, dass Kosslick sterben musste.« Er blickte vor sich hin auf den Flügel.

Lara hob ihren Kopf. Sie hatte verweinte Augen. Voller Mitgefühl und Sorge blickte sie Claus Lemmer an.

»Ja, klar«, sagte Jan voller Sarkasmus. »Sie haben ganz allein gehandelt – haben erst freundlich mit Kosslick geplaudert, ihn dann betäubt und zum Südstadion gebracht. Oder ist er ganz freiwillig mitgegangen, weil er an diesem Abend ohnehin nichts Wichtiges mehr vorhatte? Können Sie in Ihrem Zustand überhaupt noch Auto fahren?«

Birte beobachtete, wie es in Lemmers Gesicht arbeitete. Natürlich, er als Todkranker wollte alle Schuld auf sich nehmen.

»Kosslick hat Gisa umgebracht – so oder so«, entgegnete er flüsternd. Seine Augen verengten sich. »Er hat unsere Band kaputtgemacht – ohne Gisa waren wir nur noch halbe Musiker. Sehen Sie sich meinen Bruder an! Oder Holger! Er war einer der besten Schlagzeuger Deutschlands. Was ist aus ihm geworden?«

»War er dabei?« Birte trat einen Schritt vor. »Hat Brühl abgedrückt und es hinterher nicht ausgehalten? Den Gedanken, dass er ein Mörder ist? Man kann sich viele Dinge ausdenken – wie man jemanden erschießt, die Pistole an den Kopf hält. Aber wenn es dann passiert, ist es etwas ganz anderes. Es ist hässlich, widerwärtig. Man löscht ein Leben aus. Ein Mensch stirbt, er keucht, er stöhnt, Blut fließt, er ist noch nicht sofort tot. Vielleicht bringt er noch ein Wort heraus, oder er zuckt und windet sich. War es so? Hat Brühl abgedrückt?«

Stille hüllte sie ein. Hörner keuchte nur, er öffnete den Mund, schloss ihn wieder.

Georg Lemmer hatte sich gesetzt, das Gesicht abgewandt. Sein Bruder starrte auf seine bleichen, knochigen Hände.

»Wir werden es herausfinden«, sagte Jan. »Jeden Einzelnen werden wir uns vornehmen – heute Nacht noch.« Er griff nach seinem Smartphone.

Lara Fischer stand langsam auf.

Es ist erstaunlich, wie sehr sie ihrer Mutter gleicht, dachte Birte, selbst ihre Stimmen ähneln sich.

Lara schaute Birte an. Sie wischte sich über ihre rot geränderten Augen.

»Ich«, sagte sie mit fester Stimme, »ich habe abgedrückt. Mein Mantel liegt in der Garage – in einem blauen Plastiksack. Er ist voller Blut. Ich habe Kosslick erschossen, und es tut mir kein bisschen leid.«

34

Paul Kosslick hatte alles kaputtgemacht – so zumindest war es ihnen vorgekommen. Sie hatten ein Tribunal gebildet, die Mitglieder der Band und Lara, und sie hatten Kosslick zum Tode verurteilt.

Mit drei Polizeiwagen hatte Schiller sie alle ins Präsidium bringen lassen. Birte hatte sich Georg Lemmer vorgenommen, und er hatte begonnen, dessen älteren Bruder zu verhören, während Lara und Hörner getrennt in zwei Büros unter Überwachung warten mussten. Eigentlich hätten sie einen Arzt hinzuziehen müssen, aber Claus Lemmer nahm all seine Kräfte zusammen, er rief nicht nach einem Anwalt, er behauptete nur immer wieder, dass er geschossen habe, nicht Lara.

Dabei war der Beweis eindeutig. In der Garage, in einem alten Fass, hatten sie die Plastiktüte mit Laras Mantel gefunden.

»Ich habe neben ihr gestanden, als ich abgedrückt habe«, sagte Claus Lemmer. »Deshalb kam das Blut an ihren Mantel.«

»Wo ist dann Ihre blutige Kleidung?«

»Wir haben sie in einen Mülleimer geworfen.«

»In welchen Mülleimer?«

»Unten am Rhein.«

»Am Rhein? Wo genau?«

Er schwieg.

Es war deutlich zu sehen, dass er log, um Lara zu schützen.

»Wer war noch dabei, alle, die Band und Hörner?«

»Nein, nicht alle«, sagte Lemmer. »Olli nicht – er war nicht dabei. Er gehörte nie zur Band. Ihn wollten wird da nicht mit hineinziehen.«

Lemmer rauchte eine Zigarette nach der anderen. Er wollte nichts anderes, nichts trinken, nichts essen, nur rauchen und reden. Zwischendurch wirkte er so schwach, dass Schiller Angst hatte, er würde von seinem Stuhl sinken. Doch Lemmer wedelte ungeduldig mit der Hand, wenn er Schillers skeptische Blicke sah. Weiter, frag mich weiter, Polizist, ich habe nicht mehr viel Zeit.

»Von wem hatten Sie das Band?«, fragte Schiller.

»Hergen Lose hatte die Masterbänder für Maybe 3. Mich hatten sie nach Gisas Unfall nicht interessiert. Er wollte sie uns verkaufen, als er hörte, dass ich eine CD-Box herausbringen würde – für eine irrsinnige Summe, und dann ist Holger zu ihm rausgefahren, um mit ihm zu reden. Er hat mit Hergen einen Deal gemacht, und dann hatten wir die Bänder. Fünfzigtausend haben wir dafür bezahlt, ein Wahnsinnspreis, fünfzigtausend sollte er später bekommen, wenn die CD-Box auf dem Markt war.«

»Und warum musste Hergen Lose sterben? Wer hat ihn in dem Steinbruch in die Tiefe gestoßen?«

Lemmer schaute Schiller gequält an. »Als wir die Bänder abgehört hatten und beschlossen, Kosslick zur Rechenschaft zu ziehen, mussten wir herausfinden, ob Hergen von diesem Gespräch zwischen Kosslick und Gisa wusste. Georg und Holger haben gelost. Holger hat verloren. Er musste zu Hergen, um mit ihm zu reden.«

»Brühl hat Hergen also getötet?«

Lemmer zuckte mit den Achseln. Er war so abgemagert, dass es aussah, als würde sich eine Marionette bewegen. »Darüber haben wir nie gesprochen. Niemand von uns wollte wissen, wie es genau abgelaufen war.«

»Hat Brühl sich deshalb umgebracht?«

»Deshalb und weil er im Stadion dabei war. Er ist damit nicht fertiggeworden.«

Gegen halb drei rief Schiller einen Wagen und ließ den völlig entkräfteten Claus Lemmer nach Hause fahren.

Lara Fischer schlief auf einem Stuhl, und Hörner war an einem Tisch zusammengesunken.

Birte verhörte noch immer Georg Lemmer. Zweimal hatten sie sich kurz über ihre Ergebnisse ausgetauscht und waren sich einig gewesen, dass sie die ganze Nacht durchmachen würden – ohne Fitschen und Cremer.

»Diese Übereinkunft?«, fragte Birte. »Wie war das? Sie saßen da und beschlossen, Kosslick zu töten?«

Georg Lemmer war aschfahl, auch ihm stand die Müdigkeit ins Gesicht geschrieben.

»Claus und Lara hatten die Bänder alle abgehört, und dann haben sie Holger und mich gerufen. Da haben wir es auch gehört – diesen Streit, die Geschichte, dass er sich angeblich angesteckt hatte.«

Er verstummte und schüttelte müde den Kopf. Er rauchte nicht, betrachtete nur immer wieder seine Hände.

Schiller zog sich einen Stuhl heran und setzte sich neben Birte. Das Aufnahmegerät stand auf dem Tisch.

»Sie haben sofort beschlossen, Kosslick zu töten, nur weil er diese Lüge erzählt hatte?«

»Nein, wir wollten ihn befragen, wollten wissen, was genau passiert war, aber er hat fast nichts gesagt, nicht einmal, dass es ihm leidtut … als wäre er mit seinem Urteil einverstanden gewesen.« Lemmer seufzte. »Es ist einfach so gekommen«, sagte er. »Selbst ich … wir waren uns plötzlich alle einig … Kosslick hätte es erklären müssen … er ist mit Gisa durch die Nacht gelaufen, er hat an einer Tankstelle Wodka gekauft, er hat sie allein gelassen, betrunken und verzweifelt, wie sie war … Er war schuldig, irgendwie …«

»Wer hat geschossen?«, fragte Birte. »Lara, nicht wahr?«

Georg Lemmer starrte vor sich hin. »Claus wird bald sterben«, sprach er vor sich hin. »Warum können wir nicht sagen, dass er es war? Lara … sie ist meine Tochter, ich wollte nicht, dass sie dabei war, aber sie … sie wusste es ja und …« Er verstummte und schluchzte zum ersten Mal.

»Wir können nicht sagen, dass er es war, weil es nicht stimmt«, sagte Birte.

Gegen sechs Uhr am Morgen ging Schiller in sein Büro, er löschte das Licht, setzte sich an den Computer und rief bei YouTube einen Song von Maybe auf. Mit geschlossenen Augen hockte er da und hörte zu. Das Lied hatte einen leichten, eingängigen Blues-Rhythmus. Gisa Fischer sang von eternal love, von Bergen, die sie erklimmen, von Wind, auf dem sie segeln würde, und immer wieder von ewiger Liebe. Maybe war wirklich eine ziemlich gute Band gewesen und sie eine begnadete, wunderbare Sängerin. Warum war Lara keine Sängerin geworden? Sie hatte das Aussehen ihrer Mutter, ihre Stimme, wenn sie sprach, ähnelte Gisas. Was war in Lara Fischers Leben schiefgelaufen, dass sie Kosslick die Pistole an den Kopf gehalten und abgedrückt hatte?

Er ging in den Raum, in dem sie immer noch auf ihrem Stuhl

schlief. Sie sah jung aus, wie ein schönes, unschuldiges Kind, das tief in einem Traum steckte. Ihr Mund stand ein wenig offen, man sah ihre weißen, makellosen Zähne.

Als Schiller sich ihr näherte, schrak sie auf und starrte ihn angstvoll an.

»Kommen Sie«, sagte er und streckte seine Arme aus, »wir trinken einen Kaffee, und dann reden wir.«

Sie gingen auf den Gang hinaus, der nun verlassen war. Lara folgte ihm wie eine Schlafwandlerin. Noch hatte sie kein Wort gesagt. An dem Kaffeeautomaten zog er zwei Milchkaffee, die dampfend heiß waren.

Sie setzten sich auf das abgewetzte Sofa neben dem Automaten.

»Ich mag den frühen Morgen«, sagte Schiller. »Manchmal stehe ich früh auf, ziehe mir Trainingszeug an und laufe durch die leeren Straßen. Das muss man vor sechs Uhr machen. Bevor der Lärm des Tages beginnt. Man kann dann glauben, dass die Welt ganz friedlich ist.«

Lara hielt den Becher, als müsste sie sich wärmen.

»Es tut mir leid«, sagte Schiller. »Ich habe Ihnen die Pistole an den Kopf gehalten, aber … die Aktion mit dem Messer. Das war dumm und gefährlich.«

Lara sagte noch immer nichts, sie schaute ihn an, ratlos und verwundet.

»Ich habe mein Leben zerstört«, sagte sie leise. »Ich weiß, aber ich bin immer wütend gewesen, mein ganzes Leben lang, und ich habe gedacht, das läge daran, dass ich keine Mutter gehabt habe. Meine Mutter habe ich immer vermisst. Ich habe mir jeden Tag Fotos von ihr angeschaut, habe ihre Platten gehört. Was war sie für eine schöne, kluge Frau – so habe ich immer gedacht. Alles wäre anders gewesen, wenn sie da gewesen wäre. Ich habe oft von ihr geträumt. Im Traum hat sie mich im Arm gehalten und für mich gesungen, wie sie es in Wahrheit nicht getan hat. Wissen Sie, wie das ist, wenn man das Gefühl hat, dass einem immer etwas fehlt?«

Er nickte stumm. Er unterdrückte den Impuls, von seinem Vater und seiner Mutter zu sprechen – davon, wie sehr er besonders seinen Vater vermisste. Dass er manchmal morgens aufwachte und dachte, dass es nicht sein konnte, dass sein Vater tot war, obwohl der nun seit fast dreißig Jahren auf dem Friedhof lag, in einem Grab, das er fast nie aufsuchte.

»Warum haben Sie Kosslick getötet?«, fragte er. »Warum sind Sie ins Südstadion gefahren und haben ihn hingerichtet?«

Sie sagte nichts, als hätte sie die Frage nicht gehört. Sie blickte in den Kaffeebecher. Zwei große Tränen liefen über ihre Wangen.

»Ich wollte etwas gegen meine Wut tun und gegen das Böse, das meine Mutter umgebracht hat. Und auf einmal hatte dieses Böse einen Namen und ein Gesicht. Wir haben Kosslick zur Rede gestellt, er hätte sich verteidigen können, aber er hat es nicht getan. Er hat gesagt, er war nicht dabei, als meine Mutter starb. Sie sind aus dem Studio und haben sich an einer Tankstelle eine Flasche Wodka geholt, und dann weiß er nichts mehr ... Filmriss. Aber er hat nicht gesagt, dass es ihm leidgetan hat ... er hat mich nur angestarrt. ›Tote kann man nicht mehr lebendig machen.‹ Mehr hat er nicht gesagt.«

Sie wischte sich mit dem Handrücken über das Gesicht.

Schiller legte den Arm um sie. Sie war eine Mörderin, und doch hatte er Mitgefühl für sie.

»Haben Sie wirklich abgedrückt?«

Sie senkte langsam den Kopf. »Wir hätten es nicht tun sollen, aber wir waren alle wütend, als wäre es erst gestern passiert, dass meine Mutter starb. Und wir dachten, dass es gerecht ist ... dass es doch Gerechtigkeit geben muss.«

Draußen fuhr ein Streifenwagen vom Hof, irgendwo klappte eine Tür. Sie waren also doch nicht allein.

»Claus Lemmer«, sagte er zu seiner eigenen Verwunderung. »Er hätte es tun müssen. Ihn hätte niemand mehr belangen können.«

»Aber sie war meine Mutter«, sagte Lara, »und nun war sie plötzlich zum zweiten Mal gestorben.«

Schiller roch ihren Duft, sie war eine schöne Frau, die einen fatalen Fehler begangen hatte.

»Ich wäre auch gern eine Sängerin geworden«, sagte sie. »Aber alle hätten mich immer mit meiner Mutter verglichen. Das hat mich stumm gemacht. Ich habe mich in vielen Berufen versucht, ich wollte sogar Musikerin werden, Pianistin, aber nichts hat geklappt, gar nichts. Ich bin eine Versagerin.« Sie lächelte müde.

»Wissen Sie, wer Ihr Vater ist?«, fragte Schiller. Sein Arm lag immer noch um ihre Schulter.

»Ja«, sagte sie. »Ich weiß es. Meine Großmutter hat es mir einmal gesagt, aber es hat für mich nie etwas bedeutet. Georg ist ein netter Feigling, der gut Gitarre spielen kann. Der Mann meiner Mutter war er nicht – das war viel eher Claus. Er ist so genial, wie meine Mutter es gewesen ist, bevor dieser dreckige Lügner Kosslick sie vernichtet hat.«

Epilog

Einen halben Tag hatte sie geschlafen, tief und traumlos, und als sie erwacht war, hatte sie eine Zufriedenheit gespürt wie schon lange nicht mehr. Sie hatten den Fall aufgeklärt – die Band hatte eines ihrer Mitglieder umgebracht, wegen einer Lüge, wegen eines Streits. Was genau in jener Nacht geschehen war, als Gisa Fischer starb, würde niemand mehr herausfinden, aber für Lara und Claus Lemmer war eindeutig gewesen, dass Kosslick, ein unfähiger Bassist, Gisa in den Tod getrieben hatte.

Selbst Fitschen gratulierte ihnen zu ihrem Erfolg. Sie hatten Lara Fischer wegen Mordes und Georg Lemmer wegen Beihilfe zum Mord verhaftet. Gegen Hörner lag nichts vor, und Claus Lemmer war wegen seiner fortgeschrittenen Krankheit haftunfähig. Falls er noch so lange leben würde, müsste er sich ebenfalls vor Gericht verantworten.

Hinrichs lag im Krankenhaus in Kalk. Noch in der Nacht hatte man ihn operiert. Er war außer Lebensgefahr.

Ich gehe zu viel in Krankenhäuser, dachte Birte, als sie nach seinem Zimmer suchte.

Hinrichs lag mit geschlossenen Augen da. Eine Haarsträhne fiel ihm ins Gesicht, er wirkte noch ausgezehrter, an seiner linken Schläfe war ein blutiger Kratzer, vermutlich von dem Sturz auf dem Friedhof.

Er öffnete die Augen erst, als sie schon drei Minuten vor seinem Bett gestanden hatte.

Seine dunklen Augen fixierten sie. »Du?«, sagte er dann, als hätte er mit ihr zuallerletzt gerechnet.

»Ich wollte sehen, wie es dir geht. Du hast viel Glück gehabt.« Sie deutete auf ihr Herz, auf ungefähr die Stelle, wo ihn das Messer getroffen hatte.

Er rührte sich nicht, starrte sie nur an, als müsse er sich ihr Gesicht einprägen.

»Es war, als wäre ein Blitz durch mich gefahren – so schrecklich war der Schmerz. Ich war ein Baum, der in zwei Teile gespalten wurde.« Er verzog den Mund, als würde er diesen Schmerzen nachspüren. »Ich werde aus Köln verschwinden«, fuhr er leiser fort.

»Das alles war ein Zeichen. Du weißt ja, ich glaube an Zeichen …« Mit der rechten Hand machte er eine hilflose Geste. »Meine Pistole habe ich Schiller gegeben – bevor das alles passiert ist. Auch ein Zeichen. Vielleicht hat sie ihm geholfen, das Mädchen zu verhaften. Er ist noch nicht gekommen. Nun ja …« Er lächelte matt. »Muss er wohl auch nicht …«

Sie gaben sich förmlich die Hand, fast so, als hätten sie beschlossen, Freunde zu werden, dann stand Birte wieder auf dem Gang vor seinem Zimmer. Keine fünf Minuten hatte ihr Besuch gedauert.

Ich glaube an Zeichen …

An was glaubte sie? War sie Hinrichs nun endlich losgeworden?

Sie wusste es nicht.

Als sie den Fahrstuhl erreicht hatte, ging eine SMS ein.

Pierre, dachte sie, er hatte ihr schon dreimal eine Nachricht zukommen lassen – zuerst hatte er ihr zu ihrem Erfolg gratuliert, dann hatte er sich zweimal entschuldigt. Es war ihm offenkundig peinlich, dass sie Helen in seiner Wohnung angetroffen hatte.

»Schöne Frau, wann sehen wir uns endlich? Ein Fahrradkurier, der aus dem Tritt geraten ist.«

Birte musste lachen. Ja, das war eine Qualität, die Max hatte – er brachte sie zum Lachen.

Sie trafen sich gegen sieben am Abend im Hallmackenreuther am Brüsseler Platz. Die Erschöpfung saß ihr noch in den Knochen, sie würde nicht lange durchhalten, ein, zwei Gläser Rotwein, nicht mehr, aber zuerst musste sie ihre Lüge aus der Welt schaffen.

Die Geigenbauerin Lena Wollmüller existierte nicht.

Max wartete bereits auf sie. Er hatte sein langes schwarzes Haar ordentlich zurückgekämmt und trug einen schwarzen eleganten Rollkragenpullover. Sie musste sich eingestehen, dass er gut aussah.

Er sprang auf und umarmte sie mit einer sanften fließenden Bewegung. »Wie schön, dass du da bist, geheimnisvolle Frau.« Er küsste sie auf die Wange.

Sie setzten sich.

Birte hatte sich vorgenommen, zu erklären, wer sie in Wahrheit war, noch bevor sie den ersten Schluck Wein getrunken hatte. Diesen Abend konnte sie nicht unter falschen Vorzeichen beginnen.

Max lächelte sie an, nachdem sie bestellt hatten. »Ich bin wirklich Fahrradkurier, Frau Kommissarin«, sagte er mit leisem Spott in der Stimme.

Sie brauchte einen Moment, um ihre Überraschung zu überwinden.

»Woher weißt du, dass ich Kommissarin bin?«

Er reichte ihr sein Smartphone. Er hatte einen Artikel aus dem Express aufgerufen, ein Foto zeigte, wie Jan und sie das Haus von Claus Lemmer verließen.

»Ich habe gleich gewusst, dass du etwas Besonderes bist«, sagte er. »Du lügst nicht schlecht, aber nicht gut genug. Natürlich habe ich sofort alle Geigenbauer im Internet abgesucht und nichts gefunden. Ich habe dich für etwas anderes gehalten – eine Künstlerin, eine Gesangslehrerin, irgendetwas in dieser Art ...« Er prostete ihr zu, nachdem sie ihren Wein serviert bekommen hatten.

»Und nun bin ich nur eine Polizistin, die dich angelogen hat.«

»Ja.« Seine Augen funkelten sie an. »Das war eine Überraschung, aber du bist ja keine normale Polizistin, sondern eine echte Heldin.«

Sie tranken.

Eine SMS ging bei ihr. Pierre, dachte sie, er sollte sie nun endlich in Ruhe lassen. Doch die Nachricht war von Hinrichs. »Danke« stand da, mehr nicht. Sie schaltete ihr Smartphone ab.

»Ich weiß, ich hätte dir die Wahrheit sagen sollen, aber ...«

Er hatte sie ein wenig belustigt beobachtet, während sie ihre Nachricht las. »Ich bin froh, dass du gekommen bist«, sagte er ernst. »Ich habe einen Tisch im Restaurant im KölnTurm bestellt, gegen neun. Da können wir uns ein paar schöne Lügen erzählen. Aber wenn du magst, darfst du mir auch gern die Wahrheit über dich erzählen, Birte Jessen.«

Fitschen hatte ihn zu sich bestellt. Er hatte ein paar Stunden geschlafen, geduscht, gegessen und war dann erst wieder ins Präsidium gefahren. Triumph hatte er zu keiner Sekunde empfunden, dazu tat ihm Lara Fischer zu sehr leid. Sie war eine Verwirrte, eine Verwundete, der niemand Einhalt geboten hatte.

Fitschen winkte ihn herein, bat ihn mit stummer Miene, Platz zu nehmen.

»Es wird Ärger geben«, sagte er. »Der Präsident erwartet einen detaillierten Bericht. Wieso war ein Beamter, der eigentlich zur Kur sein sollte, in diesen Fall involviert? Und was war mit der Überwachung? Warum ist sie nicht ordnungsgemäß beantragt, durchgeführt und protokolliert worden?«

»Wir haben drei Todesfälle aufgeklärt«, erwiderte Schiller. »Ist es nicht das, was zählt?«

»Nein«, sagte Fitschen. »Nicht für den Präsidenten. Hinrichs hätte sterben können.«

»Hinrichs – was wissen Sie schon von ihm? Ich habe ihm das Leben gerettet, aber ganz anders, als Sie denken.«

Er stand auf und ging hinaus.

Morgen würde Carla zurückkehren. Er musste Blumen kaufen, etwas zu essen und zu trinken, Delikatessen für den Frühstückstisch.

Er war aufgeregt. Vielleicht hatte sie doch recht – sie sollten etwas anderes tun, nicht mehr Therapeutin und Polizist sein.

Konnte er sich vorstellen, woanders zu leben? Köln war ihm vertraut, er mochte den Singsang, in dem die Leute sprachen, er mochte die Sentimentalität der Menschen, aber mitunter ging ihm das Selbstgefällige auch gehörig auf die Nerven.

Es müsste eine Stadt ganz weit weg sein, nicht Berlin, auf keinen Fall, nicht München oder Hamburg.

Einmal hatte er Fotos von Kapstadt gesehen – die Bilder hatten ihm sehr gefallen.

Birte und Nele waren nicht mehr da. Auch sie hatten sich eine Auszeit genommen, alle waren erschöpft und am Ende ihrer Kräfte gewesen.

Lara Fischer war in Untersuchungshaft. Er würde sie besuchen, demnächst.

Aus dem Auto heraus rief er Brasch an.

»Matthias«, sagte er, »hast du mal daran gedacht, eine richtige Detektei aufzumachen – nicht so ein kleines Büro, wie du es jetzt betreibst?«

Brasch schnaufte. »Was soll das, Schiller?«, fragte er unwirsch. »Warum fragst du mich das?«

»Vielleicht sollten wir uns zusammentun«, erwiderte Schiller.

»Brasch und Schiller – Ermittlungen. Könnte doch interessant werden. Wir bieten Sicherheitskonzepte an – für große Firmen. Holen uns noch einen Computerspezialisten dazu. Ziehen das Ganze ein wenig größer auf.«

Brasch lachte. »Was ist los? Hast du was getrunken? Ich dachte, du bist jetzt der King im Präsidium.«

»Nein«, sagte er. »Ich werde wohl eine Rüge bekommen – Eintrag in die Personalakte.«

»Komm am nächsten Wochenende vorbei. Dann können wir über deine Idee sprechen. Ich muss gleich zu einem Termin.« Brasch klang belustigt und so, als würde er Schillers Anliegen keineswegs ernst nehmen.

Er parkte direkt vor dem Wettbüro an der Kalker Hauptstraße.

Ohne Zögern öffnete er die Tür. Es war kurz nach neunzehn Uhr. Etwa zehn Leute hielten sich an den kargen Holztischen auf. Auf allen Bildschirmen liefen Fußballspiele. Mochte der Himmel wissen, wo so viele Spiele um diese Zeit stattfanden.

Zuerst fiel sein Blick auf einen schmalen blonden Jungen. Er ging auf ihn zu und legte ihm die Hand auf die Schulter.

Erschreckt blickte der Junge zu ihm auf.

»Hast du kein Training?«, fragte Schiller freundlich.

Der Junge fuhr sich verlegen durch das Haar. »Ich bin verletzt«, sagte er. »Sprunggelenk. Kann noch ein paar Wochen dauern.«

»Aber hier hast du nichts verloren.« Er packte den Jungen am Kragen und zog ihn hoch. »Los, verschwinde! Hau ab!«

Zwei türkische Männer blickten ihn vorwurfsvoll an. Lars Mencke nahm seine Jacke, die neben ihm auf einem Stuhl lag. Er warf einen letzten Blick zu dem Bildschirm über ihm und ging wortlos zur Tür. Im Gehen streifte er sich seine Jacke über.

Schiller sah ihm nach, dann wandte er sich zum Tresen.

Bojan Dugic hockte da. Er trug Ohrstöpsel, sein Oberkörper bewegte sich vor und zurück, in einem Rhythmus, den nur er wahrnahm.

Schiller bedeutete ihm, die Ohrstöpsel zu entfernen, doch Dugic tat, als hätte er ihn nicht bemerkt. Vor sich, auf einem kleinen Fernseher, lief auch ein Fußballspiel.

An dem hintersten Tisch hatten zwei Männer Bierflaschen

geöffnet und prosteten sich lautstark zu. Offenbar hatten sie irgendwas gewonnen.

Schiller beugte sich über den Tresen. Mit einer schnellen Bewegung schaltete er den Minifernseher aus und riss Dugic die Ohrstöpsel vom Kopf.

Dugic sprang sofort auf und ballte die Fäuste.

»Gemach, junger Freund.« Schiller drückte ihn auf seinen Stuhl zurück. »Ich möchte dich nur um etwas bitten – eine kleine Gefälligkeit.«

Dugic funkelte ihn hasserfüllt an. »Was für eine Gefälligkeit?«

»Deine Schuhe«, sagte Schiller. »Ich will deine Schuhe sehen. Zieh sie aus und zeig sie mir!«

Dugic lächelte, aber unsicher, nicht überzeugt, dass er einen Kampf gegen Schiller gewinnen könnte. Sein Blick glitt durch den Raum, als würde er von da Hilfe erwarten. Nein, er fürchtete eher, dass jemand mitbekommen könnte, dass Schiller ihn hier demütigte.

»Wozu?«, fragte er. »Was soll das?«

»Zeig sie mir einfach.« Schiller lächelte. Der Junge würde keine Schwierigkeiten machen, da war er sich ganz sicher. Trotzdem musste er vorsichtig sein. Vielleicht gab es hier einen Notfallknopf, und er verspürte wenig Neigung, sich mit Catic oder anderen, die möglicherweise im Hinterzimmer saßen, auseinandersetzen zu müssen.

Dugic beugte sich provozierend langsam vor. Dann hielt er einen hellroten Nike-Turnschuh in der Hand.

Schiller nahm ihm den Schuh ab und betrachtete ihn, als hätte er da etwas vor sich, was ihm absolut neu und unbekannt war.

»Ich warne dich«, sagte er ohne einen Blick auf Dugic. »So eine Nummer wie neulich am Bauturmtheater zieht ihr nicht noch einmal ab. All cops are bastards. Dann beweise ich dir, was für Bastards wir in Wahrheit sind.«

Er lächelte, nickte dem Jungen zu und ging mit dem roten Turnschuh in der Hand in Richtung Tür.

Dugic wagte es nicht, auch nur ein Wort zu sagen.

Er putzte die Wohnung bis nach Mitternacht – zuerst das Bad, dann das Schlafzimmer. Sogar an frische Bettwäsche dachte er.

Danach deckte er den Frühstückstisch. Um halb zwei war er mit allem fertig.

Doch schon um halb sieben war er wieder auf den Beinen. Carla hatte nicht genau gesagt, wann sie kommen würde. Bad Ems lag etwa zwei Autostunden entfernt, aber morgens im Berufsverkehr konnte es leicht ein wenig länger dauern.

Um acht Uhr holte er frische Brötchen. Um halb neun gönnte er sich seinen ersten Kaffee.

Sollte er sie anrufen, fragen, wann sie genau kommen würde und was sie vorhatte?

Wollte sie direkt in die Eifel fahren, einen langen Spaziergang machen?

Als Therese ihn anrief, um ihm von Hermännchen zu erzählen, wimmelte er sie ab. Die Leitung musste frei bleiben – für eine Nachricht von Carla.

Ja, er war bereit für einen neuen Anfang, bereit, etwas Neues zu wagen, vielleicht einen langen Urlaub, einen neuen Job. Kapstadt, vielleicht Kapstadt.

Gegen zehn Uhr begann er, unruhig zu werden. Was war, wenn sie es sich anders überlegt hatte, wenn sie gar nicht kam oder doch noch länger in Bad Ems bleiben wollte?

Dann aber, gegen kurz vor elf, glaubte er zu hören, wie die Tür geöffnet wurde.

Sein Herz begann zu pochen wie bei einem ersten Rendezvous.

Er lächelte.

Nachbemerkung

Jeder Roman nimmt Anleihen bei der Realität. Einen Kölner Fußballverein zu erfinden wäre mir unangemessen vorgekommen. Den Verein Fortuna Köln gibt es, wie jeder weiß, erfunden habe ich jedoch den Torwart Jimmi Kosslick und seine Geschichte.

Auch eine Band Maybe hat in Köln nicht existiert. Für die Figur Fritz Lose jedoch hat der legendäre Produzent Conny Plank Pate gestanden, der bis zu seinem frühen Tod im Jahr 1987 in seinem Studio im Bergischen Land große internationale und nationale Bands produzierte. Den Hinweis auf ihn verdanke ich Heinz Rudolf Kunze.

Mein weiterer Dank geht an das Team im Emons-Verlag. Marion Heister danke ich für ihr aufmerksames, behutsames Lektorat, und Hejo Emons gilt mein Dank, dass er weit mehr als ein sehr guter Verleger ist.

Reinhard Rohn
KÖLNISCH WASSER
Broschur, 224 Seiten
ISBN 978-3-89705-722-7

»Eine ebenso spannende wie vergnügliche Lektüre mit allen Zutaten, die einen guten Regionalkrimi ausmachen.« Rheinische Post

»Auch das ungleiche kölsch-hanseatische Ermittlerduo macht die Geschichte höchst unterhaltsam.« Westdeutsche Zeitung

Reinhard Rohn
BARFUSS IN KÖLN
Broschur, 244 Seiten
ISBN 978-3-89705-992-4

»›Barfuß in Köln‹ lebt von vielen guten Ideen und herrlichen Anspielungen auf die Stadt.« Kölner Stadt-Anzeiger